新潮文庫

ナショナル・ストーリー・プロジェクト Ⅰ

ポール・オースター編
柴田元幸他訳

新潮社版

8634

ナショナル・ストーリー・プロジェクト　I◆目次

動物

物

家族

スラップスティック

見知らぬ隣人

（以下II巻）

ナショナル・ストーリー・プロジェクト　I

ナショナル・ストーリー・プロジェクト
——本当のアメリカン・ライフの物語——

編　　者　ポール・オースター
編者助手　ネリー・ライフラー

NPR『すべてを狙上に　週末版』より

編者まえがき

INTRODUCTION

私としてはこんなことをするつもりはなかった。『ナショナル・ストーリー・プロジェクト』は偶然から生まれたのだ。一年四か月ばかり前に私の妻が夕食の席で発した一言がなかったら、この本に収められた文章の大半は書かれることもなく終わっていただろう。一九九九年五月だったか、あるいは六月だったかもしれない。その日の昼、私はNPR（全米公共ラジオ）に出演して、最新作についてインタビューを受けた。インタビューが済むと、『すべてを組上《そじょう》に　週末版』のホストを務めているダニエル・ズワードリングから、番組のレギュラーになる気はないかと訊《き》かれた。そう訊かれたとき、私にはダニエルの顔すら見えていなかった。こちらはニューヨークの二番街にあるNPRのスタジオに、あちらはワシントンDCにいて、それまでの二十分か三十分、我々はマイクとヘッドホンを通し、光ファイバーなるテクノロジーの驚異に助けられて喋《しゃべ》っていたのである。どういうものを考えていらっしゃるんです、と訊くと、いやべつにこれというアイデアはないんですとダニエルは言った。たとえば月に一度くらい出ていただいて、物語を語っていただくというのはどうでしょうね。

惹《ひ》かれる話ではなかった。何しろ自分の仕事をするだけでも精一杯なのだ。他人の要請に応じて定期的に物語をひねり出すなんて、できるわけがない。だがまあいちおう礼儀もあるし、帰って少し考えてみますと答えておいた。

この提案を一八〇度ひっくり返してみせたのが妻のシリである。その晩、NPRの奇妙な誘いを口にすると、シリはすぐさま、私の考えの方向を逆転させる代案を思いついたのである。三十秒のあいだに、ノーはイエスに変わっていた。いろんな人にそれぞれ自分の物語を書くことはないのよ、とシリは言った。リスナーの人たちから送ってもらって、一番いいやつをあなたが番組で朗読するのよ。それなりの数が集まったら、ひょっとするとすごい番組になるかも。

こうしてナショナル・ストーリー・プロジェクトは生まれた。それはシリのアイデアだったのであり、私はそれを受けて走り出したのである。

九月末にズワードリングが、『すべてを俎上に』のプロデューサーの一人レベッカ・デイヴィスを連れてブルックリンのわが家を訪ねてきた。今回もインタビューという形を使って、我々はプロジェクトのアイデアを世に送り出した。物語を求めているのです、と私は聴取者に呼びかけた。物語は事実でなければならず、短くないといけませんが、内容やスタイルに関しては何ら制限はありません。私が何より惹かれるのは、世界とはこういうものだという私たちの予想をくつがえす物語であり、私たちの家族の歴史のなか、私たちの心や体、私たちの魂のなかで働いている神秘にして知りがたいさまざまな力を明かしてくれる逸話なのです。言いかえれば、作り話のように聞こえる実話。大きな事柄でもいいし小さな事柄でもいいし、悲劇的な話、喜劇的な話、とにかく紙に書きつけたいという気になるほど大切に思えた体験なら何でもいいのです。いままで物語なんて一度も書いたことがなくても心配は要りません。人はみな、面白い話をいくつか知っているものなのですから。この呼びかけに十分な数の人が応じてくれたら、きっとそれは、自分やたがいについて驚くべき事実を知る絶好の機会となるにちがいありません。このプロジェクトの精神は百パーセント民主的です。どなたからの投稿も歓迎します。送られてきた物語は私がすべて目を通します、と私は約束した。一人ひとりが自分の人生や経験を探るわけですが、と同時に、それによって誰もが、ひとつの集合的な企て、自分一人より大きな何かに加わることになるのです。みなさんに協力していただいて、事実のアーカイブを、アメリカの現実の博物館を作れたらと思っているのです。

このインタビューが十月の第一土曜日に放送された。かっきり一年前のことである。それ以来、四千通を越える投稿を私は受けとった。予想をはるかに上回る数字だ。過去一年、私は原稿の波間に漂って過ごし、ますます広がっていく紙の海に狂おしく浮かんでいた。手書きの原稿もあればタイプ原稿もあった。eメールをプリントアウトしたものもあった。毎月、最良の物語を五、六本選んで、『すべてを俎上に』で放送できるよう二十分にまとめた。それは実にやり甲斐《がい》のある作業だった。これまで取り組んだなかで、こんなに刺激を受けた仕事もそうざらにない。たしかに苦労した時もあった。何度か、とりわけ投稿が多かった時期には、一気に六十か七十の物語を読む破目になった。そんなときは、コテンパンに叩《たた》きのめされたような、精力もとことん吸い取られた気分で椅子《いす》から立ち上がった。私はさまざまな感情を相手に格闘し、リビングルームには何人もの見知らぬ隣人がキャンプを張り、ありとあらゆる方向から無数の声が私めがけて飛んできた。そうした晩には、二時間か三時間のあいだ、アメリカの全人口がわが家に上がり込んできた気分だった。アメリカが歌うのが聞こえる、とホイットマンは言った。私はそうではなかった。アメリカが物語を語るのが私には聞こえたのだ。

たしかに、錯乱した人々から、暴言や罵倒《ばとう》がいくつか送られてきはしたが、それも意外に少なかった。ケネディ暗殺に関するあっと驚く真実も知らされたし、時事問題を聖書の一節と結びつけた込み入った講釈も聞かされたし、半ダースばかりの企業や政府機関の訴訟問題をめぐって内幕を教えられたりもした。中には、わざわざ私を挑発し、私の胃袋をひっくり返そうと企てた人もいた。つい先週にも、「ケルベロス（地獄の番犬）」と名のる、住所を「冥界《めいかい》六六六六番地」と記した男性からの投稿を受けとった。

それは海兵隊員としてベトナムで過ごした日々を語った文章だったが、その結末に、中隊仲間と一緒にベトナム人の赤ん坊をさらって丸焼きにし、キャンプファイアを囲んでみんなで食べたという記述があった。そういう話が、得意げな口調で語られていたのである。作り話だと決めつけるつもりはない。本当にそういうことが起きたのかもしれない。だがだからといって、それをラジオで紹介する気にさせられるかどうかは別である。その一方で、心を病んだ人々からの投稿を読んでいると、ハッとさせられる印象的な一節も多かった。昨年の秋、プロジェクトがそろそろ軌道に乗りかけていたころ、やはりこれもベトナム復員兵だったのだが、殺人罪で中西部の刑務所で無期懲役刑に服している男性からの投稿が届いた。送られてきた手書きの供述書には、自分がいかなる経緯で犯罪を犯すに至ったかが混乱した文章で綴《つづ》られ、最後の一文は「私は完璧《かんぺき》であったことはありませんが、私は現実なのです」となっていた。ある意味で、この言葉はナショナル・ストーリー・プロジェクトのモットーだと言ってもよいかもしれない。これこそこの本の背後にある根本原理である。私たちは完璧であったことはないが、私たちは現実なのだ。

私が読んだ四千の物語のうち、そのほとんどは最後の一語まで読みたくなるだけの力を備えていた。ほとんどはシンプルで率直な確信を込めて書かれていて、書き手にとって名誉にこそなれ少しも恥ではない出来だった。私たちにはみな内なる人生がある。我々はみな、自分を世界の一部と感じつつ、世界から追放されていると感じてもいる。一人ひとりがみな、己の生の炎をたぎらせている。そして自分のなかにあるものを伝えるには言葉が要る。何度も何度も、私は投稿者から礼を言われた。物語を語るチャンスを与えてくれてありがとう、「庶民の声をみんなに聞いてもらう」機会を作ってくれてありがとう、と。

「庶民」たちはしばしば驚くべき物語を語った。何よりもまず、私たちの大半が、どれほど深く、情熱的に内なる生を生きているかを私は思い知らされた。我々の抱く愛着はこの上なく激しく、我々の情愛は我々を圧倒し、規定し、我々と他人を区切る境界を消し去る。読んだ物語のうち、家族をめぐるものは三分の一にも及ぶ。親と子、子と親、夫婦、兄弟姉妹、祖父母。私たちの大半にとって、自分の世界を埋めているのはまさにそうした人たちなのだ。暗い話であれ愉快な話であれ、そうした絆《きずな》が次々あざやかに、力強く言葉にされていることに私は感じ入らずにいられなかった。

ホームランを打ったとか、陸上競技でメダルを取ったとかいった話を送ってきた高校生も少しはいたが、この機会を自慢話に利用する大人はめったにいなかった。爆笑もののヘマ、胸を締めつけられるような偶然、死とのニアミス、奇跡のような遭遇、およそありえない皮肉、もろもろの予兆、悲しみ、痛み、夢。投稿者たちが取り上げたのはそういったテーマだった。世界について知れば知るほど、世界はますます捉《とら》えがたい、ますます混乱させられる場になっていくと信じているのは自分一人ではないことを私は知った。いち早く投稿してくれたある人の言を借りれば、「私はもう現実をうまく定義できない」。物事について考えを固めてしまわず、見えているものを疑うよう心を開いておけば、世界を眺める目も丁寧になる。そうした注意深さから、いままで誰も見たことのないものが見えてくる可能性も出てくる。自分が何もかも答えを持っているわけではないと認めることが肝要なのだ。すべて答えを持っていると思っている人には、大切なことは何ひとつ言えないだろう。

信じがたい展開、ありえない成り行き、常識の法則をまるで無視した出来事。我々の人生はしばしば十八世紀小説の素材のように思える。つい今日も、NPRからさらなるeメールの束がわが家に届いたが、それら最新の投稿のなかに、カリフォルニア州サンディエゴに住む女性が送ってきたこんな物語があった。ここでこれを引用するのは、これがべつに例外的だからではなく、あくまで手元にある最新の実例だからである。

私は生後八か月で孤児院から引きとられて養子になりました。それから一年と経《た》たないうちに、養父が突然亡《な》くなりました。未亡人となった養母は、やはり養子だったほか三人の子供とともに私を育ててくれました。養子になった人間は、自分の実の親に好奇心を抱くものです。二十代後半になって、すでに結婚もしていた私は、探してみることにしました。

　私はアイオワで育てられたのですが、果たせるかな、二年探した末に、実の母親がアイオワ州デモインにいることがわかりました。会いにいって、二人で食事に出かけました。実の父親は誰なのかと訊いてみると、名前を教えてくれました。どこに住んでいるのかと訊くと、「サンディエゴ」という答えが返ってきました。サンディエゴは私が五年前から住んでいる街です。サンディエゴに移ったとき、知りあいは一人もいませんでした。とにかくサンディエゴで暮らしたいという気持ちがあるだけでした。あれこれ調べた結果、私の勤め先があるビルは、父の勤め先の隣にあることが判明しました。私たちはよく同じレストランで昼ご飯を食べていたのです。父の生活をかき乱す気は毛頭なかったので、父のいまの奥さんに私の存在を知らせたりはしませんでした。もっとも父は、昔からちょっとした遊び人だったらしく、いつも内緒のガールフレンドがいたようです。最後のガールフレンドも十五年以上「一緒」だった人で、その人が私にとってもずっと、父に関する情報源となってくれました。

　五年前、アイオワにいる実の母が癌《がん》で死にかけていました。それと同時に、父の恋人から電話があって、父が心臓の合併症で亡くなったと知らされました。私はアイオワの母の入院先に電話して、父の死を伝えました。母はその晩に亡くなりました。二人の葬儀が、来《きた》る土曜のまったく同じ時間に行なわれることを私は知らされました――父の葬儀はカリフォルニアで午前十一時から、母の葬儀はアイオワで午後一時から。

三、四か月続けたあたりで、プロジェクトの可能性を十分活《い》かすには本が必要だという気がしてきた。よい話があまりにたくさん届くので、放送に値する物語のうちごく一部しか紹介できないのだ。放送用に定めたフォーマットには長すぎるものも多かったし、ラジオという媒体のはかなさを思うと(肉体から切り離されたただ一人の声が、毎月二十分足らず、放送波に乗ってアメリカを漂うだけ)、やはり、とりわけ記憶に残る話を集めて文字の形で保存したかった。ラジオは強力な道具であり、NPRならほぼ全米に届くわけだが、それでも、ラジオの言葉を両手に持つことはできない。本なら手で触れることができるし、読むのをやめても、いずれまたそれを置いたところに戻って手にとれる。

このアンソロジーには一七九の物語が入っている。過去一年に送られてきた四千点のうち、私から見て最良の物語がここに収められている。と同時にこれは、いわばナショナル・ストーリー・プロジェクト全体のミニチュア版というか、全体の傾向を伝えるような選択にもなっている。この本に収められることになった、夢、動物、なくした物等々に関する物語一つひとつに対し、代わりに選ばれてもよかった同テーマの物語がそれぞれ何ダースかずつあったのだ。この本は一羽の鶏《にわとり》をめぐる六センテンスの話ではじまり（これは去年の十一月、放送で一番最初に朗読した話である）、ラジオが私たちの人生で果たす役割をめぐる哀切な考察で終わる。最後の話を書いたアメニ・ローザは、まさにラジオでナショナル・ストーリー・プロジェクトの放送を聞いている最中に自分も書こうと思い立ったのだ。アメリカの現実のかけらや断片をつかまえたいとは私も願っていたが、まさかプロジェクト自体がその現実の一部になるとは思わなかった。

この本はあらゆる階層に属する、あらゆる年齢の人々によって書かれた。書き手には郵便局員もいれば商船員もいるし、トロリーバスの運転手、ガスと電気のメーター検針員、自動ピアノの修復職人、犯行現場清掃業者、ミュージシャン、会社経営者、司祭（二人）、州立懲正施設の住人、医師数名、そして主婦や農場経営者や元軍人が大勢いる。最年少の寄稿者はようやく二十歳に達したところであり、最年長は九十にならんとしている。書き手の半数は女性、半数は男性。都市、郊外、田舎と住む場所もまちまちであり、州の数で見ると四十二州。物語を選ぶにあたって、地理的なバランスはいっさい考慮しなかった。選んだ基準はあくまで物語自体であり、その人間らしさ、真実性、その魅力である。そのような分布はひとりでに生じたのであって、あくまで偶然の産物である。

多種多様な声や対照的なスタイルから成るこの混沌《こんとん》に、ある種の秩序を与えるため、物語は十のカテゴリーに分類してある。各セクションのタイトルの意味は自明だと思うが、もっぱらコミカルな物語から成る第四セクション「スラップスティック」を例外として、どのセクションもさまざまに異なるトーンの物語が一緒になっている。内容は笑劇《ファルス》から悲劇まであらゆる領域にわたり、そのなかで出会う残酷で暴力的な行為一つひとつに対し、それを相殺《そうさい》するかのように、親切な行為、寛大さや愛情に支えられた営みがかならずひとつは出てくる。物語は前に進みうしろに下がり、上へ下へと昇り降りし、出たり入ったりをくり返し、読む方はいつしか頭がくらくらしてくる。ページをめくって寄稿者が変われば、また全然違う人間とあなたは向きあい、全然別の環境、全然別の世界観に出会う。だがそうした違いこそこの本の真髄である。優雅で洗練された文章もいくつかあるが、荒削りでぎこちないものもたくさんある。「文学」という名に少しでも適合しそうなものはごくわずかである。これは文学とは違う何かなのだ。もっと生な、もっと骨に近いところにある何かなのであって、いわゆる文章術には欠けるものも多くとも、ほとんどすべての物語に忘れがたい力がみなぎっている。誰かがこの本を最初から最後まで読んで、一度も涙を流さず一度も声を上げて笑わないという事態は想像しがたい。

これらの物語をあえて定義するなら、「至急報《ディスパッチ》」と呼びたい。つまり、個人個人の体験の前線から送られてきた報告。アメリカ人一人ひとりのプライベートな世界に関する物語でありながら、そこに逃れがたい歴史の爪《つめ》あとが残っているのを読み手はくり返し目にすることになる。個人の運命が、社会全体によってかたちづくられていくその入り組んださまを再三再四思い知らされるのだ。年輩の寄稿者が幼いころ、若いころをふり返るなら、おのずとそれは、大恐慌《だいきょうこう》や第二次大戦について書くことになる。二十世紀なかばに生まれた寄稿者たちはベトナム戦争の影響にいまだとり憑《つ》かれている。二十五年前に終わった戦いだというのに、それはいまも我々のうちに、くり返し訪れる悪夢として、国民全体の胸のうちに残る大きな傷として生きつづけている。また、アメリカの人種差別の病をめぐる物語を書いた寄稿者はあらゆる世代に広がっている。三世紀半以上にわたって我々とともにあるこの災いは、我々の懸命の努力にもかかわらず、いまだ解決策が見つかっていないのだ。

エイズ、アルコール依存症、ドラッグ中毒、ポルノグラフィ、銃に触れた話もある。一番長い一作は、殺人未遂をめぐる恐ろしい物語である。にもかかわらず、ライオン・グッドマンによるその物語は、実に意外な、驚くべき形で展開し、読む者を唖然《あぜん》とさせる。逃れがたい死を前にしたグッドマンの、とてつもない落着きと勇気ゆえに、単にどぎつい犯罪物語になりかねない話が、ひとつの霊的な冒険譚《たん》に変容しているのだ。

社会からの圧力はこの本に出てくる人々の生活をつねに圧迫しているが、社会そのものを記録しようとしている物語はひとつもない。ジャネット・ズーパンの父親が一九六七年にベトナムの捕虜収容所で死んだことを私たちは知るが、それが彼女の話のテーマではない。視覚的なディテールを実に見事に捉える目でもって、モハーヴィ砂漠でのある日の午後、父親がわがままで強情な馬を追いかける姿を彼女は追ってみせる。そして、ほんの二年後に父親の身に何が起きるかを知る我々は、それを父に対して捧《ささ》げられた一種のメモリアルとして読む。戦争には一言も触れていないのに、間接的に、眼前の瞬間をほとんど絵に描くかのように焦点を絞っていることによって、アメリカの歴史におけるひとつの時代がまるごと自分の目の前を過ぎていくのを我々は感じるのだ。

スタン・ベンコスキーの父親の笑い声。キャロル・シャーマン＝ジョーンズの顔に浴びせられた平手打ち。クリスマスツリーを引きずってブルックリンの街を歩く幼いメアリー・グレース・デンベック。ジョン・キースの母親のなくなった結婚指輪。ステンレスの火格子《ひごうし》の穴にはまったジョン・フラネリーの指。自分のコートにねじ伏せられて床に倒れているメル・シンガー。バーンダンスでのアンナ・ソーソン。イーディス・ライマーの自転車。幼いころ自分が住んでいた家で撮影された映画を観《み》るマリー・ジョンソン。ラドロー・ペリーと脚のない男との出会い。部屋の窓から西七十四丁目を眺めるキャサリン・オースティン・アレグザンダー。雪の街を歩くジュリアナ・C・ナッシュ。ディーディー・ライアンの哲学的マティーニ。キャロリン・ブラッシャーの後悔。メアリー・マッカラムの父が見た夢。アール・ロバーツの襟のボタン。一つひとつ、忘れがたい印象をこれらの物語は残す。物語がたくさん積み重なっていっても、なおも心に残り、中味の濃い寓話《ぐうわ》やよくできたジョークが記憶に残るのと同じように、ふっと頭に浮かんでくる。イメージは明確で、濃密で、にもかかわらずなぜか軽々としている。一つひとつの物語がポケットに入るくらい小さいのだ。ちょうど私たちが持ち歩く、家族のスナップ写真のように。

ポール・オースター
二〇〇〇年十月三日

動物

ANIMALS

鶏《にわとり》

ある日曜の朝早くにスタントン通りを歩いていると、何メートルか先に一羽の鶏が見えた。私の方が歩みが速かったので、じきに追いついていった。十八番街も近くなってきたころには、鶏のすぐうしろまで来ていた。十八番街で、鶏は南に曲がった。角から四軒目の家まで来ると、私道に入っていき、玄関前の階段をぴょんぴょん上がって、金属の防風ドアをくちばしで鋭く叩《たた》いた。やや間《ま》があって、ドアが開《ひら》き、鶏は中に入っていった。

リンダ・エレガント
オレゴン州ポートランド

ラスカル

一九二〇年代にクー・クラックス・クランが復活した原因については、いまだ充分な説明がなされていない。ある時期に突然、中西部じゅうの町が、黒人とユダヤ人を社会から抹殺することを目的とするこの秘密結社の虜《とりこ》になってしまったのである。ネブラスカ州ブロークン・ボウのように、黒人が二家族、ユダヤ人が一人しかいない町では、攻撃の対象はカトリックだった。ローマ法王はアメリカ乗っ取りを企《たくら》んでいる、教会の地下室は兵器庫であって司祭や尼僧《にそう》はミサのあと乱交にふけっている、とクランズマンたちはささやいた。第一次大戦が終わり、ドイツを撃退してしまったいま、憎む対象を必要とする連中に新たな標的が見つかったのだ。驚くべきは、そういう連中の数だった。

ブロークン・ボウとカスター郡に住む多くの者が、男性的な秘密結社の奥義《おうぎ》に惹《ひ》きつけられた。男たちのあいだでほとんど普遍的な本能に思える、「我々／彼ら」で世界を分けたがる衝動に、その奥義は訴えたのである。彼らにあくまで抵抗した人々のなかに、地元の銀行経営者二人がいた。ジョン・リチャードソンと、私の父Y・B・ハフマンである。カトリックの入店を拒否しろ、とクランから脅迫電話がかかってくると、二人は敢然と拒んだ。どちらの銀行も抵抗を示したという意味では、クランの企ては挫折《ざせつ》したわけだが、その代償を、教育委員会選挙の際に私の母マーサが払わされる破目になった。町で一番のドラッグストア経営者と不倫しているという中傷を流されて、母は選挙に惨《ざん》敗《ぱい》したのである。

　やがて、クー・クラックス・クランが毎年恒例のパレードを町の広場で行なう季節がめぐって来た。パレードはいつも、牧場や農場から来た人々で町がにぎわう夏の土曜日を選んで行なわれた。白装束、円錐形《えんすいけい》の帽子、のぞき窓を開《あ》けた仮面といういでたちの団員たちが、堂々たる姿の、しかし誰だかはわからないグランド・クリーグルに導かれて、広場に歩み出て団の威光と力を町の人々に誇示するのである。歩道の縁に人々は列をなし、行進しているのは誰なのか思案しては、団の神秘的な力についてささやきあうのだった。

　と、そのへんの裏道から、黒いぶちのある小さな白い犬が飛び出してきた。ブロークン・ボウの住民はたがいにみんな顔見知りであり、犬たちについても、少なくとも主な犬のことはみんな知っている。わが家のジャーマンシェパードのヒッダや、アート・メルヴィルのレトリバーなどは有名人と言ってよかった。

　ぶち犬はグランド・クリーグルめざして嬉《うれ》しそうに駆けていき、彼に飛びついて、その愛《いと》しい手で頭を撫《な》でてくれるようねだった。「ラスカルだ」と言葉が伝わりはじめた。

「ありゃドック・ジェンセンのところのラスカルだ」。一方、荘厳《そうごん》なるグランド・クリーグルは白装束のなかの長い脚をばたばたさせて、明らかに自分の飼い犬である犬を蹴散《けち》らそうとしている。「うちへ帰れ、ラスカル、帰るんだ！」

いまや「ラスカルだ」という言葉は、行進よりも先に歩道の縁を伝わっていった。もうひそひそ声などではない。みんな遠慮なく声を上げて、何もかもお見通しであることを知らせている。人々はひじで仲間をつつきあい、いきなり吹いてきた疾風にざわめく木の葉のように忍び笑いが列のなかを進んでいった。やがてドック・ジェンセンの息子が出てきて、犬を呼び戻そうとした。「こっちおいでラスカル、こっちだよ！」

それで緊張が解けた。誰かがその叫び声に加勢して「こっちおいでラスカル！」と叫んだ。それとともに忍び笑いも爆笑に変わり、笑いの大波が広場を駆け抜けていった。ドック・ジェンセンは犬を蹴るのをやめて、威厳ある行進を再開したが、見物人たちは相手にしなかった。「こっちおいでラスカル！　こっちだよ！」

かくしてこれが、ブロークン・ボウにおけるクー・クラックス・クランの最期《さいご》となった。ドック・ジェンセンは大きな動物を扱う、そこそこにましな獣医で、牧場や農場を相手に商売も繁盛《はんじょう》していた。もしかしたら、人々が彼に仕事を頼むのは、あとで近所の人と一緒に物笑いの種にするためだったのかもしれないが、とにかく面と向かってから かう者はめったにいなかった。時おり、生意気な子供が、ドック・ジェンセンが車で通りかかるのを見かけて、「こっちおいでラスカル！」とどなったりした。

それ以来、黒いぶちのあるあの小さな白い犬は、外に出してもらえなくなった。

イエール・ハフマン
コロラド州デンヴァー

黄色い蝶《ちょう》

フィリピンのしきたりでは、聖体拝領の儀式を二年生ではじめることになっていた。毎週土曜、私たちは学校に行って、歩き方、蠟燭《ろうそく》の持ち方、どこに座るか、どうやってひざまずくか、キリストの身体《からだ》を受けるときにどうやって舌を出すか等々を練習させられた。

ある土曜のこと、母とおじが、黄色いフォルクスワーゲンのビートルで、練習を終えた私を迎えにきてくれた。私が後部席に滑り込むと、おじがエンジンをかけようとした。車は何度か空咳《からせき》みたいな音を立て、それから、エンジンの回転が止まった。おじは黙って苛立《いらだ》たしげに座っていたが、母はうしろを向いて私を見て、どうしたらいいと思うかと訊《たず》ねた。八歳だった私は、少しもためらわず、黄色い蝶が車に触るまで待つしかないと答えた。蝶が触れば車も動き出す、と。母が私の言葉を信じたかどうかはわからない。母はにっこり笑っただけで、おじの方に向き直って相談をはじめた。おじは車を降りて、近所のガソリンスタンドに行って助けを求めてくると母に告げた。私はうとうとと寝たり起きたりしていたが、おじがガソリンスタンドから戻ってきたときはちょうど起きていた。おじがガソリンの入った容器を持ってきて、車にガソリンを入れたがそれでもエンジンはかからず、おじがさらにあちこちいじったがそれでもまだ駄目だった。やがて母が車から降りてタクシーを呼びとめた。黄色いタクシーが停まった。運転手は状況を見てとると、私たちを家まで乗せていく代わりに、エンジンにガソリンが届くようポンプを押してみたらどうですとおじに提案した。これが功を奏したらしく、おじがこの親切な運転手に礼を言ってからイグニションを回すと、エンジンは一発でかかった。

私はうとうと眠りに戻っていった。だが次の四つ角までも行かないうちに、母に起こされた。母はすごく興奮していて、心底驚いたような声で喋《しゃべ》っていた。私は目を開け、母が指さしている方を見てみた。バックミラーのあたりを、小さな黄色い蝶がぱたぱたと飛んでいた。

シモネット・ジャクソン
カリフォルニア州カノーガパーク

ニシキヘビ

職場である社会復帰施設で最悪の一週間を過ごしたあと、ヴィックはニシキヘビを買った。入居者たちは無茶苦茶だった。メロー・マーティは厳禁のルールを破って売人から買ったドラッグを持ち込んだ。ミジェット（こびと）は逆上し、ひ弱な女子学生ボランティアを羽交締《はがいじ》めにして二時間放さなかった。女子学生が危うく窒息死しかけたところで、ヴィックはミジェットを取り押さえ、病院に連れていった。何もかもがマネージャーにして看護師長たるヴィックの責任だった。次々に生じる厄介事が、すべて彼の肩にのしかかった。

さらに悪いことに、マスコミが私立の精神療養施設批判を展開していた。六時のニュースで、ヴィックは会社が採用しているマクルーニー式グループホーム経営を擁護した。私立の施設はねずみ色のレンガ造りの病院より格段によくなっているんです、鉄格子《てつごうし》の窓の向こうに閉じ込められるよりグループで生活した方が患者さんたちもずっと幸せなんです、とヴィックは主張した。世のため人のためになる仕事から利益を得て何が悪いんです？　ひとしきり喋りまくったあと、ここらでひとつ何か気晴らしが必要だとヴィックはひしひしと感じたのだった。

　蛇なんか買ったら我慢も限界よ、と妻のキャリーにはきつく言われていたが、キャリーは昼は教師をしているし夜はバンドでサックスを吹いているのでどのみちろくに家にはいない。だいいち、イグアナを二匹買って帰ったときはキャリーも娘たちも大喜びだったじゃないか？　銀色の肌をしたゾロフトは、ダイニングルームの真ん中に据えた、天井まであるガラスの檻《おり》のなかで一日中ポーズをとっていた。夕食の席、ゾロフトのぱちぱちとまばたく黄色い瞳《ひとみ》にヴィックは慰められたものだった。一方、桃色の身体《からだ》をしたプローザックは、子供部屋に置いた専用のベニヤ板製の箱に入れた。四歳の娘シェリーが四つんばいになってケールやレタスをプローザックのねぐらに押しこむとき、ヴィックは注意深く見張っていた。イグアナの爪《つめ》は鋭く、ヴィック自身こっぴどく引っかかれたことがあったのだ。

　ペットセラピーだの、犬や猫が老人の気持ちを落着かせる効果だのなら、ヴィックも新聞雑誌でさんざん読んでいる。蛇というのはちょっと独特だが、これも仕事に関連した出費だと主張すればいい。そう聞かされればキャリーも納得するかもしれない。ヴィックは娘二人をペットショップに連れていった。そして二人を仲間に引き入れてキャンペーンを展開した。

「ママ、蛇ってすごくカッコいいんだよ」と上のエラが頼み込んだ。

「プローザックにもお友だちができるよ」とシェリーは言った。

「何を食べるの?」とキャリーは訊《き》いた。妻が折れかけていることをヴィックは見てとった。

「簡単さ」とヴィックは言った。「ネズミやウサギを食べるんだけど、爬虫類《はちゅうるい》のサプライストアで買えるから。君は嫌なら見ずに済む」

「ねえお願い、ママ」と娘たちは声を揃《そろ》えて言った。

キャリーは許可してくれた——さすがは彼の妻。ヴィックだってキャリーの音楽活動について文句を言ったりはしない。ヴィックの趣味を彼女があれこれ言う筋合いはないのだ。まあとにかく、ニシキヘビがどんなに美しいか見てほしい。ゴージャスな菱形《ひしがた》模様の、あの革のような分厚い肌。あれを見ればキャリーだって、わが家がこれまでに所有した最高の芸術作品だと認めるだろう。

ヴィックはニシキヘビをユングと名づけた。フロイトにしようかとも考えたが、それはさすがにやり過ぎだと思った。彼が初めてユングを檻から出して、その太った体を首に巻きつけると、キャリーも娘たちも驚嘆した。その硬い、うろこに覆《おお》われた肌に触ってみるようヴィックは三人を誘った。ユングの小さな舌を見るのを三人は喜んだ。薄い炎のような舌がちろちろと、ほとんど蜃気楼《しんきろう》のようにすばやく動く。蛇の力を、その恐ろしさをヴィックは感じた。でも俺はこいつを操れる。施設じゅうにあふれる統合失調症患者に較《くら》べれば、ニシキヘビなんて楽勝もいいとこだ。
ユングを檻から出してキャリングケースに入れるのは大仕事だとわかっていたが、とにかくホームに何か新機軸を導入することが必要だった。職場に着いたヴィックは、ユングをそろそろと両肩に載せてみせた。騒々しいコモンルームに沈黙のとばりが降りて、八人の患者は呆気《あっけ》にとられて見入っていた。ヴィックはゆっくりと部屋を回り、ニシキヘビの肌に触る度胸のある連中に触らせて歩いた。メロー・マーティのニタニタ笑いが見るみる横に広がっていき、ミジェットのずんぐりした顔にまで届きそうな勢いだった。こいつはドラッグよりいい、グループセラピーよりいい。みんな一心不乱に見ていた。たくましい蛇がいっそう強く自分の体に巻きつくのをヴィックは感じた。両腕をつき出して、ユングのとぐろをほどかせた。ニシキヘビはうろこをぎらぎら光らせ、自分のパフォーマンスを楽しんでいるようだった。主人の肩からするすると降りて、今度はその広い胸に巻きついた。患者連中が畏怖《いふ》の念もあらわに黙って見守るなか、ユングはくるくる輪を描いてヴィックの胴まで降りていき、驚くべき抱擁で彼を包み込んだ。

ジュディス・ベス・コーエン
マサチューセッツ州ノースウェイマス

プー

三十年前、私がヒッピーだったころ、頭の鈍い白のジャーマンシェパードの飼い主役を引き受けることになった。ある夫婦のペットだったのだが、夫婦がコロラド州アスペンにあるペット禁止のマンションに引っ越してしまったのである。私は同じコロラドのレッドヴィルに住んでいた。標高三千メートルに位置する、荒っぽい炭鉱町である。

職に就いているヒッピーの多くがそうであるように、私は二人の人間だった。一人の私はレッドヴィルのダウンタウンにある家に管理人として家賃なしで住みつつ、病院に勤務し有能な医療口述筆記係として働いていた。もう一人の私ははてしなく広がる松林に住んで、車庫を改造した二階建ての住居を、プーとジャクと共有していた。ジャクは背丈一九〇センチ、元気一杯のオランダ・韓国混血でドラッグ浸りの鉄砲職人で、長い黒髪をポニーテールに結わえていた。月給取りとしてのジャクは優秀な機械工で、月着陸船に使われた部品を作ったことで大統領から感謝状を贈られていた。

町の外で暮らしているペットはたいていそうだが、プーは林を気ままにさまよい、冬が去り春が来るにつれて、ねぐらに戻ってくる頻度はどんどん少なくなっていった。プーが妊娠していることを私たちは見てとったが、そのうちにもうまったく家に寄りつかなくなった。そんなある日、近所の人から、おたくのプーがうちのトレーラーの下で子を産んだと苦情を言われた。十三匹も産んだのだ！ 私たちは仔犬《こいぬ》たちを連れて帰った。賢いとは言いがたいプーだったが、母親としてはけっこう有能だった。

ある朝、私が病院で仕事にかかろうとしていたところに、保安官から電話がかかってきた。プーが仔犬たちを近所の人のトレーラーに連れ帰ってしまったので、動物管理局に来てもらった、ついては保安官事務所に来て犬たちを収容所から引きとるのに必要な書類を書いてほしい、と言われた。私の上司の、オクラホマ出のたくましい母親的人物ラホーマは、私がいつもはきちんと仕事をしているからと、早目にコーヒーブレークをとっていいと言ってくれた。私はダウンタウンに飛んでいった。行ってみると、何たることか、放免手数料が犬一匹につき十ドルかかるという。総額一四〇ドル！ 千ドルと言われたって同じことだ。ギャアギャア文句を言ったが、何の足しにもならない。私はすごい剣幕で立ち去った。

革命よ来《きた》れ！ 私は羊の皮をかぶった狼《おおかみ》だ！ わがタウンハウスに飛んでいって、破壊用具と、大きな衣類籠《かご》を持ち出し、犬が収容されている施設に向かった。呆《あき》れたことに、午前十時だというのに囲い込みには鍵《かぎ》がかかっておらず、番人もついていなかった。私は仔犬どもを籠に放り込み、おしまいにプーも投げ入れて車を出し、全速力で山道をのぼっていった。町から一キロちょっと外に出たあたり、川べりで犬たちを降ろし、仕事に戻っていった。

一時間ぐらいして電話が鳴った。ジャクからだった。仔犬たちもプーも行方不明！保安官はすっかり恐縮している！　犬さらいどもをつかまえようと郡全体に警報が発令された！

昼休みに、犬の収容所で待つ保安官とジャクのところに行った。ジャクはこっちの目論見《もくろみ》どおりとことん怒り狂っていたが、あまりに怒っていてこのままではリンチ隊でも組織しかねないので、こっそり脇《わき》へ連れていって事情を説明した。ジャクはお芝居が上手な人間ではないので、私がしばらく町に寝泊まりし、事の進展について彼には何も知らせないということに決めた。こうすれば、彼としても気兼ねなく保安官や保安官補のよき飲み仲間でいられる。まあもちろん、私のことを、よくやった、と思ってはくれたのだが。でも私はいまや立派な犯罪者であり、一人でやっていくしかないのだ。

仕事を終えると、隣り町へ行ってペットフードの大袋を買った。満月に照らされた寒い晩、私は川べりのプーに食料を届けた。それ以後毎晩、私は犬の一家を訪ねていった。私が行くと、プーが威風堂々、白い狼のように歩み出てくる。そのうしろから、月光のなかを流れるようにして、柳の根っこに時おりつまずきながら、十三匹の可愛《かわい》い、たくましい仔犬たちがやって来た。みんな抱かれたり撫《な》でられたりされたくてうずうずしている。それは私の人生でも稀《まれ》な魔法のひとときだった。

やがて、ある夜、誰も私を迎えに出てこなかった。犬たちはいなくなっていた。私には調べようもなかったから、町の噂《うわさ》に耳を澄ましているしかなかった。

結局、プーの仔犬たちは保安官事務所から養子に出されたのだった。なのに私とジャクには、見つかりましたよという電話一本かかってこなかったのだ。

一週間後、ジャクは酒場で保安官補の一人と大喧嘩《おおげんか》になった。そいつは自慢たらたら、仔犬を護《まも》ってた白い雌犬がえらく獰猛《どうもう》でさ、近づけやしないから撃ち殺してやったのさ、と言ったのだった。

パトリシア・L・ランバート
オレゴン州ユージーン

ニューヨークの迷い犬

夫を亡《な》くしたあとに、私は何度もたまらなく悲しい気分に陥った。そんなあるとき、劇場で晩を過ごせば少しは気も晴れるかと、芝居を観《み》にいくことにした。私の家はイーストヴィレッジにあって、劇場は三十四丁目。私は歩いていくことにした。歩き出して五分も経《た》たないうちに、一匹の雑種犬がついて来はじめた。ふつう犬が飼い主相手にやることを、その犬もやった――少し離れて何か探索しているかと思えば、また舞い戻ってきてご主人の様子を窺《うかが》う。私は興味をそそられて、犬を撫でてやろうとかがみ込んだが、犬はさっと跳び去った。ほかの通行人も何人か、その犬が気に入った様子で、おいでおいでと誘ったりしたが、犬は知らん顔をしていた。私はアイスクリームを買って、分けてやろうと差し出したが、それでも寄ってこようとしない。劇場も近くなってくると、この犬はどうなってしまうんだろうと気になってきた。私が劇場に入る直前、犬はとうとう近くに来て、私の顔をまっすぐ見据えた。そこには、思いやりに満ちた夫のまなざしがあった。

イーディス・S・マークス
ニューヨーク州ニューヨーク

ポークチョップ

犯行現場清掃業をはじめてまもないころ、私はインディアナ州クラウンポイントに住む女性の家に派遣された。私の家から車で二時間くらいのところだ。

到着して、ミセス・エヴァソンに玄関のドアを開けてもらったとたん、血の匂《にお》いや、その他体内組織の匂いが鼻をついた。これは相当ひどい有様にちがいない。ずいぶん大きなジャーマンシェパードが、ミセス・エヴァソンがどこへ行くにも一緒について回っている。

ミセス・エヴァソンから聞いたところでは、彼女が帰ってくると、家には初老の、重い病を患《わずら》った義父がいるはずなのに、何の物音もしなかったということだった。夫人が話しているあいだ、ジャーマンシェパードは、通常大きな肉食動物が示すたぐいの好奇心とともにくんくん私の匂いを嗅《か》いでいた。

地下室の明かりが点《つ》いていたので、そこにいるにちがいないと思ってミセス・エヴァソンが降りていくと、義父は力なく椅子《いす》に座っていた。口に十二口径のショットガンをつっ込んで引き金を引いたせいで、頭の大半が吹っ飛んで、脳味噌《のうみそ》や骨や血がカーペットを敷いた地下室の床一面に飛び散っていた。

ざっと様子を見に地下に降りていくと、これは防護服を着ないと駄目だと悟った。血のなかに混じった成分から身を護るとかいうより、まずはとにかく服が血で汚れてはかなわない。

「こりゃひどい」と私は胸のうちで思った。精一杯気をつけて作業したが、じきに頭から爪先《つまさき》まで血まみれになった。どれだけ長くこの仕事をやっても、いまだにぞっとさせられる。まあそれが健全なんだと思うが。

地下室にあった汚れた品々を抱えて、何度かトラックと家とを往復した。天井板、衣類、老人が座っていた椅子の破片。好奇心旺盛《おうせい》な犬は、ますます興味津々《しんしん》の様子で私につきまとうようになっていた。

誰かが嘆き悲しんでいるときには、下手に何か言うより何も言わぬ方がいいことも多いのだと、私も経験から学んでいる。だがミセス・エヴァソンはうなだれてキッチンテーブルに座り、生まれて初めて泣くみたいにしくしく泣いていた。ここは何か言って、ガス抜きをしてやるべきだと思った。作業をして回る私に犬は相変わらずつきまとっていたから、これを話のきっかけに使おうと決めた。「あのう、ミセス・エヴァソン？こんなに人なつっこい犬、初めてですよ」と私は言った。

突然、頭から冷や水を浴びせられたみたいに、ミセス・エヴァソンがしゃきっと背筋をのばし、私の馬鹿《ばか》さ加減に呆れたみたいな顔でこっちを見て、言った――「当たり前でしょ！ あんた、まるっきりポークチョップみたいな匂いがするわよ！」

エリック・ウィン
インディアナ州ウォーソー

B

十五歳の少女だったころ、この国ではごく珍しい品種の犬に私は引きあわされた。私と犬は驚くほど気が合った。犬はしっかりした個性を持ち、それに見合うしっかりした名前も持っていた。Bではじまる、一音節の名前。毎日放課後、私はBに会いにいった。大学に進学して、Bに会えなくなると、すごく寂しかった。十年後、私は犬のブリーダーのところに行って、Bのような仔犬《こいぬ》はいないか訊《き》いてみた。ニューヨーク・シティのシングルペアレントの家なんて、そういう高貴な仔犬を育てるにはまるで不向きだと言われた。頼んでも売ってもらえなかった。

私はSPCA（動物愛護協会）に登録し、翌日出張で外国に出かけた。出張先で友人に誘われて、彼の母親の所有する田舎のお屋敷で週末を過ごすことになった。その母親が、私に会いたがっているというのだ。食事の時間のたびに母親の分の席もつねに用意されたが、彼女は一度も現われなかった。日曜日になり、街へ戻ろうと、友人と車で山道を走っていると、すごく背の高い、厳粛な雰囲気の女性に出くわした。女性の横には、見たこともないほど大きい、かつ大人しいレトリバーが二匹控えている。友人は私を母親に引きあわせてくれた。私は車から降りなかったし、向こうも私に一言二言声をかけたきりだった。食事にまるっきり顔を出さなかったことについて何の言い訳もせず喋っている彼女の姿を見ていると、Bと過ごした子供のころ以来一度も抱いたことのなかった感情がよみがえってきた。この女性と、脇《わき》に立っている二匹の犬とのあいだには、あれと同じ不思議な結びつきがあるように思えた。簡単な別れの挨拶《あいさつ》を交わして、私たちはふたたび車を走らせた。

ニューヨークに帰ってきて二週間ほど過ぎたある朝、SPCAから電話があった。大型犬の仔犬が養子に出されているという。私が外国に行っているあいだにも何度か電話してくれていたのだが、いっこうに出ないのでひとまずリストから外されていたのを、データベースにバグがあったおかげでもう一度かかってきたのである。バグのせいとはいえ、仔犬はちゃんと存在する。私は職場に電話して病欠をとり、タクシーを拾って、九十二丁目、イーストリバー近くにあるSPCAに直行した。三層になった、無数のケンネルから成る巨大な迷路内の、小さな部屋にある小さなケージの前に私は連れていかれた。一番下の層に、黒い仔犬が一匹力なく横たわっていた。やつれていることを別とすれば、Bそっくりだ。私はケージの扉を開け、しゃがみ込んで、仔犬をこっちへ来させようとあの手この手と試してみた。いかめしい顔の、感情のなさそうな係員が、この犬はやめておきなさいと私に言った。どう見ても強情すぎます、と。私は立ち上がって、帰りかけた。ところがそのとき、なぜか頭に「ベン」という言葉が浮かんだ。私はその名を声に出し、ぴたっと立ち止まった。ふり向くと、仔犬はケージから駆け出してきて、飛び上がり、私の首に両の前足を巻きつけて私の顔をぺろぺろ舐《な》め、私の胸一面におしっこをした。係員がぎゃあぎゃあ言うのを無視して、ベンという名のレトリバーの仔犬を私はもらい受けた。

その夜遅く、アパートに帰りついたころには、私も犬もくたくたに疲れていた。ドアを開けると、誤配だろうか、青いエアメール封筒が敷居に落ちていた。仔犬は凍りつき、じっと封筒を睨《にら》みつけて、私がそれを拾うまで部屋に入ろうとしなかった。手紙を読む私を、仔犬は座り込んで見守っていた。それは例の、外国に住んでいる友人の母親からだった。ほとんどお話もしなかったのにお手紙などさし上げて申し訳ありません、と彼女は詫《わ》びていた。あなたの住所は息子から聞きました。あなたが山道でごらんになった私の飼い犬のベンが突然死んだことを、なぜかどうしてもあなたにお伝えしなければという気持ちになったのです。ただそれだけお知らせしたかったのです。そして彼女は結びに、お探しになっていた仔犬は見つかりましたか、と書いていた。

スザンヌ・ストロー
ヴァージニア州ミドルバーグ

二つの愛

一九七七年十月、私は十二歳で、野球とコルビーに夢中だった。コルビーとはうちで飼っていた、ゆっさゆっさと歩く気取り屋の黒猫である。ある日の午後、それら二つの愛が奇怪な遭遇を遂げた。

玄関前の塀にテニスボールを投げて遊ぶのにも飽きた私は、プラスチックバットを庭に持ち出して、四つか五つあるボールを前へうしろへ打ちはじめた。ボールは一つまたひとつと、古い梨《なし》の木の枝に引っかかってしまった。まもなく、残るボールはひとつだけになり、それもやがて同じ運命をたどった。私はひどく落ち込んだ。あの木にのぼるのはちょっと無理だ。私はジム・オトゥール・モデルのグラブをボールめがけて投げ上げた。グラブは木に引っかかった。今度はペラペラのバットを投げてみた。バットも引っかかった。次はスニーカーをなくす番かというところで、コルビーがゆっさゆっさと登場した。彼は首を傾け、しばし座り込んで、私の情けない姿を観察していた。それからわがヒーローは毅然《きぜん》と木をのぼっていき、巧みにその一番奥まで進んでいって、人質となったスポーツ用品をひとつずつ器用に叩《たた》いてまわった。いくらもしないうちに、啞《あ》然《ぜん》としている私の手のなかに、最後のひとつが落ちてきた。

ウィル・コフィ
イリノイ州ノースリヴァーサイド

ラビット・ストーリー

二年ばかり前、私は友だちの家に遊びにいった。一緒に聴いたら楽しかろうと思った新しいCDを一枚持参していった。彼女の家のリビングルームで、木の椅子にちょこんと座った私は、もっとずっと座り心地のいいカウチでくつろいでいる猫と目を合わせぬよう細心の注意を払っていた。

音楽が鳴り出してからしばらくすると、目の端に、もう一匹の猫が階段をそろそろと下りてくるのが見えた。私はアレルギーを抱えた人間がいかにも言いそうなたぐいの、穏やかな非難の意を伝える言葉を口にした。

「でもあれ、猫じゃないわよ」と友人は私の誤解を正した。「うちの娘が飼ってる兎《うさぎ》よ」

そう言われて、前に聞いた話を私は思い出した。私は彼女に訊いた。「兎ってさ、うちのなかを自由に動き回らせると、電気のコードを嚙《か》んだりするんじゃないの――そうなったら……?」

「そうよ」と彼女は言った。「だから見張ってなくちゃいけないの」

私はそこで、ささやかなジョークを口にした。万一兎が電気で焼かれたらすぐ僕に電話してくれよ、と私は言った。そしたら飛んできて、もらっていって夕ごはんに料理するから、と。私たちは陽気に笑った。

兎はのそのそと立ち去った。しばらくして、友人は鉛筆を探しにいった。そして行っていくらも経《た》たないうちに、ひどく奇妙な顔で戻ってきた。どうしたの、と訊くと、兎がたったいまランプのコードを噛んで感電死したと彼女は答えた。まさにさっき私が言ったとおりのことが起きたのだ。彼女がその場に行くと、兎はちょうど、脚をばたばたさせて息を引きとるところだったという。

自分の目で確かめようと、私は隣の部屋に飛んでいった。命なき動物が、前歯を二本茶色のコードに食い込ませたまま横たわっていた。何秒かごとに、電気の光が歯から歯へと小さな弧を描いていった。

めまいに襲われたような、何が何だかわからない気分で、私と友人はたがいに見つめあった。この状況を面白がればいいのか、怯《おび》えるべきなのか。とにかくどうにかしなくては、と思い立って私は箒《ほうき》をつかみ、じわじわ焼けていく兎を叩いてコードから引き離した。

それからまたしばらく我々はそこに立ちつくし、死体をぽかんと眺めていた。やがて友人が口を開いた。何か思いついたのだ。

「あなた、気づいてるかしら」と彼女は言った。「あなた、さっきどんな願いでもかけられたってこと?」

「どういう意味?」

「さっき、兎を持って帰って夕食に料理するって言ったときよ」と彼女は言った。「さっきそういう可能性を口にしたでしょ。あれってべつに、兎じゃなくても、百万ドルでも何でもよかったのよ。何を願っても、あなたはそれを手に入れられたのよ。何を願っても、かならず願いが叶《かな》う、そういう瞬間だったのよ」

百パーセント彼女の言うとおりだった。以後もずっと、私はその言葉を疑ったことは一度もない。

バリー・フォイ
ワシントン州シアトル

カロリーナ

平和部隊のボランティアとして私がホンジュラスの山の中で働いていたころ、電線を設置する最良のルートを調べに、測量士の一団が政府から派遣されてきた。ほどなく、測量士の一人のパブロが、私に病的な思いを寄せるようになった。それはとうてい相思相愛の関係ではなかった。ひとつには、パブロはいつ見てもぐでんぐでんに酔っ払っていたのだ。いたるところ私につきまとい、私の家の玄関をどんどん叩き、私が見つからないと近所の人に外人女《グリンガ》はどこだと訊《き》いて回った。やがてパブロは、プラス思考を極度に推し進めることにした。日曜日に私と結婚すると宣言し、みんなを結婚式に招いて、このへんの誰も見たこともないほどの御馳走《ごちそう》を並べたのである。残念ながら、宴には誰も来なかった――花嫁さえも。

次にパブロは、私がラバのカロリーナには何でも打ち明けることを嗅《か》ぎつけた。私が牧場へ出てくるたびに、カロリーナはとっとと駆け寄ってくる。鼻をすり寄せてくる彼女の、大きな、共感に満ちた耳に、私は悩み事を洗いざらいぶちまけたのだ。このラバを仲介役に使って私の心を捉《とら》えよう、とパブロは決めた。

問題は、カロリーナが酔っ払いを心底忌《い》み嫌っていることだった。アルコールの臭《にお》いがするたびに、足を踏み鳴らし、鼻を鳴らす。でもそれに気づくには、パブロはあまりに酔っていた。彼がそばに寄っていくと、カロリーナはすたすた歩いて離れようとした。無理に隅へ追いつめたりすると、彼女はパブロをさんざん蹴飛《けと》ばした。パブロはばったり倒れる。何とか立ち上がって、またよろよろ寄っていくと、またあっさり倒される。頭から爪先《つまさき》まで傷だらけになるまでパブロはあきらめなかった。

翌日、どういうわけか、カロリーナが死んだという確信をパブロは抱いた。カロリーナがのんびり草を食《は》んでいる牧場のすぐ外に立っていたというのに、である。そして通りかかった連中に片っ端から声をかけ、ラバが死んで私があまりに取り乱しているので一人では埋葬できない、お前らみんなシャベル持ってきて手伝え、と呼びかけた。誰かが断るたびに、パブロは相手を、怠け者、お前あの人を気の毒に思わんのか、あの人がこの地域の子供たちを助けようとあんなに一生懸命やってくれているのに、と罵《ののし》った。

やがて友人が何人か私の家に来て、カロリーナが死んだという噂《うわさ》は、かつてマーク・トウェインが言ったように「大きな誇張」だと教えてくれた。パブロはあんなことを言いふらしたけれど、実はいたって元気であり、穏やかな姿を見せているというのだ。パブロが彼女に危害を加えぬよう、そしてパブロもこれ以上彼女に痛めつけられぬよう、私はカロリーナを別の農場に移すことにした。行ってみると、パブロは酔いつぶれて倒れていて、私が彼女を移すところもいっさい目にしなかった。
何日かあと、カロリーナに乗って山道を下っていると、パブロに出くわした。いつもほどは酔っていなくて、ひどくまごついた顔をしている。私は叫んだ。「ミーレ！　セ・レスシート！」（「ごらん！　彼女は死からよみがえったんだよ！」）パブロは幽霊のように蒼白《そうはく》になり、「ディオス・ミーオ！」（「おお、神よ！」）と呟《つぶや》いた。そしてくるりと回れ右し、一目散に逃げていって、それっきり戻ってこなかった。

ケリー・オニール
ペンシルヴェニア州ロックヘーヴン

アンディと蛇

アンディは動物に夢中だった。毎日僕らを聞き手に、蛇や犬や猫の話をした。動物愛護活動家の情熱をもってアンディは語ったが、はっきり言ってそこには、ストーカーの歪《ゆが》んだ愛も混じっていた。

アンディは日記に書いた話を僕に読んで聞かせてくれた。これは自分が昔体験した本当の話だとアンディは言った。そのころ彼はテキサスの、少し前まではほとんど荒野だった新しい町に住んでいた。十四歳かそこらで、友だちもなく、いるのは友だちというよりサンドバッグ役の弟だけだった。一緒に暮らして、いつも話を聞かされていたのだろうから、弟はきっと、アンディが寄ってくるたびに逃げ出したにちがいない。アンディがドラッグ中毒になるより少し前のこと、例によって弟を相手に退屈を紛らわそうとしたが見当たらない。そこでアンディは散歩に出かけ、新しい町を抜けて、わずかに残った自然の地に入っていった。

このあたりは土の層が薄い地帯である。ブーツの爪先《つまさき》で表土を蹴散《けち》らせるくらい薄い。その下にはもう岩が出てくる。植物が生き延びるにはおよそ不適な土だったが、雑草は構わずぐんぐん伸びて根を深く張った。一帯に小川が通っていて、町のそばにある大きな地下パイプに流れをそらしてあった。小川の土手は相当高く、雨が降ると川は危険な激流に変わった。アンディをはじめ、町の子供たちはみな、川の方に行ってはいけないと言われていた。退屈していたアンディは川に直行した。行く途中、巨大な蛇に出くわした。ありゃあきっと二メートル近くあったね、とアンディは僕に言った。土手を伝って、蛇はするすると、雑草の茂みを出たり入ったりしながら進んでいった。陽が当たると、蛇の体は光り輝いた。うろこは鎧《よろい》のようで、あらゆる色をそのなかに持ち、光の速さでそれを一色ずつ解き放った。アンディの目は蛇に釘付《くぎづ》けになった。この蛇は神様が自分にくれた特別な贈り物なのだと彼は思った。ついて行くと、蛇は土手を降りていった。土手は泥板岩《でいばんがん》で、崩れやすく危険だった。そこらじゅうに穴ぼこや洞穴《ほらあな》があった。雑草のかたまりが斜面から飛び出していた。アンディはつっ立ったまま蛇を見守った。蛇もさっきから動かなかった。じっとしていても体はきらきらと光り輝いた。

アンディはうっとりと見入っていた。これほどの恍惚《こうこつ》はその後、コカインを大動脈に、ぴったり適量のＬＳＤを混ぜて打つようになるまで訪れることはなかった。車が背後から近づいてくるのも聞こえなかった。石をぶつけられるまで、ぴくりとも動かなかった。

「何すんだよ馬鹿《ばか》！」とアンディは言った。うしろを向くと、男五人女三人ばかりの不良グループがいた。みんなまだ十代のようだ。何人かは学校で見た覚えがあった。

「誰が馬鹿だって?」と、一人の不良がけだるそうに言った。そいつが血なまぐさい喧《けん》嘩《か》を求めている匂《にお》いがアンディには嗅ぎとれた。ここは用心した方がいい。「お前らだよ」とアンディは言った。そして間を置かず、「あそこにすごく大きい蛇がいるんだぜ。お前たちには触《さわ》れないくらい大きいんだぞ」と言った。みんながさっと蛇のいる方を見た。「何言ってんだ馬鹿。殺すのに触る必要なんかねえだろ」といまの不良が言った。そしてそいつは並んでいる車の一台に行って、小さなピストルを取り出した。不良は蛇に狙《ねら》いを定め、引き金を引いた。弾は外れたが、泥板岩の破片がそこらじゅうに飛び散った。蛇はするすると土手を降りて、そのへんの洞穴のなかに入っていった。
不良は「蛇、どこ行った?」と言って、ピストルを持ったままアンディの方に向き直った。「もういないのか、蛇? まだ撃ちたりないぜ」とそいつは言った。アンディは「いない。でもよかったらいまの蛇を持ってきてやるぜ」と答えた。不良たちはみんなゲラゲラ笑って、アンディに悪口を浴びせた。こんな土手、蛇でもなければ降りられるわけがない。アンディは「もし俺があそこに行って蛇を連れて帰ってきたら、お前のピストルはもらうぜ」と言った。「ふん、冗談じゃない」とさっきの不良は言った。アンディは「怖いんだな、ピストル取られるのが」と言った。すると、不良はみんなの前で言った。「よかろう。行ってきな。あの蛇をつかまえてここに持ってきたら、ピストルをやる」

アンディは少しも怖くなかった。あるいは、怖かったとしてもそのせいでびびったりはしなかった。土手の縁まで歩いていって、蛇が入っていくのが見えた洞穴までずるずる滑り降りていった。坂はものすごく険しくて、不良連中からアンディの姿はほとんど見えない。みんなが彼に罵声《ばせい》を浴びせた。「アホ」「死んじまえ」「腰抜け」。アンディは何も言わなかった。いまのアンディを知る僕は、そのとき彼があの張りつめた、死神に憑《つ》かれたような笑みを浮かべていたと確信する。

洞穴に近づくにつれて、滑り降りるスピードを緩めた。ゆっくり慎重に、穴の方へ回り込んでいった。それから、身を乗り出して、そろそろと穴の入口まで這《は》っていった。巨大な洞穴だった。太陽が昇っていなかったら、穴の中はおろか、穴があることすら見えなかっただろう。だがいま、アンディには中まで見えた。入口のすぐ向こうに、蛇がいた。洞穴の見えない壁を背景に、陽を浴びてゆらめくように光っている。あくびをするみたいに蛇は口を動かした。緑色の目が、何も見ることなくじっと開いていた。アンディは蛇を見て、次の瞬間蛇をつかんで、その頭を洞穴の石の床に叩きつけて殺した。

頭上の道路で不良連中がわめくのもさっきから聞こえなくなっていたが、いままたそれが聞こえてきた。一人がしつこく何度も「おーいどうした！」とどなっているのが耳に届く。「いま行くよ」とアンディはどなり返した。するとまた新しい問いをどなる声――「つかまえたのか？」。それに仲間が答える――「つかまるもんか。あんな奴《やつ》にあの蛇がつかまるもんか」。ピストルの持ち主が「腰抜けのアホだぜ、あいつ」と言った。土手を這い上がりながら、アンディは何も言わなかった。両手が必要だったから、蛇の死骸《しがい》を首に巻きつけ、泥板岩にへばりついてじわじわのぼっていった。手のひらや膝頭《ひざがしら》がすりむけた。汗が出てきた。額の汗を、片方の血まみれの手で拭《ふ》き、それからもう一方の手で拭いた。土手のてっぺんの張り出しまで来て、止まった。彼の姿は誰からも見えない。ひと息ついてから、片足を張り出しの上に投げ上げ、もう一方で足場をぐいっと押して一気に道路に上がった。

不良グループは肝をつぶした。誰も何も言わなかった。アンディはニヤッと笑った。ピストルの持ち主はまだピストルを手にしていたが、そのあごががくんと垂れた。女の子たちが彼を見る目が、うっとうしいけどちょっと惹《ひ》かれなくもない奴、というよりもう少し熱くなってきた。ピストルの持ち主の不良が言った。「ふうん、やるじゃねえか。だけどピストルはやらねえぜ」。アンディが言った。「約束しただろ」。「アホへの約束なんか勘定に入らねえよ」。アンディは不良の方に近づいていって、言った。「守れもしねえ約束するんじゃねえよ」。不良は一、二歩下がってピストルを構えかけた。「寄るんじゃねえ」。アンディは何も言わずに、さらに近づいていった。近づきながら、いまや灰色になり果てたとはいえ依然巨大な蛇の死骸を首からほどいて、ピストルの持ち主に向けてポイと放り投げた。相手は蛇を押し返そうと両手を前につき出し、バランスを失って蛇もろともどさっとうしろに倒れ込んだ。アンディはかがみ込んでピストルを拾い、言った。「蛇はとっときな。どうせもう何の役にも立たねえし」。ほかの不良たちが笑った。ピストルの持ち主の不良が立ち上がって、「おい、俺のピストル返せよ」と言った。アンディは言った。「もう俺のさ。お前が持ってるのは蛇だよ。撃ちたきゃ蛇で撃ちな」。不良は喧嘩に持ち込もうという気だったが、そこでアンディが例の、弟も逃げ出すあの目つきをしてみせた。もう一人の、図体《ずうたい》の大きい仲間が言った。「やめろって。お前がこいつに、蛇を持ってきたらピストルをやるって約束して、こいつはちゃんと持ってきたんだから」。それからそいつはアンディの方を向いて言った。「じゃあ、またな」。そしてみんなで車に乗り込み、去っていった。一人の女の子がリアウィンドウからうしろを見て、ニッコリ笑って手を振った。アンディはピストルを手に、ニタニタ笑いを浮かべたまま家まで歩いて帰った。

ロン・フェイビアン
ミシガン州パーマ

青空

一九五六年、アリゾナ州フィーニックスは果てしない青空の広がる町だった。ある日私は、姉のキャシーが新しく買ってもらったインコのパーキーを指先にのせて家のなかを歩いていた。と、私は思いついた。パーキーに空というものを見せてやろう。空の見えるところに行けば、鳥の友だちだってできるかもしれない。私がパーキーを裏庭に連れていくと、何たることか、パーキーは飛んで逃げてしまった。巨大な、情け容赦ない青空が、姉の青い宝物を呑《の》み込んでしまった。羽根を短く切られた体もろとも、パーキーはあっという間にいなくなってしまった。

キャシーはどうにか私を許してくれた。楽天を装《よそお》って、きっとパーキーは新しいおうちを見つけるわよ、と励ましてくれさえした。でも私は、そんなことを信じるには頭が回りすぎる子供だった。何を言われても落ち込んだままだった。時は過ぎていった。やがて、そんな私の深い自責の念も、人生のもっと大きな物事のなかでささやかな位置を占めるのみとなり、私たちはみな大人になった。

何十年も経って、私は自分の子供たちが大きくなるのを見守った。子供たちの活動に、私たち親も何かと加わった。サッカーのある土曜日には、子供たちの友だちの親のキッセル夫妻と一緒に折りたたみ椅子に座って過ごした。キッセル一家とは一緒にアリゾナをキャンプして回ったりもした。映画を観にいくにも、みんなでバンに乗り込んだ。私たちは大の仲よしになった。ある晩、みんなで「最高のペット」の話をしようということになった。一人が、自分は最高に年老いた金魚を飼っていると言った。うちには千里眼の犬がいる、と言った者もいた。やがて、キッセル家の父親バリーが話をはじめ、史上最高のペットは自分の飼っていた青インコのスウィーティ・パイだと宣言した。「スウィーティ・パイで最高だったのは」とバリーは言った。「僕らが彼をつかまえたときのことだね。ある日、僕が八つくらいのころ、澄みきった青空から突然、ふわふわと小さな青インコが降りてきて、僕の指にとまったのさ」

ようやく口がきけるようになると、私はバリーと、驚くべき証拠を検証しあった。日にち、場所、鳥の特徴、すべてが一致した。私たち二家族は、どうやら出会うよりずっと前からつながっていたらしい。四十年の歳月を経て、私は姉のもとへ飛んでいき、言った——「姉さんの言うとおりだったよ！　パーキーは新しいうちを見つけたんだよ！」

コーキ・スチュアート
アリゾナ州テンピ

抵抗

姉と二人で、舗装されていない道を学校から歩いて帰る途中のこと。空気は夏のように暑かった。本当に夏だったらいいのになと二人とも考えていたと思うが、いまは秋だった。ポプラの葉ももう落ちてしまっていた。鹿撃《しか》ちのシーズンも過ぎていた。山あいに静けさが戻ってきていた。

爆弾が落ちてきたらどうするか、先生に言われたことを私は考えていた。外へ出て、排水溝にもぐり込んで道路の下に隠れていれば安全だと先生は言った。排水溝だったら、もうさんざん見ている。たしかに安全そうだったが、あんなところにもぐり込むのは嫌だった。土が放射能をさえぎるのだと先生は言った。

帰り道、爆弾が落ちてくると思うか、と姉に訊いた。「ここには落ちないわよ、でもたぶん朝鮮には落ちるわね」と姉は言った。

毎朝先生が、壁に貼《は》った朝鮮半島の地図を指さしながら、戦線がどこまで来ているか私たちに教えている姿を私は思い浮かべた。たぶん先生は、学校へ来る前にドゥランゴのラジオ放送を聴いて、そこで聴いたことを私たちに話していたのだろう。

うちに帰ると、父さんが子牛を殺す支度をしていた。夏じゅうずっと私たちが餌《えさ》をやっていた牛だ。お前たちも手伝うか、と父さんは訊いた。いい、と姉は言ったが私は手伝うと言った。姉は子牛と仲よしだったのだと思う。

父さんが壁に掛けたライフルを降ろし、台所の引き出しから薬莢《やっきょう》を一握り取り出した。家畜を入れている囲いまで二人で歩いていった。子牛はぽつんと立っていた。私たちは木戸を開けて囲いに入っていき、子牛が逃げないよう木戸を閉めた。このあいだ牛を殺したときもそうだったけれど、ライフルに弾を込めながら父さんは、牛の耳と目を結ぶ二本の線を思い描いてその線が交わるところを撃つんだと言った。「そこが脳味噌の一番大事な部分だから、何も感じる間もなく即死するのさ」と父さんは言った。

子牛は私たちを見ていた。これから何が起ころうとしているのか子牛が知らなくてよかったと私は思った。

父さんは慎重に狙いを定めて、発砲した。驚いたことに、子牛はぴくっとひるんだだけだった。きっと父さんは私以上に驚いたと思う。「外れたわけないんだが」と父さんは言って、子牛が動き出す間もなくすばやくもう一度撃った。ところが子牛は首を横に振るだけ。「畜生」と父さんは言って、また発砲した。今度も子牛は首を振ったが、べっとり濃い血が鼻から出ているのが見えた。子牛は頭をがくんと垂らした。地面に頭が触れた。父さんもそれを見てとった。本気で怒っている様子で、ポケットから薬莢を一つかみ取り出して、しげしげと眺め、「誰だ、こんなの入れた奴《やつ》は？」とわめいた。私が父さんの手のひらをのぞくと、この薬莢に入っているのは鳥撃ち用散弾であって野良《のら》犬《いぬ》を追い払ったりするのに使うのだと父さんは言った。それから父さんは薬莢を地面に放り投げ、私にライフルを持たせて、囲いの真ん中に私を子牛とともに置きざりにし、正しい薬莢を取りにいった。

父さんがいないあいだ、子牛は鼻の穴から血と鼻汁をじくじく流しながら、しばらく私を見ていた。それからもう一度首を横に振って、囲いの柵《さく》にそって、とっとっと小走りに駆け出した。私は子牛から目を離さなかった。子牛が走るのに合わせてぐるぐる回ったので、じきに頭がくらくらしてきた。やっと父さんが戻ってきて、私からライフルを受けとり、薬莢を一つ込めて、ライフルを肩まで持ち上げ、狙いを定めて、子牛が走るのに合わせて体を回し、大声で「おい！」とどなった。子牛は走るのをやめ、私たちは立ちつくして待った。それから、子牛はゆっくりと顔を私たちの方に向けた。鼻が地面からほんの何センチかのところにあった。一面に血が飛び散った白い顔は、これから何が起ころうとしているのか知っているように見えた。

マイケル・オッペンハイマー
ワシントン州ラミアイランド

ヴァーティゴ

私が十歳のとき、うちはアップルヴァレーに引っ越した。アップルヴァレーはカリフォルニア・ハイデザート地域にある小さな村である。私の父はテストパイロットで、一九六四年の夏以来ジョージ空軍基地に配属されていた。だだっ広い村に建つ、芥子色《からしいろ》の家に私たちは落着いた。周りにはほかに何軒かよその家が散在するだけで、その外側には無数のハマビシ、ヨシュアノキ、ナシサボテンが三方にそれぞれ五キロばかり広がっていた。あと一方にはモハーヴィ川が、一キロちょっとの砂漠をはさんだ向こうできらきら光っていた。

私の父は身の丈一九〇センチ、おそろしく濃い眉《まゆ》をしていた。笑い声はものすごく太くて、その響きが私のお腹《なか》まで震わせているのが感じられた。あんなに馬のいななきの真似《まね》が上手《うま》い人を私はほかに知らない。台湾語の一方言も話せたし、ドイツ語もいちおう流暢《りゅうちょう》に聞こえるくらい喋《しゃべ》れた。近隣の人たちを観衆によく一人で航空ショーもやってみせ、故郷に帰れば英雄扱いでガソリンスタンドに写真が飾ってあった。一九六七年、北ベトナムの捕虜収容所で父は死んだ。四十一歳だった。

あのころの私は、父の強さに何より惹《ひ》かれていたのだと思う。冒険に挑むということに父は入れ込んでいた。父は底なしの楽天家だった。一家で台湾に住んでいたころは、毎週バスに乗って台北《タイペイ》まで出かけていって、地元の大工と二人で、ライトニング級ヨットを組み立てた。ヨットはアメリカまで持ち帰って、チェサピーク湾で開かれるレースに片っ端から参加してつねに最下位だった。父はいつも新しいことに挑戦していた。私たちの生活に楽しい変化をもたらそうとやる気満々だった。家族の誰かが尻込《しりご》みしたり、怖がったりしても、うまく励まして、思いきってチャレンジするよう仕向けるのだった。

四十四歳になった目で、いま父のことをふり返ってみると、自分が何より愛したのが、父のもろさだったことが私にはわかる。そのもろさを感じとったがゆえに、父を護《まも》ってあげたいという思いが私の胸のうちに育《はぐく》まれていった。家族はみんな同じ気持ちだったと思う。父の元気一杯ぶりに圧倒されながらも、その身を危ぶむ思いもあったのだ。あんなに希望にみちあふれている父が、がっかりしたり、幻滅したり、傷ついたりするのを見るのはどんなにつらいことか。私たちはそれに気づいていたのだと思う。

アップルヴァレーに移ってまもなく、わが家は馬を一頭もらい受けて、ヴァーティゴと名づけた。頭の切れる、強情な、大きな黄金色の馬で、かつてはパレードに出ていて何年もそのきらびやかな身体《からだ》を見せびらかしてきたせいで、いまは小賢《こざか》しい、底意地の悪い性格になっていた。兄や姉についていては何とも言えないが、私はヴァーティゴが怖かった。しかも相手は、私が怖がっているのをちゃんと見抜いていて、こっちがびくびくためらっているのを楽しんでいる様子だった。私がそばに来るたびに、ひづめを持ち上げて脅かしたり、尻尾《しっぽ》でぴしゃっと叩いたりするのだ。一方父は、ヴァーティゴを乗りこなそうと意気込んで、何時間も馬具について学んだり、馬の世話のしかたを勉強したりしていた。

一九六五年七月のある土曜の午後、父はモハーヴィ川まで出かけるべくヴァーティゴに鞍《くら》をつけた。私たちはみんな見物しに囲いまで出ていった。母までそばに来て、家の周りの日蔭《ひかげ》に生えているアイスプラント（訳注 雑草の一種）を鍬《くわ》で掘り起こしていた。父はまず、ヴァーティゴのたてがみと尻尾に櫛《くし》を入れた。するとヴァーティゴは、首をうしろに回して、囲いの柱に掛かっていたひづめ当てに何喰《く》わぬ顔で唇をぶつけた。ひづめ当てが乾いた地面に落ちた。父はひるまず、ヴァーティゴのひづめの点検にかかった。馬はため息をつき、鼻をふふんと鳴らしてから、今度は柵から端綱《はづな》をはずしにかかった。そして何秒かすると、ぴょんぴょん跳んでその場を離れた。「ブルルルル」と父は、ぶらぶら揺れている端綱に手をのばしながらヴァーティゴに向かって小声でいなないた。ヴァーティゴを柱に縛り直してから、馬勒《ばろく》をつなぎ鞍を載せ留め具や鞍帯を留める作業に取りかかった。ヴァーティゴは鼻を鳴らし、体を揺すった。首をひょいと縦に振って、たてがみで父の顔をぴしゃりと叩いた。「ブルルルル」と父はくり返すばかりだった。

やっとのことで準備が整った。暑く、乾いた日だった。午後三時くらいだったと思う。出発していく彼らの姿が目に浮かぶ――父はシャツも脱ぎジーンズにテニスシューズという格好、馬は顔を地面まで垂らしてのんびり進み、雑草をもぞもぞ噛《か》んだり、アリに向かって鼻を鳴らしたりしている。父は手綱《たづな》をしっかり引いて、ヴァーティゴは首をぐいと動かし白いたてがみを宙に振る。どうして私たちが誰も囲いの柵から離れなかったのか、どうして母が相変わらずアイスプラントを掘り起こしつづけたのか、私にはよくわからない。でもとにかく誰一人動かなかった。父と馬がはるか向こうの川まで進んでいくのを私たちは見守った。ヴァーティゴはゆっくりと歩いてはぐずぐず止まり、父が手綱をぐいと引き、たてがみがうるさそうにさっと振られる。

とうとうそんな姿も砂漠の彼方《かなた》に消え、彼らはもっと穏やかな世界に、涼しいモハーヴィ川の世界に入っていく。私たち子供も、きっともうそのころには、涼しい家のなかに避難して、めいめいの用事にかまけていたにちがいない。そのとき自分がどこへ行ったのか、何をしたのか私には思い出せない。思い出せるのは、二時間ばかり経って、母がみんなを外に呼び戻したことだ。私たちは六人一列に並んで、手を額にかざし、家と川のあいだに広がる砂漠を見渡して父たちの姿を探した。と、ヴァーティゴが斜めの方角からこっちへ跳ねるように歩いてくるのを私は見つけた。頭も尻尾も、パレードに出ているみたいに誇らしげに掲げ、そよ風がたてがみをくしけずっている。馬はいっこうに急ぐ様子もなく、立ちどまってはまた雑草を食《は》んでいる。まだそんなに近づいていなくて、川が馬のすぐ向こうでキラリと光った。父さんが怪我《けが》をしたんじゃないだろうか、そう思って私の胃が痛くなった。馬に投げ飛ばされた父は、ナシサボテンで一杯の——あるいはもっと悪いことに赤アリやサソリで一杯の——地面に一人横たわっている……。が、次の瞬間、父の姿が見えた。柔らかい砂地を、ヴァーティゴの方に向かってぎこちなく走っていた。馬は首を横に振ったが、依然として無用の雑草を食みつづけている。鞍が脇腹《わきばら》に危なっかしくぶら下がっていた。

父が近づいていった。手綱に手をのばすのが見えた。ヴァーティゴはいきなりぐいっと首を振り、また跳ねるように歩き出した。まっすぐ棲《す》みかに戻るのではなく、私たちに見られているのを意識しているみたいに頭をまっすぐ掲げ、斜めに歩いていた。そしてまたいきなり立ち止まって、雑草をくわえてぐいぐい引っぱった。父はといえば、馬に置き去りにされた場所に立ったまま、両腕を垂らし、しばし凍りついていた。やがて父は、どすどす大股《おおまた》で馬の方に歩き出した。ヴァーティゴは今度も手綱の届くところまで父が来るのを待った。そして今回は、ハッと驚いたように横っ飛びして、またしても跳ねるようにして立ち去った。私たちは無言で見守った。母は鍬に寄りかかってため息をついた。

こうしてヴァーティゴは何度も父をからかってはジグザグに進み、とうとう囲いの近くまで戻ってきた。ぶらぶら揺れる手綱を取りそこなうのも四回目というあたりから、父は苛《いら》つき、怒っていたにちがいない。とっとっと走っていく馬の臀部《でんぶ》を、父がピシャリと叩いた。少し距離を置いたまま、父と馬はのろのろこっちへ戻ってくる。その距離をはさんで、疲れたように馬を叱《しか》っている父の声が、風に乗って細々と聞こえてきた。

母はこの時点で、もうこっそり家のなかに入っていたにちがいない。砂漠の斜面を歩く父のことが心配で、誰も気がつかなかったのだ。とうとうヴァーティゴが、囲いまで跳ねて戻ってきて、木戸のところに立って待った。頭は高く掲げていた。鼻の穴が広り、目はギラギラ光っていた。いつの間にか母も、また私たち子供と並んで立っていた。みんな何も言わずに、父がようやく私たちのもとに戻ってくるのを見守った。

父が近づけば近づくほど、私の気まずい思いは募っていった。父は暑そうで、汗をかいていた。両肩が前に垂れ、首もうなだれている。「どうしたの、父さん？」と兄が訊いた。父は答えずに囲いまで歩いていき、木戸をぐいっと開けて、身をうしろに引いた。ヴァーティゴは悠々と中に入って、落着き払った顔で乾草をむしゃむしゃ嚙んだ。父は木戸を閉じて、掛け金を掛けた。そしてこっちへやって来て、私たちのそばに立った。汗の玉が眉毛に引っかかっていた。「なかなか賢い馬だよ。ああいう奴は、一歩先を読まんといかんな」

母が冷えたビールを差し出した。父がぐいぐい飲むあいだ、誰も何も言わなかった。

サンタアナの熱風がひゅうひゅう鳴るなか、私たちはみな川の方を向いていた。誰もヴァーティゴの方を見ようとはしなかった。けれども、みんなで家のなかに戻っていくとき、ヴァーティゴが満足げに鼻を鳴らすのが聞こえた。次の土曜日、父はふたたび囲いに出て、もう一度乗馬に出かけようと、わが家の新しい馬に櫛を入れ、鞍をつけていた。

ジャネット・シュミット・ズーパン
モンタナ州ミズーラ

物

OBJECTS

星と鎖

一九六一年、マサチューセッツのプロヴィンスタウンを訪れた際、私は手作りの、一点物のダビデの星（訳注　正三角形を二つ重ね合わせたユダヤ教のシンボル）のネックレスを買った。私は長年それを身につけていた。一九八一年、アトランティック・シティの海で泳いでいる時に鎖が切れて、星は波に呑《の》まれてしまった。一九九一年、クリスマスの休みに、ニューヨーク州レークプラシッドで、十五歳になる息子と二人で骨董品《こっとうひん》店を漁《あさ》っていると、ひとつの装身具が息子の目を惹《ひ》いた。ねえ、これ見てみなよ、と息子は私を呼んだ。それは十年前に海に呑まれたダビデの星だった。

スティーヴ・ラチーン
ペンシルヴェニア州フィラデルフィア

ラジオ・ジプシー

これは私がラジオ・ジプシーだったころの話だ。一九七四年三月、私はオマハのWOW局のニュース・アナウンサーの職を得て、フォルクスワーゲンのカブト虫に乗ってデンヴァー郊外の両親の家を離れようとしていた。と、私はあわてて急ブレーキを踏んだ。タイヤが一個、丘の上から落ちてきて目の前を転がっていったのだ。ちょっと詩的な前兆じゃないか、そう思いながら私は旅立った。

二か月後、私が一番望んでいた、ポートランドのKGW局に空きが出た。オマハをあんまり早く辞めるのもなあ、と思いながらふとアパートの窓の外を見ると、タイヤが一個、駐車場を転がっていった。タイヤは語れり、そう思って、私はポートランドの職を引き受けた。

一年が経《た》つ。ポートランドの職はうまく行っている。好評のおかげで、シアトルの主要局KINGからお声がかかる。だがその前にまず、夜遅くカブト虫で十三丁目とウェストバーンサイドの角あたりを走っていて、霧のなかからタイヤが一個現われて道路を転がっていったのである。

話はまだ終わらない。時はさらに過ぎていまは一九七六年、会社は私を、KGW局のニュースディレクター兼モーニングニュース総合司会者としてポートランドに送り返そうとしている。そして今回、転がるタイヤは——まあタイヤの外輪《リム》だけなのだけど——アラスカンウェイ陸橋に現われた。タイヤは左側の車線を、南に向かっていった。
一九七七年末。私はふたたび新天地に向かっている。今度はサンフランシスコのKYAだ。ステレオ、猫その他の荷物を満載したわがワーゲンは、いまにもフリーウェイに出ようとしている。まだ転がるタイヤは見ていないが、車の後部から、ギシギシという音が聞こえる。タイヤが滑っている感じで、ハンドルも利《き》かない。危ない。私はブレーキを踏む——停まると同時に、目の前で愛車の右後方の、いつのまにか外れたタイヤが道路を疾走していき、道端の溝に落ちて静止する。修理工がコッタピンを入れるのを忘れたのだ。今回の転がるタイヤは自分のだったのである！

転がるタイヤの連鎖もそこで終わった。少なくとも私はそう思っていた——一九八四年までは。当時私はシアトルに戻っていた。いまや大きなラジオ局の重役である。とはいえやはりまだビジネスのジプシーたる身、テキサス州ヒューストンでの高給の仕事を私は引き受けた。どう考えてもやめたほうがいい仕事だった。街もよくないし、職自体の印象も悪いし、私にはもう子供が二人いてシアトルのような北西部で育てたいと思っていたのだ。だが契約書の文面、金額の高さが私の判断を曇らせた。私は仕事をはじめるべく飛行機でヒューストンに行き、妻が車であとを追ってきた。妻は州間高速道五号線を走って、ポートランド北部を抜けようとしていた。と、ゴトンという音。彼女のボルボのボンネットに、上を通っている道路から何かが落ちてきたのだ。その何かは車に当たって跳ね、ほかの二台の車にぶつかった末、中央分離帯のそばで止まった。動揺はしたものの怪我《けが》もなかった妻は、そちらを見てみた。大きな、ものすごく大きなトラックのタイヤだった。

ヒューストンでの仕事は散々だった。結局一年しかもたず、私たちはポートランドに戻った。これでちゃんと子育てができる、とありがたい思いだった。もう新天地への想《おも》いが疼《うず》いたりはしない。ラジオ・ジプシーはもうおしまいだった。転がるタイヤももうおしまいだった。

ビル・カーム
オレゴン州レークオスウィーゴ

自転車物語

一九三〇年代のドイツでは、すべての子供たちの夢は自転車を持つことだった。私もやはり、何年もお金を貯《た》めた。誕生日やハヌカー（訳注　ユダヤ教の祭日）のお祝いも、特にいい成績を取ったときにもらったご褒美《ほうび》も、いっさい使わずに貯めたけれど、それでもまだ目標額に二十マルクばかり足りなかった。十三歳になった日の朝、居間のドアを開けると、驚いたことに、私がずっと前からシュミットさんの店のウィンドウでほれぼれと眺めてきた自転車がそこにあった。サドルは黒くて大きく、フレームはぴかぴかのクローム製。でも何よりいいのは、幅の広い赤いバルーンタイヤだった。当時の最先端を行く、いままでの細い黒のタイヤよりずっと牽引力《けんいんりょく》が強く乗り心地も滑らかなタイヤだ。その日一日、学校が終わるのが待ち遠しくてならなかった。一刻も早く、通りがかる人たちの羨《せん》望《ぼう》のまなざしを浴びながら街じゅうを乗り回したかった。

　自転車は私の親友になってくれた。やがて、一九三九年一月のある凍《い》てつく朝、私はヒトラーの支配するドイツから逃げ出す破目になった。あわただしく組織された〈子供たちを英国へ送る会〉に私も組み込まれたのだ。携帯を許されたのは小さなスーツケース一つだけだったが、何とかして自転車も送ると両親は約束してくれた。ひとまずは地下室にしまっておくからね、と両親は言った。

幸いにも、私の世話をしてくれた、ミドルセックスのアシュフォード・メソジスト教会で活動していた人たちが信徒たちに言って回って、私の両親のためのアパートを借りる金を集めてくれた。これで正式に認可さえ下りれば、両親もイギリスに避難できる。こうして送られてきた予備書類のおかげで、両親は私の世話をしてくれている人たちに宛《あ》てて、大きな木箱を送る許可をドイツ政府から取りつけた。送る品は一つひとつ認可を得ないといけない。貴重品は不可。でも自転車にはクレームはつかなかった。その間、英国内務省では両親の書類もほぼ出来上がった。あとはもう、サインひとつを残すのみ。が、まもなく戦争が勃発《ぼっぱつ》し、両親の運命はいっぺんに閉ざされた。二人とも一九四二年、強制収容所で死んだ。

だが一九三九年九月には、両親の最期《さいご》もまだ未来に属している。戦争が早く終わってまた家族が一緒になれるものと、みんなまだ期待していた。一か月後、私は小児科の看護師の養成学校への入学を認められた。セント・クリストファー校と呼ばれるこの学校は、ロンドン空襲の危険を逃れて、イングランド南部の小さな村に移ってきていた。半年が過ぎて、私は一週間の休暇許可をもらった。規則どおり、置いていく荷物にはすべてラベルを貼《は》らないといけない。言われたとおり自転車にも札をつけ、バイクラックの定位置に置いていった。

何日か経《た》って、校長から手紙が来て、新しい法律が可決されたと知らされた。私はいまや「敵性外国人」であって、海岸から二十五キロ以内の場所に行ってはいけないという。看護師の勉強もあっけなく終わってしまった上、私が指示に従わなかったため衣類はいっさい見つからなかったと告げられた。自転車に関しては、そんなものが存在したことすら疑わしいと手紙には書いてあった。こんな法外な嘘《うそ》をつきつけられて、私は憤《いきどお》り、怒り、絶望したが、何よりもまず、あんなにいい友だちだった自転車がなくなったことが悲しかった。

その後何年かは、引越しの連続だった。そのあいだずっと、難民が住居を二十四時間以上離れる際は地元の警察に届けるべしという法律はちゃんと守っていた。一九四五年末、ロンドンに住んでいたときに、警察の正式印が押してある葉書が届いた。私はパニックに陥った。即刻警察署に出頭すべし、とそこにはあったのだ。体の震えが止まらなかった。私が何をしたというのだろう？ 恐怖と不安に耐えきれず、私はすぐさま丘をのぼって警察署に駆けつけ、勤務中の巡査に葉書を見せた。

「おいマック、お待ちかねの娘さんが来たぞ！」

もう一人の警官が現われた。「君、自転車を所有していたことがあるかね？」

「あります」

「どうなった、その自転車？」

私は警官に一部始終を伝えた。話がはじまってしばらくすると、署内のほぼ全員が私の話に耳を傾けていた。何だか妙だった。

「どういう見かけだったかね？」

私はその外観を描写した。大きな特徴である、赤いバルーンタイヤのことを口にすると、みんなほっとしたように笑い声を上げた。そして、一人の警官が自転車を押してきた。

「これかね？」

錆《さ》びついて、タイヤはパンクし、サドルには裂け目が入っていても、間違いなく私の自転車だった。

「さあ、何をぐずぐずしてる？　持って帰りなさい」

「ありがとうございます、本当にありがとうございます」と私は言った。「でもどうやって見つかったんですか？」

「捨ててあったのを誰かが見つけてくれたのさ。名札はとれていなかったから、届けてもらえたんだ」

幸せ一杯の気持ちで、私はアパートまで自転車を押して帰った。ところが、大家さんの奥さんがそれに目をとめると、ぞっとしたような顔をした。

「あなたそれ、まさかこの街で乗るつもりじゃないでしょうね？」

「どうしていけないんです？　ちょっと修理すれば新品同様になりますよ」

「そういうことじゃないの。その幅広のタイヤで、一目でドイツ製だとわかってしまうのよ。戦争は終わったけど、みんなまだあの人非人たちを憎んでいて、あいつらを思い出させるものなんか見たくないのよ」

フレームにペンキを塗ってもらい、サドルとタイヤも修理したけれど、近所で一回乗っただけで、奥さんの言うとおりだとわかった。飛んできたのは、羨望のまなざしどころか、罵《ののし》りの叫び、あざけりの声だったのだ。二年後、私は自転車を、戦時品のコレクターに二束三文で売った。

イーディス・ライマー
ニューヨーク州チェリーヴァレー

お祖母《ばあ》ちゃんの食器セット

一九四九年、私の両親はイリノイ州ロックフォードから心機一転、三人のまだすごく小さい子供を連れて、ありったけの家財道具を積んで南カリフォルニアへ引っ越しました。代々受け継いできた家宝のような品もたくさんあって、母はそれをていねいに包んで箱に入れていましたが、そのなかに、母の母が持っていた、手描きのディナーセットが四箱ありました。それら美しい陶器の食器は、お祖母ちゃんがみずから忘れな草の模様を選んで、自分の手で描いたものでした。

あいにく、引越しの最中に何かが起きて、うち一箱はカリフォルニアにたどり着きませんでした。私たちの新しい家には、ついに届かなかったのです。かくして母のもとには、セットの四分の三しか残りませんでした。皿の大中小の組み合わせがあり、盛り付け用食器もありましたが、カップ、ソーサー、ボウルはありませんでした。親戚《しんせき》が集まったり、感謝祭やクリスマスの食卓を囲んだりしたときなど、母はよく、なくなった食器のことを口にし、ここまで届いてくれていたらねえと言ったものでした。

一九八三年に母が亡《な》くなったとき、お祖母ちゃんの食器は私が受け継ぎました。いろんな機会に私もそれらを使い、行方不明の一箱はどうなっただろうと私も思案しました。私は骨董品《こっとうひん》店やフリーマーケットで掘り出し物を漁《あさ》るのが大好きです。朝早く、物売りたちが品物を地面に並べるのを眺めながらあちこち歩くのはすごく楽しい。

どこのフリーマーケットにも行かずに一年以上が経った、一九九三年のある日曜日、私は突然、久しぶりに行ってみたいという思いに襲われて、居ても立ってもいられなくなりました。そこで午前五時にベッドを抜け出し、夜明け前の闇《やみ》のなか一時間車を走らせ、パサデナで開かれる巨大なローズボウル・フリーマーケットに出かけていきました。屋外のマーケットを見て回り、二時間くらい経ったところでそろそろ帰ろうと思いました。最後の角を曲がって何歩か進んだところで、陶器の食器がいくつか、マカダム舗装の地面に散らばっているのが目に入りました。見れば、手描きの食器です……しかも忘れな草の模様！　もっとよく見ようと私は飛んでいき、カップとソーサーのセットをそっと手にとってみました……忘れな草！　お祖母ちゃんのとそっくり同じに筆づかいは繊細、縁にも同じ細い金色の帯。ほかの品も見てみると――カップ！　ソーサー！　ボウル！　それはお祖母ちゃんの食器でした！

私の興奮に気づいて寄ってきた売り手の女性に、行方不明になった箱の物語を私は語りました。この食器はこの町であった資産売却で手に入れたのですと彼女は言いました。ここパサデナは、私が小さいころ住んでいたアーケイディアの隣町です。資産の中身に一通り目を通していたら、庭の物置小屋に未開封の古い段ボール箱があって食器はそのなかに入っていたというのです。売り手である相続人たちに訊《き》いてみたところ、食器については何も知らず、箱は「大昔から」物置小屋にあったということだったそうです。

驚くべき宝物を抱えて、私はその日ローズボウル・フリーマーケットを去りました。あれから六年経ったいまも、「宇宙に在るすべての物たち」が一緒に集まって行方不明の食器を見つけさせてくれたのだと思うと、つくづく不思議な気持ちになります。あの日、もし私が朝寝坊していたら？　どうしてほかならぬあの日に、ローズボウルへ行きたくて居ても立ってもいられなくなったのだろう？　あの最後の角を曲がらずに、もう足も疲れたからと帰ってしまっていたら？

先週、私は十五人の友人をディナーパーティーに招きました。もちろんお祖母ちゃんの食器セットを使いました。食事の終わりに、私は鼻高々、長年行方不明だった美しいカップとソーサーでコーヒーを出しました。

クリスティン・ランドクウィスト
カリフォルニア州カマリーロ

ベース

わがキャリアにおける二度目か三度目の本格的なギグをやったときのこと。オハイオ州トリードのホテルのラウンジ、週六晩のステージである。僕はまだ若くて、音楽を演奏してたっぷりお金をもらえるというだけですごく誇らしい気分だった。だから、エピフォーン社の古いホローボディ・ベース、スチューデント・モデルでは僕のようなプロには相応《ふさわ》しくない。そう僕は考えた。

ロン楽器店の壁に掛かっているフェンダー・プリシジョンに、僕はすっかり惚《ほ》れ込んでしまった。色はナチュラルブロンド、アッシュボディはぴかぴかの艶《つや》に仕上げられ、ピックガードはクリーム色でネックはナチュラルメープル。でもこのご機嫌な楽器の最大の特徴は、それがフレットレスであることだった。フィンガーボードさえないのだ。ネックの表側に、普通のベースだったらフレットの土台となるエボニーなりローズウッドなりの薄い板が貼《は》りつけてあるわけだが、それがまったくない。ポジションマーカーすらない――真珠か何かが点とか線とか星とかで埋め込んであって、みたいなのはいっさいなし。くっきり木目の浮かぶ澄んだ色のメープルが広がるばかりで、それをさえぎっているのは、表面を縦に走っている四本の弦のみ。何て美しい楽器だろう。僕ならきっと弾きこなせる。店でアンプにつないで弾いてみて、絶対自分のものにしようと決めた。フレットレス・エレキベースの弦が反響する感触には、何とも言えない素晴らしさがある。現代の電気楽器のサウンドと、昔ながらの木製アコースティック弦楽器のサウンドが、最高にいい感じでブレンドされている。弦が震えて、ほんのわずかネックに触れるとき、弦と木の接触が快いバズを生んで音の尻尾《しっぽ》に深みが加わる。フレット付きベースではありえないすごく微妙な音色が出せて、指の触れ方ひとつでいろんなニュアンスを加えられる。

値段は？　今日の水準からすれば笑ってしまうくらい安かったが、一九七四年の僕には相当に無理しないと届かない値段だった。でも僕は無理した。借金して、夢のベースを買った。

当時僕の父親は心臓切開の手術を終えて入院中で、僕は病院へ見舞いに行ったときまでベースを持っていった。親父《おやじ》に見せようと、やたらとでかいハードケースに入れたベースを、看護師さんたちの好奇心と警戒心のまなざしを浴びつつ病室まで運んでいった。それくらい得意だったのだ。

ギグの場所は、トリードのホスピタリティ・モーターインというホテルだった。ラウンジミュージックを週六晩、ポップス、ロック、スウィング、ファンク、シナトラからスティーヴィー・ワンダーまでとにかく何でもやる。毎晩ギグが終わると、ギタリストと二人で楽器（僕らは先を行っていたから「斧《アックス》」と呼んでいたけれど）をドアもないクロークルームにしまって、コーヒーショップに行ってベーコンエッグを食べコーヒーを飲みながら午前三時か四時まで過ごした。クロークにベースを置いておいたのは間抜けとしか言いようがない。自動車の窓を割られて物を盗まれたことはあったのだから、犯罪もちゃんと経験済みだったのだ。でも僕は若く、愚かだった。世の中そう悪い人はいないさと高をくくっている、うぶな青二才だった。

ある夜、ギタリストと一緒にコーヒーショップから戻ってくると、僕らの「アックス」がなくなっていた。まさかそんなひどいことが、と信じられない思いで、ホテル中二度もくまなく探した。人の商売道具を、生活の糧《かて》を盗むなんて……そんなことを意図してできるほどの悪党がこの世にいるだろうか？　とにかく、僕の輝かしき新しいベースはなくなってしまった。

二年後、ちょっとした知りあいのドラマーが、クラブで僕を脇《わき》へ引き寄せ、こないだジャムセッションに行ったらお前のベースを見かけたぜ、俺の知りあいが弾いてたよと知らせてくれた。あんなベースはその時点でもトリード中にひとつしかなかっただろうし、僕がそれを盗まれたことは町のミュージシャン仲間みんなが知っていた。そのドラマーにしても、一目であれだとわかったのだ。僕はそいつから、ベースを弾いていた奴《やつ》の住所を教わった。

可能性は二つしかない。すなわち、いま僕のベースを所有している奴は、それを「ホット」で——つまり盗品と知りつつ——買ったか、それともそいつ自身が盗んだかだ。どっちであれ、僕にはベースを取り返す権利があるはずだと思った。

僕にはマレクという友だちがいた。背の高い、筋骨たくましい元ボクサーで、トランペットも吹くし、当時はタレント事務所をやっていた。僕はマレクに自分の計画を打ち明けて、一緒にいてくれれば心強いから来てくれないかと頼んだ。横から言葉で助けてもらえると思ったし、いざとなれば腕力で助けてもらう気だった。

荒れた庭のある、小さな平屋の前に僕らは車を停めて、車から降り、ベルを鳴らした。僕は緊張していた。自分がとんでもない間違いをやらかしているんじゃないかという気がしてきた。若い女がドアを開けた。僕たちは名を名のり、用件を伝えた。入ってもいいですか、とマレクが女に訊《き》いた。女はおずおずとした、とまどったような顔をした。夫は出かけているんです、と彼女は言って、それから僕らを中に通した。

リビングルームに入ると、ギタースタンドに載って、わがフレットレス・ベースがあった。僕は呆然《ぼうぜん》とした。二年経《た》ったのに、それがいま目の前にある！

マレクはひどく落着いた声で、こいつのベースはすごく特徴があって一目見れば誰でもわかるんですと女に説明した。あんたの旦那《だんな》さんがどうやってこれを手に入れたかは知りませんが、それが合法的な手段だったとは考えられません。警察に知らせるとか、裁判沙汰《ざた》にするとか、俺たちそういうことはやりたくないんです、ただベースを取り戻したいだけなんです、そうマレクは言った。

女の不安は見るみる募っていった。どうしたらいいのか、途方にくれていることは明らかだった。夫は出かけているんです、と女はもう一度言った。夫の持ち物なのだし、夫に訊かずに決めてしまいたくないのだ。

そのとき僕は、自分がやたら物持ちのいい、書類なども捨てずに取っておくタイプの人間であることをつくづくありがたく思った。フェンダー社は製品一台一台に製造番号をつけている。僕は財布を引っぱり出し、ロン楽器店でもらった、ベースの製造番号がしっかり書き込まれた領収書を取り出した。領収書を開いて、女に見せた。それから、「失礼」と言ってベースを手にとった。自分でもびっくりしたことに、そうやって手に持っただけで、あふれる思いが波のように戻ってきた。この楽器こそ僕の愛器なのだ、これは僕の体の延長であってこいつを通して僕は素敵な出来事を起こせるのだという気持ちがいっぺんによみがえった。僕はゆっくりとそのボディを裏返し、細いネックがナチュラルブロンドのアッシュボディと接合されたところにある、ネックのボルトカバーに刻まれた製造番号を見た。領収書の番号と同じだった。

僕はベースをかざして、女にも番号が見えるようにした。女はさっき僕に渡された領収書を見下ろし、番号が一致していることを見てとって、それからもう一度顔を上げて僕を見た。ひどくうろたえた表情だった。

マレクが女に「ベースはもらっていきますよ」と言った。僕はベースを持ち上げ、どうしたらいいのかまるっきりわからず立ちつくしている女をそこに残して、マレクと二人で出ていった。一瞬、女を気の毒に思いはしたが、と同時に正しいのはこっちなんだという気持ちもあった。

こうして僕はベースを取り戻した。もう二度と目にすることはあるまいと思っていたのに、それがこうして戻ってきたのだ。その後何年も、無数のホテルラウンジ、ナイトクラブ、コンサートのステージで僕はそのベースを弾いた。その間ほかのベースも何台か手に入れたし、自分でも三台組み立てた。

何年か前、買ったときの額より相当高い値で僕はフェンダー・プリシジョン・フレットレスを売った。金が必要だったのだが、売ってしまったことはいまだに悔やんでいる。あのベースこそ、ミュージシャンとしての僕の成長に大きな役割を果たしてくれたのだ。あのベースこそ、長年にわたる最高の相棒だったのだ。

マーク・スナイダー
マサチューセッツ州ミルトン

母の時計

それはロケット式のケースに入った、十七石のエルジン社製品だった。母はそれを、一九一六年九月に結婚する前に買ったのだった。当時の典型的な時計で、機能的でかつ装飾も凝っている。あのころの女性にとっては貴重な装身具だ。竜頭《りゅうず》を押すと、ロケットがぱちんと開いて文字盤が現われた。十三歳か十四歳のころに、私は母からそれを譲り受け、時計屋に持っていって腕時計に改造してもらった。私にとってそれはいろいろある持ち物のひとつにすぎなかった。一九四一年四月、兵役に就いたとき、その時計も持っていった。

私の部隊はフィリピンに送られた。太平洋を船で渡っている最中、シャワーを浴びるときぞんざいに送水管に縛りつけたままにして危うくなくしかけたこともあった。ありがたいことに、正直者のGIが見つけて届けてくれた。それでもまだ、そんなに特別な時計という気はしていなかった。自分が所有している一個の実用品というだけだった。

真珠湾攻撃のあと、私たちの部隊はバターン半島に退却した。このあたりから、わが時計のことが少し気になってきた。敵がすぐそばまで迫ってきてみると、母からもらった大事な品を持ってきた自分が愚かに思えてきた。日本軍に降伏するよう命令が下ったとき、これで時計も日本兵に取り上げられてしまうのだと確信した。ジャングルに捨ててしまう気にはなれなかったが、敵に奪われるのも嫌だった。そこで私を捕える連中を出し抜こうと、できる限りの手を打つことにした。時計を左の足首に縛りつけて、靴下で隠し、さらに念を入れてゲートルも着けた。まさかこのあと、えんえん三十四か月にわたる「時計隠し」ゲームが続くとは夢にも思っていなかった。

わが部隊は降伏し、我々は、今日ではすっかり悪名高い「バターン死の行進」を強いられた。私は時計のバンドを本体に巻きつけ、ズボンの小さな時計用ポケットに押し込んだ。ある日、ルソン北部で作業任務に駆り出されて、ダンプカーの荷台にのぼっていた。かたわらには、絶対にいなくなることのない日本兵の見張りがついている。その日本兵の目は、ちょうど私の小さなポケットのふくらみに気づくのにぴったりの高さだった。彼は手袋をはめた片手をのばして、ふくらみに触れた。私は凍りつき、息を止めた。いまやかけがえのないものとなった宝をとうとう取られてしまうのか。驚いたことに、相手はポケットの中身を訊《たず》ねるだけの好奇心も示さず、時計はまたしばらく生き延びた。そのうちに、新しいシャモアクロスが見つかって、私は時計をそれにくるんでシャツのポケットに隠した。これでもう、どんなに濡《ぬ》れようと時計だけは大丈夫だった。

作業任務は七十日くらい続いた。それが終わるとまた「死の行進」に戻って、捕虜収容所まで行かされ、結局そこで二年半を過ごすことになった。今度はバンドを時計から外して、文字盤を医療用ガーゼにくるんでテープで止めた。これでコンパクトな、隠しやすいパッケージが出来上がった。とうとう収容所が解放されて、時計と私はわが家にたどり着いた。家のなかに入ったとたん、母が亡《な》くなったことを私は知った。こうして、私自身が生き延びた記念の品になっていた時計は、いまや母の生涯を思い出すよすがにもなった。

私は時計屋に頼んで、時計を元のケースに戻してもらい、元のとそっくり同じ鎖もつけた。母の時計はふたたび優雅な婦人用ロケット式懐中時計になった。私はそれを妻に贈った。やがて、元の鎖を弟が持っていることが判明した。懐中時計を復元したと聞くと、弟は鎖を譲ってくれた。そして母が買ってから八十四年が経《た》った今日、時計は私の娘が身につけている。時計はいまも正確に時を刻んでいる。

レイモンド・バリー
ミシガン州カラマズー

一件落着

一九五〇年代にティーンエージャーだった私は、イリノイ州ブルーミントンに住むいとこの家に遊びに行った。ある日、一緒に散歩をしながら、私たちはある流行歌の歌詞をめぐって言い争っていた。あれは「スタンディング・ベア（立っている熊《くま》）という名のインディアン」だよと私は言い、いとこは「スタンディング・ゼア（そこに立っている）」だと言った。なおも歩いていくと、紙切れが一枚、舗道に落ちていた。拾ってみると、それはまさにその歌の楽譜だった。これ以上議論の余地はなかった。もちろん正しいのは私だった。

ジェリー・ホーク
カリフォルニア州トランス

写真

ある晩、私は自宅の仕事部屋で遅くまで仕事をしていました。と、目の端に、一枚の写真がひらひら床に落ちるのが見えました。どこから落ちたのかとあたりを見てみましたが、次の瞬間、そんな自分を笑うしかありませんでした。私より上にあるのは天井だけであり、天井から写真が落ちてくるなんてありえないのですから。

仕事が一段落つくと、写真を拾い上げました。写っている面を下にして落ちていたので、ひっくり返してみました。見たこともない写真でしたし、写っている人たちにも見覚えはありませんでした。男が一人、小さな女の子が一人、そしてもっと年下の男の子が一人、みんなミッキーマウス帽をかぶっています。私は首をかしげ、いったいどこから落ちてきたのかともう一度見回してみましたが、何しろ疲れていたので、考えるのはまたにしようと決めました。ベッドに入って、それっきり忘れてしまいました。

翌日、通りの向かいに住んでいる若い女性が、自宅の裏庭で結婚式を行ないました。素敵な式で、私はそこで大勢の人と知りあいました。付き添いの女性《メイド・オブ・オナー》と話したら、何と私がいま住んでいる家で育って、十八のときに引っ越したとのこと。十八といえばたぶん十年くらい前だろう、と私は見当をつけました。彼女の母方のおばさんも一人、それに親戚《しんせき》も何人か式に来ていました。いつかまたこのへんに来てお宅にお邪魔して、自分が育った家を親戚に見せてやりたいですわ、と彼女は言いました。じゃあいますぐいらっしゃいな、と私はみんなを誘い、一緒に通りを渡って家のなかに入っていきました。あなたがジェーンって名前だってこと前から知ってたわよ、と私は彼女をからかいました。彼女は自分の名前を、キッチンのカウンターに彫っていたのです。本人がそこへ直行し、親戚たちにそれを見せました。弟と二人で裏手の階段を滑り降りて踊り場の壁に激突した話を笑いながらしているさなかに、ジェーンの顔がふっとひどく悲しげになりました。この家にはいろいろつらい思い出もあるんです、母のナンシーがここで亡くなったから、と彼女は言いました。

みんなで二階に上がって、バスルームの美しいタイルをジェーンのおばさんに見せていると、ジェーンがいきなり私の仕事部屋から大声を上げました。「あれっ！　この写真、どこで見つけたんです？　これ、私のお父さんと弟と私よ！」。昨日の夜に床に落ちてきたのだと私は説明しましたが、どこから落ちてきたかは何とも言いようがありません。私だって初めて見たのですから。新たな涙が流れました……。

写真はあなたにあげるわ、と私はジェーンに言いました。これはあなたが持つべきなのよ、と。

いまでは時おり、家を空けるときに私はこう叫びます。「じゃ行ってくるわね、ナンシー。留守中、家をよろしくね！」

ベヴァリー・ピーターソン
ペンシルヴェニア州ユニオンタウン

屋根裏で見つかった原稿

一九七〇年代なかば、私は『デモイン・レジスター』紙に就職した。デモインに引っ越すんだ、と父に言うと、自分が一度だけデモインへ行ったときの話を聞かせてくれた。一九三〇年代のこと、父はダラスにあるサザン・メソジスト大学（ＳＭＵ）の文芸誌『サウスウェスト・レビュー』の販売部長だった。父の友人で、のちに著名なテキサス在住作家となるロン・ティンクルが、当時『レビュー』の編集長をしていた。ロンはＳＭＵの英文科教師でもあり、彼のクラスに、背中が甚だしい奇形である学生がいた。時は大恐慌《だいきょうこう》時代、その若い女性の家族もひどく貧乏で、矯正手術を受ける余裕はなかった。

彼女の母親はガルヴェストンで下宿屋を営んでいたが、ある日、屋根裏を整理していると、埃《ほこり》をかぶった古い原稿が出てきた。一番上に「Ｏ・ヘンリー作」と殴り書きしてある。読んでみると、なかなかよい話だったので、母親はその小説をＳＭＵに通っている娘に送り、娘はそれをロンに見せた。ロンも初めて読む話だったが、たしかに文章はＯ・ヘンリーの感じだし、ストーリー展開もＯ・ヘンリーっぽいし、それに、Ｏ・ヘンリーことウィリアム・シドニー・ポーターが一時期ヒューストンに住んでいたこともロンは知っていた。したがって、かの有名作家が、近郊のガルヴェストンへ海水浴にやって来て、下宿屋に泊まり、滞在中にその小説を書いて、うっかり原稿を忘れていった、ということも決してありえない話ではない。ロンからその原稿を見せられた私の父は、ニューヨークのコロンビア大学で教えているO・ヘンリーの専門家に連絡をとった。原稿を見たい、と相手が言うので、父は汽車に乗って原稿を届けにいった。

専門家はその小説をO・ヘンリー作と鑑定し、私の父はそれを売りにかかった。紆余《うよ》曲折を経てデモインに行きつき、『デモイン・レジスター』の有力編集者ガードナー・コールズに会った。コールズはその小説をすっかり気に入って、その場で買ってくれた。父は売り上げをロン・ティンクルのクラスの若い女性のもとに届けた。それは彼女にとって何より必要な手術を受けるのに——そして、私たちが知るかぎり、その後ずっと幸せに暮らすのに——ちょうど十分な額だった。

そのO・ヘンリーの小説がどんな話だったのか、父からは結局聞かずじまいだった。でもそれが、父自身の話よりも面白かったとは思えない——O・ヘンリーをめぐる、それ自体O・ヘンリー的である話よりも。

マーカス・ローゼンバウム
ワシントンDC

ア・テンポ

私は車としばし「二人きり」になる必要があった。意外なことに、「頼りにならない奴《やつ》」と別れるのはひどく悲しかった。

その車は私にとって初めての大きな買い物であり、離婚後の独立のシンボルだった。人も羨《うらや》む夫婦《マリタル・アコード》仲の象徴たる、人も羨む〈ホンダ・アコード〉などではなく、フォード社の〈テンポ〉、人生のテンポを取り戻し世の流れに合わせてステップを踏むための足がかりである。フォードからのよりよいアイデアが、私の行く手に関してもよりよいアイデアを与えてくれるかもしれない（訳注　「フォードからのよりよいアイデア」はフォード社が一時期使ったキャッチフレーズ）。車を売ってくれた自動車修理店の気前よさも（「離婚値段にしときますよ」）ひょっとすると吉兆かもしれない。我ながら、機械に関して自分がこんなに迷信深いとは知らなかった。私はテンポのドアを、それが特大の金属製占いクッキーであるかのように開けた。

はじめのうち、テンポは最高だった。子供たちを学校に送り届け、私を職場に送り届け、私たちみんなをジョーンズビーチに連れていってくれた。バケツやシャベルや、溶けたクレヨンの破片やらがそこら中からにょきにょき生えてきた。私たちはそのなかで眠り、泣き、キスし、抱きあい、食べ、ゲロを吐いた。ビニールのシートは何かと便利だった。車はいかにも「住まれている」ような雰囲気を帯びてきたが、そこで本当に暮らす破目になる危険はどうやらもうなさそうだった……故障や衝突も起きなかった。私たちの生活のテンポは、そして愛車テンポは、堅実だった。

ところが、二年目に入ると、占いクッキー説は崩壊しはじめた。実際、これなら人力車を使う方がまだましという有様だった。牽引《けんいん》の回数ももう限界ですとAAA（全米自動車協会）からは言われたし、加えて運輸省のトラックにトライボロ橋から降ろしてもらったこともあった（そのときの顚末《てんまつ》を聞かせると、息子は「ママ、よく死ななかったね」と言った）。私は子供たち以上に、修理工に時間と金を使っていた。テンポは手放すしかない。明らかに私たちは、結尾《コーダ》にたどり着いてしまったのだ。

といって、こんな車を人に売りつけるわけには行かない。パーツを売るしかない。新品同様のパーツがどっさりあるのに、買い手は全然見つからなかった。どうしてこういうときに限って解体屋が現われないのか？　自動車泥棒というのは、単に車まるごと五十ドルで売って、あとはタクシーで帰るだけなのか？　私は車を慈善団体に寄付することにした。

ところが、「頼りにならない奴」を運び去りに平台トラックがやって来ると、ああこれでもう保険を払わないで済む、左へ右へサイドシャッフルみたいに揺れたりするのもおしまいだ、と冷酷なる安堵《あんど》のため息をつくかと思いきや、私が感じたのは悲しみだったのだ。考えてみれば、この車のなかで私たちは何度も楽しい時を過ごしてきた。相手が無生物であれ、さよならはさよならである。それに、無生物といってもこいつは私たちを何マイルも運んでくれて、いくつもの重大事《マイルストーン》につき合ってくれたのだ。ごめんね、と私は車に謝った。これからは、あなたを必要としている人を助けてちょうだいね、と。それから、盗難防止用ロックを手に、私はびいびい泣きながら歩いて家に帰った。世の中には鉄道の歌とか、植木鉢をたたえる頌歌《オード》とか、木々をめぐる芝居とか、野球場についての映画とか、実にいろいろある。車を想《おも》って泣く私も仲間に入れそうだ。

ローレン・シャピロ
ニューヨーク州ブロンクス

学ばなかった教訓

あたしは何もかもなくしてしまう子供だった。つまり、なくすか、壊すかしてしまう。指輪とかイヤリングとか。人形。ゲーム。手元にやって来たものを、あたしは片っ端からバリバリ嚙《か》んで、見る影もなく変形させ、早すぎる死へ送り込む。あたしは紙を食べ、一度などは本一冊丸ごと食い尽くしてしまった。「好奇心の強いジョージ」（訳注 日本では「おさるのジョージ」）も、あたしのもとに来てからは好奇心は長続きしなかった。食べられてしまっては好奇心も何もあったものではない。ママとパパはあたしのことを、「瞬間物壊し機」と呼んだ。そうやって何もかもメチャクチャにしてしまうので、ディナーのときママとパパはいつも、今後招待する気のない客の隣にあたしを座らせた。

二年生のときのある日、学校から帰ってくると、玄関から入ってきたあたしを見てママはびっくりした顔になった。「ねえ、キャロル」とママは、いちおう落着いてはいても、ひどくとまどったような表情を浮かべて訊いた。「あなた、ジャンパースカートはどうしたの？」。そう言われて下を向いてみると、エナメル革のバックルシューズが見え、膝《ひざ》のところが破れた白いレオタードが見え、白い（でも汚れた）コットンのタートルネックシャツが見えた。それって服が足りないわよとママから言われるまで、あたしは全然気づかなかった。あたしもママと同じくらいびっくりした。たしかに朝はジャンパースカートを着ていたことを、ママもあたしも記憶していたからだ。二人で学校までの道を歩いて、歩道も見てみて、校庭や校舎内もそこらじゅう探したけれど、チェックのジャンパースカートは影も形もなかった。

その次の冬、ママとパパはフェイクファーの茶色いコートを、それに合った帽子と一緒に買ってくれた。新しいコートも帽子も、あたしはすごく気に入った。コートはクリップ式のミトンがセットになってるやつなんかじゃなくて、着ているとすごく大人になった気がした。本当は、あたしを知るママとパパとしては、帽子ではなくフード付きのコートを買い与えるつもりだったのだが、絶対なくさないように気をつけるから、と頼み込んで帽子にしてもらったのだ。帽子の紐《ひも》の端についた大きな毛皮のポンポンが、あたしはとりわけ気に入った。

ある日、仕事から帰ってきたパパが、二階の部屋にいたあたしを下から呼んだ。パパはあたしと同じ高さまでかがみ込んで、あたしをぎゅっと抱きしめ、パパのために新しいコートと帽子を着てみせてくれるかなと言った。パパのためにファッションショーをすると思うとわくわくして、あたしは階段を一段おきに駆け上がった。大急ぎでコートを羽織ったけど、帽子は見つからなかった。困った、と思いながらベッドの下やクローゼットのなかを探したが見当たらない。でもまあ、帽子がないことにパパは気づかないかもしれない。

あたしは階段を駆け下りて、ファッションショーの花道にいるみたいに体をくるっと回し、ポーズをとってニコニコ笑い、新しいコートをパパに見せびらかした。パパはあたしをじっくり眺めて、お前は本当に可愛《かわい》いよと言ってくれた。それからパパは、じゃあ帽子もかぶって見せてくれるかなと言った。「ううんパパ、コートだけ見てもらいたいの。コートだけ見て！」とあたしは言って、相変わらず玄関広間をしゃなりしゃなりと歩き回り、なくなった帽子から話をそらそうと努めた。帽子がもう消えてしまったことがあたしにはわかっていた。パパはくすくす笑っていた。あたしは可愛いんだ、愛されているんだとあたしは思った。だってパパがこんなに笑って、一緒に遊んでくれるんだもの。帽子のことをあたしたちは二、三度言いあい、それから、声を上げて笑っているさなかに、パパがあたしをひっぱたいた。いきなり、思いっきり顔面をひっぱたいたのだ。なぜなのかさっぱりわからなかった。ピシャッという鋭い音を聞きつけて、ママがわめいた。「マイク！　何やってるの！　何やってるのよ！」。ママは呆然《ぼうぜん》として息も切れぎれになっていた。パパの激しい怒りに、ママもあたしも何かでぐさっと刺されたみたいな感じだった。あたしはそこにつっ立って、焼けるように熱い頬っぺたに手を当てて泣いていた。と、パパが自分のコートのポケットからあたしの新しい帽子を取り出した。道に落ちていたのを見つけたのだとパパは言った。ずり落ちた眼鏡の上からあたしを睨《にら》みつけながら、「これでお前も、少しは物をなくさないように気をつけるだろう」と言った。

いまではもう大人になったけど、あたしは相変わらず物をなくす。気をつけるということもいまだに知らない。でも、あの日パパに教わったのは、責任というものをめぐる教訓ではない。パパの笑いを信用しないことをあたしは学んだのだ。あたしのパパは、笑いさえも痛いのだ。

キャロル・シャーマン＝ジョーンズ
ケンタッキー州コヴィントン

ファミリー・クリスマス

（これは父から聞いた話だ。一九二〇年代前半、私が生まれる前にシアトルであった出来事である。父は男六人、女一人の七人きょうだいの一番上で、きょうだいのうち何人かはすでに家を出ていた。）

家計は深刻な打撃を受けていた。父親の商売は破綻《はたん》し、仕事の口はほとんどゼロ、国中が不景気だった。その年のクリスマス、わが家にツリーはあったがプレゼントはなかった。そんな余裕はとうていなかったのだ。クリスマスイブの晩、私たちはみんな落ち込んだ気分で寝床に入った。

信じられないことに、クリスマスの朝に起きてみると、ツリーの下にはプレゼントの山が積まれていた。朝ごはんのあいだ、私たちは何とか自分を抑えようとしつつ、記録的なスピードで食事を終えた。

それから、浮かれ騒ぎがはじまった。まず母が行った。期待に目を輝かせて取り囲む私たちの前で包みを開けると、それは何か月か前に母が「なくした」古いショールだった。父は柄の壊れた古い斧《おの》をもらった。妹には前に履いていた古いスリッパ。弟の一人にはつぎの当たった皺《しわ》くちゃのズボン。私は帽子だった——十一月に食堂に忘れてきたと思っていた帽子である。

そうした古い、捨てられた品一つひとつが、私たちにはまったくの驚きだった。そのうちに、みんなあんまりゲラゲラ笑うものだから、次の包みの紐《ひも》をほどくこともままならない有様だった。でもいったいどこから来たのか、これら気前よき贈り物は？　それは弟のモリスの仕業だった。何か月ものあいだ、なくなっても騒がれそうにない品をモリスはこつこつ隠していたのだ。そしてクリスマスイブに、みんなが寝てからプレゼントをこっそり包んで、ツリーの下に置いたのである。

この年のクリスマスを、わが家の最良のクリスマスのひとつとして私は記憶している。

ドン・グレーヴズ

アラスカ州アンカレッジ

僕のロッキンチェア

一九四四年の夏、僕は八歳だった。僕は元気な子供で、ニュージャージー北部にあるわが家を囲む林を探索するのが大好きだった。例によってそうした冒険にくり出したある日、僕は古い家の敷地に出くわした。家自体は朽ちて崩壊していたけれど、かつて人が住んでいた証拠が地面に散らばっていた。そうしたかけらをいくつか拾ってみると、小さなロッキンチェアの大部分が集まった。がっしりしたメープルと果樹材で出来た椅《い》子《す》である。林のなかで、何回もの冬を生き抜いてきたようだった。

僕はそれらのかけらを母のところに持っていった（父は海軍に入って太平洋に行っていた）。母はアンティークが好きで、特にアメリカン・コロニアルの家具が好みだった。母はそれらの断片を、トレントン郊外にいる知りあいの修復職人のところに持っていった。その人はなくなった小柱を何本か足して、椅子を作り直してくれた。

復元された椅子は、植民地時代の美しい子供用ロッキンチェアだった。子供のころずっと、僕はそれを自分の部屋に置いていた。あるとき、シリアルのおまけについていた小さな鳥のシールを背もたれに貼《は》った。これは本当に僕のものと言える初めての家具だった。大学を卒業したあと、やがて椅子も西海岸に来た。アパートから貸家、そして自分の家族を持つようになって建てた家へと、数えきれないくらい引っ越したが、椅子もそのたびについて来てくれた。ところが一九七七年、貸家から、いまも住んでいるピュージェット湾の島にある家に引っ越したときのこと、椅子は移動中どこかに消えてしまった。どうやら、島を走っている最中にトラックから落ちたらしい。椅子がなくなってしまって、僕はすごく落ち込んだ。何度もあのロッキンチェアのことを思い出しては、もっと気をつけなかった自分を責めた。

十年後、島の幹線道路を走っていると(この島は全長およそ三十キロある)、地元の骨董品屋《こっとうひん》の店先に、似たような子供用ロッキンチェアがあるのが目に入った。それはなくなった僕のチェアではなかったが、いかにもそれを彷彿《ほうふつ》とさせた。僕は店に寄って、顔なじみの店主の女性に、店先に出ているチェアはいくらかと訊《き》いてみた。話の流れで、僕は彼女になくしたチェアのことを話し、どんな椅子だったか事細かに説明した。すると彼女はひどく妙な顔になって、「それってこないだカリフォルニアのディーラーに売った椅子にそっくりだわ。実はまだ二階の収納室にあるの。明日発送することになっているのよ」と言った。背もたれに鳥のシールが貼ってあるんだけど、と僕は言った。店主は椅子を見に二階へ上がっていった。シールは僕が言ったとおりの場所に貼ってあった。これで決まりだった。言うまでもなく、椅子は僕のもとに戻ってきた。いまでも、子供のころの思い出の品を集めた特別室に置いてある。『市民ケーン』ではないが、これが僕の「バラのつぼみ」なのだ。

ディック・ベーン
ワシントン州ヴァションアイランド

一輪車

一九七八年、自動ピアノ修復職人として名を上げようと必死に働くあまり、昼も夜も仕事のことで頭が一杯になって、長年よその男には目もくれずにいてくれた美しい恋人の愛情を僕は失いかけていた。待たせている客のリストがどんどん長くなってくる上に、自分で買った未修復ピアノの膨大な山にも気をとられて、ついつい彼女のことをおろそかにしてしまったのだ。ピアノより君の方が大事なんだとフィアンセに何とか伝えようと、最後の悪あがきに、手元のピアノを売り払ってしまおうと決心し、コレクター向けのニューズレターに広告を出した。そして最初に電話してきた人物に何もかも売った。アメリカの反対側に住んでいる男性だった。

効き目はなかった。恋人は去っていき、僕は一連のピアノを買ってくれたバイヤーに誘われて、タコマに引っ越してそれらの修復を手伝うことにした。

西海岸にはなじめなかった。何もかも東とあまりに違っていたし、家族も恋人もいない暮らしは初めてだった。バイヤーの下で働くのもやめた。やがてトラックが故障して修理に金がかかり、僕は文無しになった。とにかくこんなところから出たいと、どうにかトラックを空港まで走らせ、そこに乗り捨て、チケットカウンターに行った。弟が当時シカゴ近郊に住んでいたので、シカゴまでいくらかを訊いて、ポケットに手をつっ込んで有り金を引っぱり出した。何とそれは、セント単位まで、飛行機代とぴったり同額だった。

フィアンセと仲直りしようという企ても失敗に終わり、貨物列車にタダ乗りしたりヒッチハイクしたりで夜は修道院などに泊まって国中を二年ばかりさまよった末に、僕はふたたび西海岸に行きついた。またしても文無しだった。

やがてセントヘレンズ山が噴火した。僕はそのときワシントン大学の図書館にいた。居合わせた人々はみんな表に飛び出して、地平線にのぼる噴火の煙を眺めた。何とも不吉な光景に、ひどく不安がった人も多かった。

次の日、とりわけ強い不安に囚《とら》われた男が、パイクストリート・マーケットのそばを車で走っていて人通りの多い横断歩道につっ込み、四人の死者が出た。僕はその一部始終を目の前で見た。血まみれの、動かない死体が四体、路上に転がっていた。僕は歩道に座り込んで、この町を出ようと決めた。

その晩、同じ交差点に一人で立って、両腕を天に上げて叫んだ。西海岸なんて大嫌いだ！　一輪車があったらコネチカットまで乗っていくのに！

僕はその場を立ち去り、港のそばに置いておいた寝袋にもぐり込んだ。

った。

翌朝、やはり同じ交差点に——ただし道の反対側の歩道に横たわって——一輪車があった。

ふだんは物を盗んだりはしない僕だが、今回は状況を思えば、むしろありがたくいただくべきだという気がした。そこで僕は一輪車にまたがって、車輪を丘の下に向け、「ありがとう」と言って出発した。

百メートルばかり行くと、両方のくるぶしがペダルのアームにぶつかるせいで血まみれになってしまい、停まらざるをえなかった。それに、盗んだということもやはり気になって、結局元のところへ返しにいった。町でも一番人通りの多い部類に属する交差点に、一輪車は三日間横たわっていた末に姿を消した。

僕は代わりに列車に飛び乗って町を出た。

ゴードン・リー・ステルター
ジョージア州ボガート

モカシン

「神父になりたい」と私は言った。時は一九五三年、私は中学二年生だった。両親は何とも言わず、話題はそれで打ち切りになった。夏のある日、野球から帰ってきた私はファーストミットを食堂のテーブルに放り投げた。アイロンをかけている母に向かって、「僕、神学校に行きたい。本気だよ」と言った。

　そのとき初めて、両親がすでに、地元の司祭さんのマッコロー神父に相談してくれていたことを知った。この地域には高校レベルの神学校が三つある、と神父さんは教えてくれた。少し経《た》って、私は神父さんに連れられ、ウィスコンシン州マディソンにあるクイーン・オブ・アポストルズ校を見学に行った。そして次の年度の入学手続きをした。

　父は私の選択を喜んだ。ある日、勤めている靴店によく来るセールスマンにも私のことを話した。セールスマンは父に、俺の担当区域にも神学校があるよ、ウィスコンシンのフォンドゥラックの近くだよと言った。次の日曜日、両親と、兄弟三人も一緒に、一家でマウントキャルヴァリーにあるセントローレンス神学校まで出かけていった。学校は丘のてっぺんにあった。私たちは木のボディのステーションワゴンで丘をのぼっていった。誰の姿も見えなかったが、スピーカーからはミルウォーキー・ブレーブズの試合の実況中継が流れていた。ドアが開いて、がらんとした廊下に一筋の光が差し込んだ。その光のなかに、茶色いバスローブのような服を着て、爪先《つまさき》の開いた靴を履いた男が歩み出てきた。私が初めて目にするカプチン会修道士だった。何とも不思議な服装に見えた。修道士は私たちを校長のジェラルド神父に引き合わせ、校長が構内を一通り案内してくれた。校長室に戻ると、入学申込書を渡された。ステーションワゴンに乗り込みながら、父が「どうする？」と訊いた。

「こっちにする」と私は答えた。

セントローレンス神学校で高校を終え、大学も一年行った。大学一年のときに、カプチン会に入りたいという思いが強まっていった。一九五八年九月、私は自分の茶色いバスローブと爪先の開いた靴を与えられた。これがカプチン会の衣服である。一九六五年、私はカプチン会司祭に任命された。神の摂理について説教する必要が生じると、いつも決まって、「私がカプチン会修道士になったのは、まず神のおかげであり、その次に、会ったこともなく名前も知らない靴のセールスマンの方のおかげです」と言った。

一九七五年、私はインディアナ州ハンティントンに配属された。よくお喋《しゃべ》りをしに来るジョーという大学生がいて、そのジョーが、夏休みはウィスコンシンにお帰りになるんですかと私に訊《たず》ねた。帰るよ、と答えるとジョーは片手を下ろし、右足に履いていた、裏の柔らかなモカシンを脱いだ。靴は爪先がすり切れて穴が空いていた。「こういうのを一足探してきていただけませんか。ウィスコンシンにしか売ってないんです」とジョーは言った。自分のサイズが何号かわからないと言うので、私はそのモカシンに自分の足を入れてみた。私には少し大きすぎた。

休暇中、何軒かの店に行って、「ああいうモカシン」を探した。セントローレンス神学校の大学寮も訪ねていって、学生たちが想像力豊かなポスターやペナントを飾った部屋を案内してもらった。と、ある学生のベッドのかたわらに、「ああいうモカシン」が置いてあった。「そのベッドは誰のかね?」と私は案内してくれている人に訊いた。「トム・ロポータルのですね」と相手は答え、トムはいま本館で授業を受けている最中だと教えてくれた。授業を終えたトムが戻ってくると、私は「あのモカシン、どこで手に入れたのかね?」と訊ねた。

「フォンドゥラックの本町通りにある、ジャーンズ靴店です」

二十キロ離れたフォンドゥラックまで車を飛ばしていってみると、果たせるかな、店のウィンドウに「ああいうモカシン」があった。私は店内に入って、あれを一足くださいと店の人に言った。「サイズはおいくつでしょう?」と相手は訊いた。「私が履くんじゃないんです」と私は言った。「でも私が履いてみて、少し大きすぎたら、それが正しいサイズなんです」

相手は目を丸くして天を仰いだ。私は言った。「わかってはいるんです、こういうやり方が間違ってるってことは。私も靴屋の息子ですから」

「どこの？」と相手は訊いた。

「ウィスコンシンのモンローです」

「どの靴屋？」

「モンロー靴店」

「あんた、ヴァーン・ピーターソンの息子さん？」

「いいえ、ドン・クラークの息子です」

「ああそうか」と相手は言った。「ドンには神学校に行った息子さんがいたよね」

「はい、私です。じゃああなたがあのセールスマン？」

そうだった。

カプチン会神父キース・クラーク
ウィスコンシン州マウントキャルヴァリー

縞《しま》の万年筆

第二次大戦が終わった翌年、私は占領軍の一員として沖縄にいた。それまでの何か月か、基地構内で何度か盗難事件が起きていた。網戸がナイフで切られ、私のバラックに置いてあった物もいくつかなくなったが、妙なことに泥棒は、菓子だの何だのといったどうでもいい物しか盗んでいかなかった。あるとき、床や木のテーブルの上に裸足《はだし》の足跡がついて、乾いた泥がこびりついていた。すごく小さな、子供の足とおぼしき跡だった。みなし児のグループが群れをなして島中をうろつき、しっかり固定されていない物は何であれ手当たり次第盗んで生き延びているという話はみんな聞いていた。ところがその後、私が愛用していたウォーターマンの万年筆がなくなった。こうなると放ってはおけない。

ある朝、捕虜の居住区域から、作業任務に当たらせようと一人の男を徴用した。私もいままでに何度か見かけた男で、物静かな、顔立ちも端正で、背もしゃんとのびた、相手の話をきちんと集中して聞く男だった。この男を見ていると、日本軍でどんな階級だったにせよ（ひょっとすると士官だろうか）、軍人としてさぞ有能だっただろうと思った。と、突然、私のウォーターマンが目に飛び込んできた。この堂々とした日本人の、ポケットにささっていたのである。

この男が盗みを働くとは信じられなかった。私は概して、人間の見きわめは得意な方である。この男はそれまで私の目に、信頼すべき人物と映っていた。だが今回は読み違いなのだろう。何といっても、相手は私の万年筆を持っていて、何日か前から敷地内で仕事をしていたのだ。私は自分の疑念に従い、共感の方は無視することにした。私は万年筆を指さし、片手を差し出した。

相手は驚いた顔を浮かべ、あとずさりした。

私は万年筆を触って、もう一度身ぶりで、渡せと伝えた。男は首を振った。少し怯《おび》えているようで、そして心底誠実そうに見えた。だが私もだまされる気はない。怒りの表情を顔に浮かべ、強硬に迫った。

やっとのことで男は万年筆を渡したが、その顔には深い悲しみと失望が浮かんでいた。しょせん彼は捕虜である。占領軍の上官に命令されたら何ができよう？　命令にそむけば罰則が待っている。彼もその手のことはさんざん経験していたにちがいない。

翌朝、男は戻ってこなかった。私は二度と彼を見かけなかった。

三週間後、私の部屋で万年筆が見つかった。私はぞっとした。何とひどいことをしてしまったのだろう。不当に差別されることの痛みは私も知っている――階級をかさに不正な扱いを受ける痛み、信頼の念が冷酷に踏みにじられるのを目《ま》のあたりにするつらさ。どうしてあんなあやまちを犯してしまったのか。万年筆はどちらも緑色で、金の縞が入っていたが、一本の方は縞が横に入っていてもう一本では縦に入っていたのだ。それに、男がこの貴重なアメリカ製品を手に入れるのはどれだけ大変だったことか。私にとってより、ずっと大切な品だったにちがいない。

あれから五十年が過ぎたいま、どちらの万年筆も手元に残っていない。だが、あの男を見つけることができたらと私は思う。見つけて、謝ることができたら、と。

ロバート・M・ロック
カリフォルニア州サンタローザ

人形

七年のあいだ、僕はロサンゼルスに住んで、好きでもない仕事をしていた。しばらくやっていると、そんなことをやっている自分まで好きでなくなってきた。そのうちにも う、会社に行くのはもっぱらエアコンと無料《ただ》のコーヒーのためという感じになってきた。そしてコーヒーを断ってからは、まるっきり行く意味もなくなった気がした。一年くらいずっと、僕は自分の純資産をこまごま計算していた。あと何日働いたらこの仕事を辞めてノースキャロライナの山の中で暮らせる金が貯《た》まるか、毎朝指折り数えていた。

去年の春、僕は咳《せき》に悩まされるようになった。五月にはじまった咳はえんえんと続き、七月が終わってもまだ続いていた。八月になると、同僚たちが医者や薬をあれこれ勧めてくれたが、僕には原因がわかっていた。この仕事がいけないのだ。仕事が縛り首の縄みたいに首に巻きついているのだ。僕は間違った人生によって絞め殺されかけている。肋骨《ろっこつ》が折れそうな、内臓を吐き出さんばかりのひどい咳が四か月続いた末に、僕はついに仕事を辞めた。九月第一週のレイバー・デーに、みんなに公言したとおりのことを僕は実行した。車で大陸の向こう側へ旅立っていったのだ。山の中で暮らすなんて狂気の沙汰《さた》だとみんなには思われた。実を言えば、これでいいんだと信じてはいたものの、僕自身、迷いを感じることもあった。

LAを去って一月も経っていないころのある夜、僕は事実いささかおかしくなった。夕食を作ったのに、食べられない。じっと座っていることもできない。仕事で感じていた憂鬱《ゆううつ》や不安が戻ってきて、何だか閉じ込められたような気になってきた。外に出て夕陽を眺めたかった。どうにも落着かないので、食べ物はレンジの上に置いたまま、どこへ行く当てもないまま車を出した。

少し経って、フレンチブロード川沿いを走りながら、僕はラジオを聴いていた。NPRの番組が、ロサンゼルスで起きた事件を伝えていた。コンピュータがどうとか、二〇〇〇年問題がどうとか言っている。それを聞いてふっと、仲よしだった元同僚のマーカスの姿が浮かんできた。マーカスもコンピュータの仕事をしていたのだ。思えばこっちに越してきて以来彼とは一度も話していない。それがいま、僕は急に心配になった。マーカスがつらい目に遭っている、そう思ったのだ。即刻彼と連絡をとろうと僕は誓った。

その一方で、何かが僕をずるずる引きずっていた。その近辺に、時おり川の激流を眺めにいく公園があるのだが、そこにも寄らず、代わりに川のすぐそばにある古い郵便局に行った。そこはものすごく景色のいい場所で、いっそ郵便局長の採用試験を受けてみようかと何度も考えてみたくらいだった。家のもっと近くに別の郵便局があるのだが、手すりの前に立って水の流れを見たいばっかりに、わざわざこっちまで来る。むろんいつもは、そこに立って川を眺めるだけだ。ところがその日は、眺めるだけでは物足りなかった。水のすぐそばまで行かずにはいられなかった。

日照りが三か月続いていて、川の水位はいつになく下がっていた。友のことを考えたまま、僕は川のなかの岩まで降りていった。たしかマーカスは泳げなかったはずだ。こんなふうに岩を伝って川を渡るなんてことは絶対にしないだろう。不安が募る一方なので、マーカスのことは考えまいと努めた。そして美しい人魚の姿を思い浮かべようとした。寒い夜に暖を求めて僕のキャビンにやって来て、ワインを一緒に飲んでくれる人魚。でもその姿はくり返し薄れて、そのたびにまたマーカスが現われた。どうしても彼のことが頭から追い払えなかった。

マーカスはがっしりした体つきの黒人である。頭がすごくよくて、あまりに論理的にものを考えるせいで、かえって非論理的になってしまうことも多い。繊細に、寛容にふるまうこともあるけれど、人を乱暴に押しやってしまうこともよくある。あるとき、引っ越したら遊びにきてくれるかと僕が訊いたら、マーカスはビリー・ホリデイの歌う「奇妙な果実」をかけた。これは南部の黒人をリンチにする白人たちの歌だぜと彼は言った。僕が越す先ではそういうことはしないさ、と僕は言ったが、マーカスはただ、相手の言葉を信じていない人間の笑いを顔に浮かべただけだった。

岩の上に立ちながら、僕はマーカスが恋しかった。でもそれよりまず、心配だった。マーカスは飲みすぎたり、車でスピードを出しすぎたりすることがある。仕事が嫌でたまらないあまり、つらい気持ちを隠そうとして逆にワーカホリックになってしまうタイプ。コンピュータと自分をとことん同一視しているせいで、本人がいまや一台のコンピュータになっている感がある。時にはまるで、世界の重荷を丸ごと、首にロープを巻いて引っぱっているみたいに見えた。とはいえ、岩の上を歩いている僕の頭にくり返し浮かんでくるマーカスの顔は、そういうのとは全然違っていた。それは、僕が駐車場から車を出してLAを去っていった日に涙をこらえている彼の顔だった。

三十分くらいずっと、僕は川の真ん中にしゃがみ込んで、これからの人生どうしたらいいかを考えていた。金もすでに厳しくなってきている。山の中の暮らしは寂しい。マーカスにも予言されたように、やっぱりこれは間違いだったのだろうか、静けさのなかで僕はじわじわ狂っていくのだろうかと考えた。どうしてこんなところにいるのか。迷子になった思いだった。こんな川の真ん中になぜ来たのかすらわからない。わかるのは、友が恋しいということ、彼の身に何かあったのではと心配だということ、それだけだった。やっとのことで、家に帰ろうと歩き出しながら、こんなに遠く離れていてはどのみち何もしてやれないと考えていた。

そのとき、それが起こった……

川岸近くの水のなか、二つの岩のあいだに、何かが引っかかっているのが見えた。寄っていって手をのばしてみると、それは泥に埋もれた人形だった。手にとってみると、小さな黒人男性の人形である。体はずんぐりしていて、つばのある帽子をかぶっている。腕はぴんと両横にのびて、降参のポーズのようにも見える。最初は、マーカスとひどく似ているのが可笑《おか》しくて思わず笑みが漏れた。あまりのそっくりさに、声を上げて笑っていたとしても不思議はないと思う。

ところが、人形を両手に抱えてみると、僕は凍りついた。一気にものすごい恐怖に襲われて、僕はつかのま狂気に陥った。人形の首に、誰かが輪になった縄を掛けていたのだ。誰かがこの人形を縛り首にして、それから川に投げ捨てたのである。どうしてここに引き寄せられたのか、なぜずっとマーカスのことが頭から離れなかったのか、これでやっとわかった。彼がつらい目に遭っていることを僕は確信した。僕が助けてあげねば。そこで僕はちっぽけな縄を外して、川の水で人形を洗い、家に連れて帰った。

五千キロの彼方《かなた》から、自分がわが友を助けたことが僕にはわかった。でもマーカスに電話してこの話を聞かせたりはしなかった。何しろ相手はＭＩＴ卒のコンピュータの天才だ。ヴードゥーだのシンクロニシティだの、世界の神秘なる驚異だのを真に受けるにはどう考えてもロジカル（シニカル？）すぎる。

けれども、川から人形を救ったその当日、マーカスからぶっきらぼうなメールが届いた。コンピュータの表示を見ると、彼がそれを書いたのは、僕が川に行っていたまさにその時間だった。彼は職場にいて、二〇〇〇年問題を前にして目の回るような忙しさを抱えていた。それは思いつくままに書き綴《つづ》った、女を罵《ののし》り仕事を呪《のろ》う狂おしい文章だった。そのなかで、本当はどういう人生を送りたいのか、マーカスはあけすけに語っていた。家を売ってフランスに行くかもしれない、船で世界を一周するのもいいな、と彼は書いていた。そして最後はこう締めくくってあった。「だけど今日、不思議な、すごくいいことが俺の身に起きているんだ。何だか身が軽くなったような気がする。なぜか物事が一気にクリアに見えてきて、自分があいつらの奴隷《どれい》なんかじゃないことが俺にはわかる。相変わらずここにいるけど、俺は奴隷なんかじゃない。生まれて初めて、自由になった気がするんだよ」

僕はこの話をマーカスには話さなかった。川で見つけた人形は、いまは僕の家にいて、コンピュータもなくその他いっさい電子機器のない部屋で暮らしている。外の木々や光がよく見える窓辺の棚に人形は座っている。そういう暮らしに、人形はけっこう満足しているみたいだ。

ロバート・マギー
ノースキャロライナ州ウィーヴァーヴィル

ビデオテープ

私は図書館に勤めている。映画コレクションのためにビデオを買うのが仕事だ。長年勤めているあいだに、もう何千本というビデオを観《み》てきた。こういうのはしばらくやっていると、ほとんど機械的な作業になってくる。ところが先週、一本のテープを入れて映画を観はじめたときのこと。母親と子供たちが車に乗っていた。どこへ行くの、と子供たちが訊《き》く。「サンタローザよ」と母親が答える。私は心のなかで喝采《かっさい》を送る。サンタローザは私の故郷なのだ。音と画像の質をチェックするためにもうしばらく観てから、テープを取り出し今度はパートⅡを入れた。夜だ。若い女の子が一人、街路を走っている。彼女は一軒の家に近づいていって、玄関前の階段を駆け上がり、ポーチを越えて寝室の窓から家のなかへもぐり込む。私は思わず身を乗り出す。そんな馬鹿《ばか》な。それは私の家のポーチであり、その窓は私の寝室の窓なのだ。女の子が二人で喋っているが、その言葉も私の耳には入らない。部屋を見るのに夢中だからだ。右手に窓があって、クローゼットはなし。クローゼットがあるには古すぎる家なのだ。天井は四メートル以上あり、大きさの合うカーテンを探すのが一苦労である。私はテープを止める。頭の中がくるくる回っている。それは私が育った家の寝室だ。私はあの部屋で、お祖母《ばあ》ちゃんと二人で眠ったのだ。私のベッドは小さな鉄製で、お祖母ちゃんのベッドと反対の端にあった。私はテープを取り出して、一本目をもう一度入れる。母親と子供たちは街なかを走っている。やがて車はいろんな人種の混じった界隈《かいわい》に入っていく。通りで遊ぶヒスパニック系の子供たち、新聞を読んでいるベトナム系の女性、揃《そろ》いのグループ服を着て路地裏で喋っている黒人たち。車は角を曲がる。私は身を乗り出す。この道は見覚えがある。羊革のサドルがついた青いシアーズの自転車に乗って、夏風を顔に受けながら走ったことがあるのだ。車は一軒の家の前で停まる。母親が降りて、玄関前の階段をのぼっていく。一人の女性が玄関に出てくる。網戸ごしに、アーチ形になった廊下に安物の家具が並んでいるのが見える。その向こうはダイニングルームだ。女たちはキッチンで話している。何もかもがまったく同じ。窓の下のキッチンテーブル、大きな白いホウロウの調理レンジ、流しの横にひとつだけ置かれた食器棚。男が一人、別の部屋から出てくる。私の寝室からだ。両肩にタオルを掛けている。家で唯一《ゆいいつ》のバスルームを使っていたのだろう。寝室のドアには、かなり上の方に楕円形《だえんけい》のノブがついていて、それをつかもうと手をのばした感触も私は覚えている。もっとよく見ようとするみたいに私はさらに身を乗り出す。横手のドアが見える。この外はポーチの、私が犬に泥団子を作ってやるところだ。そのすぐ向こうには、裏庭に通じる階段があることも私にはわかっている。あるとき鳥の死骸《しがい》を見つけて埋めてやったその裏庭には、ブランコを吊《つる》したリンゴの木があり、お祖母ちゃんの花壇がある。私はテープを止める。三十五年の歳月、何千キロもの距離が一気に消滅した。何かいわく言いがたいかたちで、私のなかに変化が生じたのだ。肌に当たる陽が感じられる。犬の顔が見え、鳥の歌声が聞こえる。人生が時として凡庸で、同じことのくり返しで、しばしば残酷でもあるこの世界にあって、私の胸は驚異の念に包まれている。

マリー・ジョンソン
アラスカ州フェアバンクス

ハンドバッグ

七〇年代のはじめ、私はサンマテオで、PE&G（太平洋電力ガス）のメーター検針員をしていた。部署には私を含めて女性は三人しかいなかった。毎月一回、私はレッドウッドシティの、ある界隈《かいわい》に出かけていった。そこの住人の大半は、年配のイタリア人夫婦か、未亡人や男やもめで、彼らが死ぬと子供たちが家を貸家に改装するのが常だった。表の庭を見ればたいていわかる。花やトマトに代わって、手のかからない芝生が植えてあるのだ。

ジョーはその界隈に住んでいた。私の検針ルートの最後の一画にある、小さなバンガローに。表の庭は広々としていて、裏手には綺麗《きれい》な、手入れの行き届いた菜園があった。私は毎月、表にあるガスメーターを読んでからドアをノックし、ジョーに開けてもらって家のなかを抜け、裏にある電気のメーターを読んだ。ジョーはぽっちゃりした小男で、かつて黒かった髪はいまはもうほぼ全部グレーで、黒い瞳《ひとみ》には笑みが浮かんでいた。ジョーと呼んでくれ、と知りあった最初から彼はくり返し言った。歳《とし》はたぶん七十代、いつも家にいて、どうやら一人暮らしらしかった。ドアを開けると、イタリア訛《なま》りの英語で「おはよう！　おはよう！（何時であってもかならずそう言う）お入り！　お入り！　さあ！　さあどうぞ！」と言った。こっちがメーターを読み終えるまで、ジョーはいつも家のなかで待っていた。終わると私と一緒に菜園を歩いて、果物や野菜など、何か旬《しゅん》の物をおみやげにくれた。

電気のメーターは家の外壁にあって、その下に古いピクニックテーブルがあった。大きなブドウの木の陰に来るよう、テーブルはぴったり壁にくっつけてあった。そのテーブルの上、端の方に、古いハンドバッグがひとつ置いてあった。年配の女性が持っていそうな品で、カーブのついた硬い表面に貼《は》ったダークブラウンの革はすり切れて色あせていた。ぴっちり止まる型の留め金は長年使っていたせいで光沢を失い変色している。はじめは私も、この女性は……このハンドバッグの持ち主は……どこにいるんだろうと考えた。病気なのだろうか……それともこれは私の正直さをテストしているのか？　でもじきに、私はその存在について思いわずらうのをやめた。ハンドバッグの前にあるベンチの脇《わき》に立って、私はメーターを読んだ。でもやっぱり、ハンドバッグがそこにどっしり構えていることは頭から離れなかった。一度など、もう少しで手を触れるところだった。

ある八月の、そこに通い出してから二年ばかり経《た》ったある日、天気はいつになく蒸し暑かった。ジョーの家のドアをノックしたころには、私はもう脱水症状に陥っていて、暑さでダウン寸前だった。裏の庭まで一緒に歩いていくと、ジョーはピクニックテーブルのベンチを指して、しばらくそこに座りなさい、と勧めてくれた。私がベンチに座ってハンドバッグを眺めていると、ジョーが震える小声で言うのが聞こえた。「買物に出かけるところだったんだ……妻がハンドバッグを置いて……ちょっと座りたいと言ってね……あれ以来、私には触《さわ》れないんだ……動かせないんだよ」。顔を上げてジョーを見ると、ジョーは目をそらしてそそくさと家のなかに入ってしまった。やがて戻ってくると、彼の目はニコニコ笑っていた。トマトやズッキーニ、それにファンタオレンジも一缶入った大きな袋をジョーは得意顔で差し出した。

その後一か月、私はハンドバッグのことを何度も考えた。早くもう一度ジョーと話したかった。九月になり、やっと訪ねていくと、何かが変だと一目でわかった。菜園は黄色に変わり果て、腐りかけた野菜が地面に転がっていた。病気かもと思って、私は玄関に飛んでいき、どんどんと大きくノックした。ほっそりした、ジョーと同じ目をした男が――でもその目は笑っていない――ドアを開けた。「ジョーはどこ?」と私は言った。

男の制服を着た、長い金髪の娘を男は唖然《あぜん》として見ていた。私も次にどう言ったらいいかわからないので、メーターの検針に来たんですと言った。すると男はもう一人別の男の方を向いて、横の木戸を開けてやれと言った。一度も通ったことのないルートだ。私はそそくさと木戸を抜けて裏手に行き、巨大なブドウの木を回ってピクニックテーブルの前まで行った。男は私のそばに立って待っていた。私は呆然《ぼうぜん》とした思いでメーターを見て、何がしかの数字を帳簿に書き込んだ。終わると、何も言わずに男の横をすり抜けていった。庭を出て、木戸を閉めて帰った。
ハンドバッグはなくなっていた。

バーバラ・ヒューディン
オレゴン州ベンド

金の贈り物

一九三七年の冬、クリスマス直後。大恐慌《だいきょうこう》はまだ続いていたが、私は上機嫌だった。一月の終わりには小学校を卒業するのだ。私は十二歳、クラス最年少で、背もとび抜けて一番低かった。母は私にいまだに半ズボンをはかせ、寒くなるとウールのニッカーズとハイソックスをはかせた。クラスメートの大半はもう半ズボンをはかなくなっていたが、私より年も上で背も高くても、ニッカーズはまだみんなはいていた。長ズボンまで進んでいるのは、特に大きな、十四歳の子が二人いる程度だった。

ところが、卒業式にはみんなが同じ服装で出ることになっていた。ワイシャツ、ネイビーブルーのニットタイ、ダークブルーのウールのサージの長ズボン。ニッカーズをはいている子の一人二人にどうするつもりか訊《き》いてみると、長ズボンをはいてくると言われた。

式の一週間前まで待った末に、私は母親に話した。これは極力慎重に切り出さないといけないと思ったのだ。

寒い月曜の午後だった。私は学校から、足下の危なっかしい街路や横断歩道をざくざく踏みしめながら歩いて帰ってきたところだった。溶けた雪、もう一度凍った雪で出来た分厚い層のそこら中に、深い溝やわだちが刻まれていた。家のなかは暖かく、心地よかった。私は重たいオーバーを廊下のクローゼットにしまいながら、バターで魚をソテーしている美味《おい》しそうな匂《にお》いを嗅《か》いでいた。そしてミルクを一杯もらいに台所へ入っていった。これがわが家の数少ないささやかな贅沢《ぜいたく》だった。

「ねえママ、いい匂いだね。僕、魚大好き」と私は言った。

「まだねだっても無駄よ」と母は言った。「あんたいつも早々ねだりに来るけど、いま食べたら晩ご飯の分はなしですからね」

これが私たち二人がいつも演じる、ささやかなゲームだった。結果はいつも同じ。私がしつこくせがみ、あんたといると頭がどうかしちゃうわよと母が音《ね》を上げる。やがて母は折れて、たっぷり味見させてくれる。そして晩ご飯にもしっかり一人前、お皿に載せてくれるのだ。

でも、この日、私はそのゲームをはじめなかった。

「ねえママ」と私は言った。「卒業式のことなんだけど……」

「なあに？」と母は、バーナーの上でフライパンを揺すりながら言った。

「僕ね、一等賞のメダルもらうの」と私は言った。

レンジの上の作業を続けながら、母は首から上だけうしろに回して私を見て、満面の笑みを浮かべた。「すごいじゃない、坊や。パパもママも行きますからね、最高に鼻高々よ」

私の顔を見て、何かまずいことがあるのを母も勘づいたにちがいない。レンジの方に向き直って、「それで？」と母は言った。

「それでね、長ズボンをはいてかないといけないの」と私は言った。

予想どおりの答えが返ってくるのに時間はかからなかった。

「坊や、いまうちには新しい長ズボンを買うお金はないのよ」と母はひどく静かな声で言った。「それは知ってるでしょ」

「わかった」と私は叫んだ。「じゃあ卒業式には出ない。それに、僕、家出する！」

私は母の出方を待った。母はフライパンを何度か揺すってから、魚を一つずつひっくり返していった。ひどく静かで、溶けたバターがフライパンでじゅうじゅう言っている以外何の音もしない。

母は私の方を向いた。のばした手にはフライ返しが握られ、その上に黄金色の魚のソテーが一切れ載っていた。

「さあこれ」と母は言った。「テーブルでロールパンを切って、美味しいフィッシュサンドを作りなさい。私だったらまだあきらめないわね。ズボンのこと、何とかしましょうね」

私がサンドイッチを作るのを母は見守った。そして私が食べるのもそのまま見守り、一口嚙《か》むごとにむむむと悦《よろこ》びのうなりを漏らすのをさも面白そうに眺めていた。「それでもつわよね」と母は言った。

次の土曜日、母が「買物に行きましょ」と言ったとき、母が問題を解決したことを私は知った。

午前なかば、街を襲っていた厳しい寒さに備えて二人ともたっぷり着込み、ウェストチェスター・アベニューを通る市電に乗った。東ブロンクス一のショッピング街サザン・ブルバードで降りた。めざす洋品店はすぐそこ、四つ角を二つ行ったあたりだ。思い出せるかぎりずっと、私のズボンはミスタ・ゼンガーの店で買っていた。私はミスタ・ゼンガーが好きだった。いつも決まって口にする、「任しときな坊主《ぼうず》、一等いいやつを選んでやるからな、最高にカッコいいやつをな」という科白《せりふ》を聞くのも楽しかった。でも今日はその前に、まずブルバードをもう少し先へ行き、いままで私には目にも入っていなかった場所の前で私たちは立ちどまった。

母が言った。「ここで待ってなさい」

母はドアを開けて、ちょっと銀行みたいな感じの店に入っていった。ドアの上にかかった看板を私は読んだ。「個人貯蓄貸付」。

十分くらいして母が出てきて、二人でズボン店に行った。ミスタ・ゼンガーは私に、世界中どこへ行ってもこれよりいい品は絶対にないこと間違いなしの、ピュアウール百パーセント、ネイビーブルーのサージの長ズボンを選んでくれた。

それからミスタ・ゼンガーは私の股下《またした》を測って、私たちが待っている前で裾《すそ》を上げてくれた。直し代も入れて、しめて三ドル五十セント。

新しいズボンは茶色い紙に包まれ、紙は紐《ひも》で縛ってあった。その包みをしっかり脇《わき》に抱えている私を残して、母はミスタ・ゼンガーにお金を払いにいった。ハンドバッグから母が小さな茶封筒を取り出し、封を破って中身を抜き出すのが見えた。中には真新しい一ドル札が四枚たたまれていた。母はそれを丹念に開いてミスタ・ゼンガーに渡した。ミスタ・ゼンガーがレジをチンと鳴らして、五十セントの釣銭を母に渡した。

市電で母と並んで座ると、私は窓側の席に座って、乗っているあいだほぼずっと外を眺めていた。家までの道のりの半分くらいまで来て、ブロンクス川橋をごとごと渡るあたりは大して見るものもないので、前に向き直った。膝《ひざ》に置いたハンドバッグの上に組んだ、母の両手がちらっと目に入った。そのとき私は、母の左手薬指をいつも囲んでいた、無地の金の結婚指輪がなくなっていることに気づいた。

ジョン・キース
カリフォルニア州サンノゼ

家族

FAMILIES

雨天中止

タイガー球場（当時はブリッグズ球場と呼ばれていた）に最後に行ったのは、八歳のときだ。仕事から帰ってきた父が、私を野球の試合に連れていってくれると宣言したのだ。父は野球ファンで、デーゲームには何度か連れていってもらっていたが、ナイトゲームはこれが初めてだった。

早めに着いたので、ミシガン・アベニューに無料で駐車できた。二回から雨が降りだし、土砂降りになった。二十分もしないうちに、拡声器を通して、試合中止が告げられた。

雨が上がるのを待って、父と一緒にスタンドの下を一時間ばかり歩きまわった。ビールの販売が終わった時点で、車まで走っていこう、と父が言った。

うちの車は黒い一九四八年型セダンで、運転席側のドアは壊れていて中からしか開かなかった。私たちははあはあ言いながら、ずぶぬれで助手席側のドアにたどり着いた。父がごそごそ鍵《かぎ》を探すうち、鍵が手から落ちて、道端の溝に落ちた。勢いよく流れる水から鍵を拾い上げようと父がかがむと、ドアの取っ手が茶色のフェルトの中折れ帽を父の頭から叩《たた》き落とした。半ブロックほど先まで行って私は帽子に追いつき、全速力で車に戻った。

父はすでに運転席に座っていた。私は車に飛び込んで助手席に倒れ込み、父にうやうやしく帽子を渡した。帽子はいまやもう濡《ぬ》れ雑巾《ぞうきん》のようだった。父は一瞬帽子を見つめてから、頭に載せた。中から水が流れ出し、まず父の肩と膝《ひざ》にはねてから、ハンドルとダッシュボードにはねかかった。父は大声で吠《ほ》えた。怒ってどなったのだと思ったので、私は縮み上がった。笑い声だとわかると、私も笑い出して、しばらくは二人ともそのまま狂ったように笑い転げた。父がそんなふうに笑うのを聞くのは初めてだった——そして最後だった。それは父のどこか奥深くから出てきた、生々しい爆発だった。父がそれまでずっと抑えていた力だった。

何年も経《た》ってから、父にその晩のことを話して、父さんの笑い声をよく覚えていると私は言ったが、そんなことはなかったと父は言い張った。

スタン・ベンコスキー
カリフォルニア州サニーヴェイル

隔離

母の遺体が火葬されてから一週間後、父は借り物のエコノラインのバンに私たちを詰め込んだ。私たちは後部で安物のビーチ・チェアに座ってビールを飲み、曲がるときにスピードを出しすぎるとビールがこぼれた。父は私たちをロングアイランドのノースフォークにあるウェストメドウ・ビーチという場所へ連れていった。私たちに同情して、バンガローを貸してくれた人がいたのだ。母が殺されて、残された父はティーンエージャーの子どもを六人抱えていた。

荒々しい、風の吹きすさぶ浜に私たちは慣れていた。我が家のサマーハウスは大西洋に面していて、クイーンズのネポンジットという小さな町にあった。私たちはそこが大好きだった。だが、そこはいまや死に汚染されていた。六月末のある夜、母が寝室で絞め殺されたのだ。万一あの家にいたいと思ったとしても、無理な相談だった。車で前を通って指を差す人たちが絶えなかったし、警察もコーヒーカップや指紋採取道具で家をすっかりぐちゃぐちゃにしてしまっていた。

見も知らぬ人が貸してくれたバンガローは、ロングアイランド湾に面していた。波はなく、砂に小石も混じっておらず、当たりさわりのない、文明に属すさまざまな物が音も立てず揺れながら水の中を流れていた。私は十八歳だった。末っ子のサラが十二歳。一番上のギャビーは二十歳だった。ブレズは十六。マークは十四で、ヘザーが十三。父は五十一歳だった。父に私たちを慰めるすべはなかった。代わりに、父は私たちを隔離してくれた。

ウェストメドウ・ビーチ以前の私たちは、まあまあ幸せな、ドラッグびたりの、アメリカのどこにでもいる生意気な子どもたちだった。マリファナは分けあうがお気に入りの服は貸さず、互いの音楽は大嫌いだが、互いの友人は大好き。だが、あの家に一緒に集まったとき、事情は一変した。私たちの絆《きずな》は、世をすねていること、憂鬱《ゆううつ》、そしてアルコールだった。

バンガローの中のあらゆるものが、冷たく、じっとり湿っていた。そこには私たちになじみのない陽気さがあった。被《おお》いのない電球やハリケーンランプに皓々《こうこう》と照らされた、いろいろなおもちゃや花柄のクッション。暗い我が家と、父方の祖母と母方の祖母の暗い家で育ったせいで、私たちはみな光に敏感だった。みんなで明かりを点《つ》けずに、煙草《たばこ》が発する光のなかに座っていた。父は酒をたっぷり持ってきていた。ありとあらゆる種類のアルコール飲料と、煙草数カートンも持ってきていたが、食べ物はほとんどなかった。そこから、酔いどれ一家の連帯という伝統がはじまった。

酒を飲んでも何が変わるというわけでもなかったが、とにかく私たちにできることで、前進のように感じられる行為はそれだけだった。話すこともあまりなかった。見知らぬ貸し手の枝編み家具に腰を下ろして、すごく強い酒を飲んだ。ジントニック。ウォッカとグレープソーダ。ラムに何でも入れて。どこか外で、近所の人たちがはしゃいでいた。独立記念日の時期で、あちこちでパーティーをしていたのだ。

次の日はビーチの奥に落ち着いて、砂丘と草の背後でラウンジチェアに寝そべり、長い髪と長い脚と火を点けたマールボローを日にさらしていた。傍目《はため》には退屈しているように見えただろうが、実際は思案にふけっていたのだ。じっくりと、考え込んでいた。湾は大きな、ぱっとしないプールのようだった。私たちはまず酒を飲みはじめた。それがいい考えに思えたのだ。誰も泳ぎに行かなかった。

私たちにはカヌーがあった。来るとき道の真ん中でバンから落ちて、後ろを走っていた男を危うく殺しかけたカヌーだ。その出来事がこの旅のハイライトのひとつだった。酒を何杯か飲んだあと、ヘザー、サラ、父さんは砂州にカヌーを持っていき、父さんが二人を引っぱって、巨人の、白髪のゴリアテのように、そよ風に抗して前のめりに進んでいった。水のせいで白髪の胸毛がぐしょぐしょになって、ゆるい短パンがやせた尻《しり》に張りついていた。顔じゅうに苦痛をあらわにして、まるで罪を償うかのように、父さんはカヌーを引っぱった。妹たちはカヌーに座り、黙ってハイボールを掲げ、父の背中をじっと見ていた。

暑い晴れた日中と、長い奇妙な夜をそうやって幾日か過ごした。四日目に、従姉《いとこ》が様子見がてら日光浴をしにやって来た。従姉は声が大きくておしゃべりで、誰も見たくないつけっぱなしの歩くテレビみたいに、私たちのあいだを動きまわった。妹たちには飲ませない方がいいんじゃないかと従姉は父さんに言った。それを聞いて私たちは笑い声を上げ、それからひどく静まり返って、何人かは泣きだした。従姉は翌日帰った。

一九八〇年、二十年前のことである。とてもそうは思えない。なぜなら、私たちはみんなまだあそこにいるのだ。水に浮かび、前後に揺れ、物事がいい方に転じるのを待って、時が流れるに任せながら。

ルーシー・ヘイデン
ニューヨーク州アンクラム

つながり

父には女きょうだいが二人いた。小児科医のレイナと写真家のローズである。二人はベルリンでアパートに同居していた。ユダヤ人だったため、一九三三年にヒトラーが政権に就いてまもなくドイツから逃れ、苦労の末アメリカに渡った。ニューヨークに落ち着いて、ここでも一緒にアパートに住んだ。

一九八〇年に妹の方が亡《な》くなったあと、彼女の遺産を管理する弁護士から私は電話を受けた。この件に早く決着をつけたい、アパートを空けわたさなくてはいけないとのことだった。残った遺品のなかには、ドイツ語の本が百冊ばかりあるという。ヒトラー政権下のドイツからの亡命者の大半はニューヨークに落ち着いて、それがみなドイツ語の蔵書を持ってきている。市場はすでにあふれて本には一文の値打ちもなく、売ることはおろか、もらってもらうことすらできない。捨てるのが一番です、と弁護士は言った。ナチスの焚書《ふんしょ》が思い起こされて私は不快感を覚えた。別の解決策を考えたいので何日か待ってくださいと頼んだ。

私が暮らすインディアナ州のブルーミントンには、インディアナ大学がある。大学の独文科に本を寄付しようと思ったのだ。問い合わせてみると、そこではドイツ語の書物を無価値とは見なさなかった。独文科の主任は、私の寄贈品を喜んで学部の図書館に受け容《い》れてくれた。

本が大学に着き、まだ箱に収まっているうちに、独文の教授の一人が中身を漁《あさ》っていて、突然はっと驚きの声を漏らした。レイナ・グレブゼイルという持ち主の名前が何冊かのタイトルページに書いてあるのを見つけたのだ。ベルリンでの少年時代に同姓同名の女性を知っていたことを教授は主任に話し、これらの本がどういうめぐり合わせでブルーミントンに来たのかを訊《たず》ねた。主任は教授に私の名前を教えた。私たちは会い、私が本当に彼の知るレイナの姪《めい》であることを確認した。そして教授は、家族にまつわる、私には初耳の話を教えてくれた。

教授はベルリンで育った。まだ小さいときに母親が亡くなり、やもめになった父親は再婚しようと決めて、二人姉妹の姉であるレイナに求愛しはじめた。この求愛は実らなかったが、当時十代だった未来の教授がレイナと親しくなり、父親とレイナが会わなくなってからもずっと友達だった。

彼もまたユダヤ人で、やはりドイツを逃れた。紆余《うよ》曲折の末ブルーミントンに行き着いて、まずはインディアナ大学の学生となり、やがて母校で教えるようになった。この地に落ち着き、結婚し、子どもを育てながらも、レイナとの友交は保ち、一九五七年にレイナが亡くなるまで時おり文通を続けていたのだった。

一九八〇年にローズが亡くなったあと、やがて家族の手紙、書類、記念の品々等々をぎっしり詰めたトランクが我が家の地下室に到来することになる。ノスタルジーの気分がわいた物憂《ものう》い夜、私はトランクを開けて宝物を探ってみる。ある晩、教授がレイナに宛《あ》てたグリーティング・カードが見つかった。私はそれを教授に贈った。

ミリアム・ローゼンツヴァイグ
インディアナ州ブルーミントン

クリスマス前の水曜日

何年か前の、クリスマス前の水曜日のことである。僕たちは教会で聖歌隊の練習を終えたところだった。飾りつけもすでになされ、柱に掛かったリースが、教会を松の香りで満たしていた。礼拝堂には大きな人工のクリスマスツリーが立っていた。そこはチビッコおもちゃプログラムの引渡し所で、ツリーの根元にプレゼントの小山があった。

夜の十二時近く、僕は一人の友人と一緒に駐車場に立っていた。ほかの聖歌隊員たちはもうすでに帰っていた。僕たちは教会の明かりを消し、正面入口の戸締りはしたが、礼拝堂付近にある横の戸口はいつもと同じで鍵《かぎ》はかけなかった。

友人としゃべっていると、四駆の赤いジープが駐車場にゆっくりと入ってきた。運転手は僕たちを見ると、方向転換して走り去った。おかしい。僕は心配だった。教会を荒らす人間も世の中にはいる。神の家の扉はいつでも開いていて、時おりどこかの酔っ払いが、酔い覚ましにひと眠りしようと千鳥足で礼拝堂に入ってくる。あるいは、ワインと、金製の祭壇用具目当てに入ってくることもある。だが、高級なSUV（訳注 スポーツ・ユーティリティ・ビークル）が、なぜか値踏みするように通りがかる――これはなんとも妙だ。

友人と僕はその件について何も言わなかった。おしゃべりが済むとそれぞれ車に乗り込んだが、僕は帰らなかった。あたりを一周したあと、教会にとって返した。戻ると、礼拝堂の戸口の横にジープが駐車していて、教会の明かりが点《つ》いていた。相当不安な気持ちで、僕はしばらく車のなかに座っていた。やがて立ち上がり、教会に入っていった。いつなんどき頭に銃弾が撃ち込まれるかわからないと思いつつ、教会の下の階をまわり、電気のスイッチを点けたり、さんざん音を立てたりして、僕が近づいていることが伝わるようにした。びくついた侵入者がパニックに陥る、なんてごめんだ。階段を半分くらい上がったあたりで、「キング・オブ・ザ・ロード」をそれなりの音量で口ずさんでいた（なぜそんなことをしたのかなどと訊《き》いても無駄である）。

階段のカーブをまわって聖具室に出ると、祭壇の傍らに一組の男女が見え、僕たちの教会区のメンバーとひと目でわかった。聖歌隊での僕の位置からは、全員が見える。その女性はいつも中央の通路側に座っていた。右手側、七列目の信徒席だ。よく通る、澄んだソプラノ。一度声をかけて、聖歌隊入りを考えたことはないかと訊ねたが、内気すぎる人だった。たいてい一人で教会に来ていたが、男の方も何回か見たことがあった。彼女の夫だ。

二人とも巨大な白いビニールの買い物袋を抱えていて、どちらの袋も新品のおもちゃで一杯だった。袋には、少なくとも五百ドル分の品物が入っていたにちがいない。二人はそれを、チビッコおもちゃプログラムの人工クリスマスツリーの根元に積み上げている最中だった。

女性はバツが悪そうになかば微笑《ほほえ》んで、くちびるに指を当てた。「お願いです」と彼女は言った。「誰にも言わないで」

僕は無言でうなずき、その場をあとにした。

この女性と夫は四十代後半だった。二人のことは僕も少し知っていた。子どもはいなかった。一度もいたことがない。できなかったのだ。不妊症である。

この話にオチはない。単なる出来事だ。だが、車に乗り込み、家に向かって車を運転しながら、僕は体を震わせてしくしく、長いこと泣きつづけた。

ジャック・フューリック
マサチューセッツ州メッドウェー

父はいかにして仕事を失ったか

六十歳、あと数年で定年というときに父は失業した。父は職歴の大半、コネチカット州のゴム工場で小さな印刷部門を管理していた。この工場は長年にわたる所有者B・F・グッドリッチ社から、中西部の変人ビジネスマンに売却されたばかりだった。その男はいま聖書を引用していたかと思うと、もう次の瞬間には悪態をつくことで有名だった。当然のことながら、商売はたちまち損失が出はじめた。幸いにも、父は何度も解雇の危機を免れた。会社だって各種書類や社用便箋《びんせん》はつねに要るのだから、幸運はもうしばらく続くものと決め込んでいた。

ところが、一九七五年三月一日の夜、武装してスキー帽をかぶった三人組が工場に現われ、夜警と守衛の二人を誘拐し、目隠しをして縛った状態で数マイル先の材木置き場に置き去りにした。侵入者たちが爆発物を仕掛けたため、午前零時に工場は倒壊し、爆発の衝撃でフーサトニック川両岸の舗道が揺れ、家々の窓が粉みじんになった。死者は出なかったが、翌朝、ほぼ千人の労働者が失業していた。急進的な左翼組織の者だと侵入者たちは名のったが、FBIの調査によって、社主の仕業であることが明らかになった。同じくらい変人の、自称霊媒の助言者も絡《から》んでいた。二人は崩壊した建物に掛けた保険金を受けとることで、財政悪化の逆転をはかったのである。調査は素早かったが、続く裁判はそうは行かず、父の年金は数年間凍結されることになった。

この驚くべきニュースを伝えようと父が電話をかけてきたとき、私は家を離れて大学院に通っていた。地域の人々は呆然《ぼうぜん》としていた。それまでだって、州でも特に失業率が高い地域だったのだ。大抵の人は生まれてからずっとフーサトニック・ヴァレーで暮らしていた。いったいどこで仕事を見つければいいのだろう？　失業手当をもらうという考え自体、父は嫌がった。まっとうな人間は一生ちゃんと働いて食べるものだという信条に反するのだ。昔の大恐慌《だいきょうこう》のときだって、十代で溝掘りの仕事を見つけたんだから、今度だって見つかるよ。

健康に気をつけていた父は、四十代はじめにしか見えなかった。真っ黒い髪は『深夜の告白』のフレッド・マクマレーのようにふさふさ波うち、白髪もほとんどなく、毎日腹筋運動を続けているおかげで、腹はすっきり平らだった。これなら年齢を理由に断られることもあるまい。父は求人広告の隅から隅まで目を通し、夜警（この可能性は母がつぶした）から発送係まであらゆる仕事を検討した。印刷業者の需要はあまりなかった。

不採用と見込み薄が何か月も続いたあとで、ついに地元の大学で印刷所管理人の口が空いているという話を父は耳にした。父の技能にぴったりの仕事だ。前ほど給料はよくなかったが、長年の経験で身につけた専門知識を活《い》かせる。父はさっそく応募した。

若い人事担当者とは馬が合った。担当者は見るからに関心と意気込みを示して、父の応募書類を検討してくれた。父は彼が気に入ったし、学問の場にいられると思うと嬉《うれ》しくなった。高校中退をつねづね後悔していたから、大学のキャンパスで働けるのはほとんど天国のように思えた。

友好的な会話をしばらく交わしてから、人事係は椅子《いす》の背中にもたれ、机に両手をぱんと叩《たた》きつけて、言った。「どうやら、うちの印刷職人が見つかったみたいですね」。いつからはじめられるか、と彼は父に訊《たず》ねた。ルール上、形式的な承認がもう一段階必要なんですが、応募者のなかで断然あなたが最適任者です、数日以内に正式な雇用通知が届くと思ってくださって結構ですと、彼は父に言った。

二人は握手をした。だが、父が部屋を出ていきかけたところで、その若い男性から呼び戻された。「ささいなことなんですが」と男はニコニコ笑って言った。「応募書類に年齢を書くのをお忘れです」。手落ちではなかった。年齢を根拠に何度もあっさり落とされていた父は、そこを空欄にしておくことで、避けがたい展開を回避することを学んでいたのだ。だが、今回は違う。最適任者なのだ。雇われたも同然。正直に言ってもいいではないか？

「六十です」と父は少し誇らしげに言った。若い男の微笑が消えた。「六十？」と彼はくりかえした。男は下を向き、額にしわを寄せた。まるで誰かが電気を消したみたいだった。「そうですか」と彼は言い、声が急にすげなく、事務的になっていた。「実は、まだ何人か面接する予定でして、確約はできないんです。ご連絡します。ごきげんよう」

電話も手紙も来なかった。父は意気消沈し、働く最後の数年が価値あるものになるという希望も尽きた。失業手当がまだ半年出るのに、なかばやけになった父は、染料工場の一労働者になった。労働組合はなかった。仕事はきつく、休憩時間は最小限で、昼食は仕事中に食べるしかなかった。一瞬手が空いたときに、尻《しり》のポケットに入れたサンドイッチにかじりつくのだ。周りにいるのは東欧や中央アメリカから来たばかりの移民で、アメリカでの裕福な暮らしに憧《あこが》れて、どんな労働条件でも文句を言わずに呑《の》む人々だった。父は工場で英語を話せるほとんど唯一《ゆいいつ》の人間だった。そして、最年長でもあった。

その年の感謝祭に、私は両親を訪ねた。父が新しい仕事についてからふた月も経《た》っていなかった。私が帰宅したときのつねで、父が私を抱きしめようと飛び出してきたとき、その両手が消せない染料に染まり、髪がすっかり白くなっているのを私は見てとった。

フレッド・ムラトリ
ニューヨーク州ドライデン

ダニー・コワルスキー

一九五二年に父はフォード社を辞めた。我が家をアイダホに移して自分の会社を興《おこ》すためだった。だが、その後急性灰白髄炎《ポリオ》を患《わずら》い、鉄の肺（訳注　呼吸補助装置）のなかで半年間を過ごした。さらに三年間の治療の末、我が家はニューヨーク・シティへ越して、父はやっと販売の職にありついた。今度の雇い主はイギリスのジャガー社だった。

この職の役得のひとつは、使わせてもらえる自動車だった。ツートンカラーのグレーのジャガー・マークⅨ、優雅な曲線形のボディを持つ最後の型である。映画俳優の車庫にふさわしい車に見えた。

私はイーストサイドにあるセントジョン・ジ・エヴァンジェリストという教区学校に入学した。高い金網がアスファルトの校庭を通りから隔てていた。

毎朝、父は仕事前に、ジャガーで学校に送ってくれた。カンザス州パーソンズの鍛冶《かじ》屋のせがれである父は車を誇りに思っていて、この車で登校したら私もきっと誇りに思うものと考えたのだ。本革のシートや、私が宿題を仕上げるときに使える、前部座席の背中に付けた節だらけのクルミ材のテーブルが父はすっかり気に入っていた。

でも、車のせいで私はばつの悪い思いをしていた。何年にもわたる病気と借金のせいで、うちだってほかの子たちの家と同じくらい金はなかったろう。彼らはたいてい労働者階級のアイルランド系、イタリア系、ポーランド系の子たちだ。でも、うちはジャガーを持っていたから、ロックフェラー一族みたいに見えたのだ。

車はほかの子どもたちから私を隔てたが、なかでもダニー・コワルスキーから私を隔てた。ダニーは当時非行少年と呼ばれていた類《たぐい》の子だった。痩《や》せていて、グリースとスプレーで金髪の小さな山を大きなオールバックに仕立て上げていた。プエルトリコの塀のぼりと私たちが呼んでいたぴかぴか光る尖《とが》ったブーツをはいて、襟をつねに立て、上唇はいつも決まった形に歪《ゆが》めていた。飛び出しナイフを持っている、いや、手製のピストルすら持っているかもしれないという噂《うわさ》だった。

毎朝ダニー・コワルスキーは学校の金網の同じ場所で待っていて、ツートンのグレーのジャガーから私が降り立って校庭に入るのを見ていた。一言も言わずに、食い入るような、怒りの目でじっと見ていた。彼が車を憎んでいて、私のことも憎んでいることはわかっていたし、そのせいで彼がいつか私を叩《たた》きのめすこともわかっていた。

ふた月後に父が死んだ。私たちは当然車を失い、まもなく私はニュージャージー州の祖母の家に預けられることになる。葬式の次の日、ご近所に住むリッチフィールド老夫人が、学校まで連れていってあげると言ってくれた。

その朝、校庭に近づくと、ダニーが金網に寄りかかっているのが見えた。いつもの場所で、上着の襟を立て、髪を完璧《かんぺき》にセットして、ブーツは最近尖らせたばかり。だがその日、エリートのイギリス車もなしに、かよわい老夫人と連れだって彼の前を通ったとき、私たちのあいだにあった壁が取り壊されたような気がした。私は前よりダニーに近づいたのだ。ダニーの友人たちに近づいたのだ。ついに対等になったのである。

私はほっとして、校庭に入っていった。ダニー・コワルスキーが私を叩きのめしたのはその朝のことだった。

チャーリー・ピーターズ
カリフォルニア州サンタモニカ

復讐《ふくしゅう》

祖母は鉄の意志を持った女性だった。一九五〇年代、祖母はニューヨークの我が一族の、誰もが恐れる女家長だった。

僕が五歳のとき、祖母はブロンクスのアパートメントに友人や親戚《しんせき》を何人か招いた。客のなかに、商売で儲《もう》けている近所の大物がいた。彼の妻は自分たちの社会的地位が自慢で、それをパーティーに来ている全員に向かって言い立てた。夫妻の娘は僕とだいたい同い歳《どし》で、甘やかされて、何でも思いどおりにさせてもらうことに慣れっこになっていた。

祖母は大物一家とずいぶん長く一緒にいた。つきあっている人々のなかで、彼らを最重要と見なし、機嫌をとろうと努めていた。

パーティーの途中で、僕はバスルームに行ってなかに入り、ドアを閉めた。一、二分後、大物の娘がドアを開けて、偉そうな様子で入ってきた。僕はまだトイレに腰かけていた。

「男の子がバスルームを使ってるときに女の子は入っちゃいけないって知らないの⁉」

と僕はどなった。

僕がいたことの驚きに、僕から怒りをぶちまけられたことがあいまって、女の子は呆《ぼう》然《ぜん》となった。それから彼女は泣きだした。ばたんとドアを閉めると、台所へ駆けていき、両親と僕の祖母に涙ながらに訴えた。

パーティーに来ている人々の大半は、僕が大声で述べた意見を耳にして、ひどく面白がっていた。だが祖母はそうではなかった。

バスルームから出ると、祖母が待っていた。僕はそれまでの短い人生のなかで、もっとも長く、もっとも厳しく叱《しか》られた。お前は無礼で失礼だ、あんないい子を侮辱して、と祖母はどなった。お客さんたちは黙りこくって、身をすくめていた。祖母があまりにも強烈な人柄だったため、誰も僕に味方してくれようとはしなかった。

祖母の長い説教が終わって僕が解放されたあともパーティーは続いたが、雰囲気はずいぶん静まっていた。

二十分後、状況は一変した。祖母がバスルームの横を通って、ドアの下から水が滝のように流れているのに気づいたのだ。

祖母は二度悲鳴を上げた。最初は驚きの、次は激怒の悲鳴だ。祖母はドアを荒々しく開けて、シンクと浴槽の栓がふさがれ、どちらも蛇口が全開であることを見てとった。犯人は誰の目にも明らかだった。お客さんたちはすばやく僕を守るバリケードを作ってくれたが、祖母は怒り狂うあまり、人の群れを泳いでわたろうとするかのように腕をふりまわして、もう少しで僕にたどり着くところだった。

やがて、何人かのがっしりした男たちが祖母を遠ざけ、なだめたが、祖母はまだしばらくぶつぶつ言いながらいきり立っていた。

祖父は僕の手をとると、窓辺の椅子《いす》に座って、僕を膝《ひざ》に載せた。祖父は心優しい、温厚な、知恵と忍耐をたっぷり持ちあわせている人だった。誰に対してもめったに声を荒げず、妻と言い争ったり、妻の望みに逆らったりすることは決してなかった。

祖父は大いなる好奇心をもって僕を見た。全然怒っても、うろたえてもいなかった。

「言ってごらん」と祖父は訊《たず》ねた。「どうしてやったんだ?」

「だって理由《わけ》もないのに僕をどなったんだもの」と僕は大真面目《おおまじめ》に言った。「これでどなる理由ができたんだよ」

祖父はすぐには口を開かなかった。ただ座ったまま、にこにこ笑って僕を見ていた。

「エリックよ」と祖父はついに言った。「わしに代わってお前が復讐してくれたね」

エリック・ブロットマン
カリフォルニア州ネヴァダシティ

クリス

母が酒をやめた年のことだから、不注意な運転手が横断歩道で妹を死なせてから二年後のこと、玄関の階段で父が重度の冠状動脈血栓症で逝《い》った一年後、弟ロニーがエイズで死ぬ八か月前、ロニーがみずからの病状を明かす半年前のことだ。夏だった。私の娘レイチェルの新入生オリエンテーションのために、娘とボストン大学へ行った折、一族で生き延びている人たちを訪ねた、あの耐えがたい猛暑の夏だ。膨大な費用をかけて、私たちはニューメキシコから出かけたのだ。

出発前に、友人のジェイニーとこの旅について話しあった。葬式に参列するために何度もこの路線を利用していたため、私は空の旅が怖くなっていた。会話のどこかで私はこう言った。「従弟《いとこ》のクリスが亡《な》くなる前にぜひ一度会いたいんだけど、可能性はほとんどないわね」。クリスはエイズと診断されて、数か月前に家族に打ち明けていた。
「あの子、最近は誰にも会わないんだもの。手紙を出しても、返事をくれないし。プロヴィンスタウンのどこかに住んでるんだけど」

ジェイニーは「とにかくやるのよ」と言った。

やるの」

「とにかくボストンへ行く。とにかくプロヴィンスタウンへ行く。あれこれ考えない。

「どういうこと?」


私がこれまでに受けた最高の助言である。

オリエンテーションのあと、娘と一緒に一族の家へ行き、クリスに電話をかけて、私たちと会ってくれるかどうか訊《たず》ねた。私は彼の留守電に計八つのメッセージを残した。この年、よくあることだったのだが私の母が妹(クリスの母親)と口を利《き》かない間柄だった。私としては、自分がすでに立派な大人であり、母の飲酒は私のせいではない、少なくともしじゅう私のせいだったわけではないとわかっていたけれど、ロレーン叔母さんに電話をかけるなんて無粋な真似《まね》はすまいと心に決めていた。

そのとき、ジェイニーの言葉が甦《よみがえ》ってきた。「とにかくやるの」

私はレンタカーを借りて、クリスが見つかるかどうかレイチェルと行ってみる、と母に伝えた。思いつきで、「よかったら一緒に来る?」と訊《き》いてみた。

「ええ」。酒を断って以来、母の物言いは素っ気なくなっていた。

こうして、私たちそれぞれの運命が定まった。プロヴィンスタウンにたどり着くことからして難題だった。私の電話にクリスは一度も返事をよこさず、私たちは彼の住所も知らない。全米自動車協会に立ち寄り、欠かせない「コーヒーその他」も揃《そろ》えて、地図やルートマップを積んで、ケープコッドのだいたいの方角へ向かって出発した。レイチェルはまどろみ、母はフロントガラスをしげしげと眺めていた。到着したのは、昼どきの渋滞が過ぎてしばらく経《た》ったころだった。

私は電話ボックスを見つけた。うまい具合にシーフード・レストランの前に設置されている。私たちの居場所を伝えるメッセージを私は新たに残した。

海を臨む薄暗いレストランに三人で入っていった。母はビールを一杯飲んだ。私はそれについて何も言わなかった。ホタテ貝は美味《おい》しかった。レイチェルはロブスター・サラダを食べた。ビールがまわってくるにしたがい、母はレイチェルと内緒話をはじめた。ホタテ貝は美味しかった。

昼食後、私はクリスにまた新たなメッセージを残し、どんどん希望を失っていった。電話ボックスの冷たいガラスにもたれて、母がただ一人の孫と砂場で何かのゲームに興じているのを見ていた。

次にどうすべきか、まったくわからなかった。

「まだ帰ってないわ」と電話ボックスから出ながら二人に告げた。二人は私の次の言葉を待ち、こちらを見ていた。「まあ、ちょっと歩きまわるのもいいんじゃない。せっかく来たんだし」。二人とも従順だった。

「右、それとも左？」と私は訊ねた。これは、重大な、かつ実体のない決断に思われた。

タフィー（訳注 砂糖・バターなどを煮詰めて作るキャンディー）屋、ホテル、レストラン、土産物店が立ち並ぶ通りの半ばあたりに私たちはいた。湾は私たちの背後にあり、山は前にある。どちらの方向にも何が待っているか、見当もつかなかった。

レイチェルは肩をすくめ、母は指の爪《つめ》を眺めていた。

「オーケー」と私は言った。「なら右にしましょ」。母は嫌味を敏感に捉《とら》えるたちだったが、このときは捉えたにしても知らんぷりをしていた。レイチェルは励ましの笑みを送ってくれて、私たちはぶらぶらと右へ向かった。

私が覚えているのは、燃えるような赤、オレンジ、青が熱気のなかでにじんではためき、きらめく様子、短パンを穿《は》いた男たちとサンドレスを着た女たちの合間を左に右に駆けていく子どもたちだ。

私たちは車も通らない道を斜めに渡った。市庁舎のきらめく建物が、色彩をまったく欠いていることに惹《ひ》かれでもしたのだろうか。庁舎の青々とした芝生が、二本の樹《き》の木陰に並ぶベンチのあたりまで茂っている。そこに向かう途中で、観光用路面電車の車体に書かれた標示を読もうと母が立ち止まった。路線や乗車賃のことが書いてあったのだ。

「見て」と母が指さしながら言った。私のほうを向いて何か言いはじめたが、私はレイチェルを見ていた。レイチェルは私の背後の何かを見ていた。

レイチェル、と私は声をかけた。

「パティ?」なんとなく聞き覚えのある声が耳元で聞こえた。

振り向くと、従弟のクリスだった。時間が止まった。本当に。路面電車のベルが鳴るまで、プロヴィンスタウン全体が止まっていた。

「クリス!」と私は叫んだ。怖いとき、まさかと思ったときのくせで、声は金切り声になった。

「うん、僕だよ」。彼は私を軽く抱擁した。シャツにつけている、液体入りのビニール袋をかばってのことだった。袋につながる管が、ボタンとボタンのあいだに消えていた。彼はひどく痩《や》せて、クル病にかかったイギリスの船乗りもこんな感じだろうなと思えた。髪は薄かった。唇まで薄かった。声だけが前と変わらなかった。ぴっちりした、ブリーチした短パンを穿き、体に合わせて仕立てた格子柄《こうしがら》のシャツを着て、サングラスをかけ、命のビニール袋を胸につけていた。それは、ホロコーストを告げる、黄色いユダヤの星のようだった。その瞬間、彼は年下の従弟ではなく、エイズで死にゆくすべての男性だった。人知れずエイズで死につつあったわが弟だった。彼は、エイズで死にゆくわが従弟だった。

まさか、という私の思いは顔に出た。クリスは指をさして、「これ、僕のベンチ」と言った。「遅かれ早かれここを通ると思ってたよ。絶対じゃないけど」

「メイミーおばちゃん!」とクリスは彼だけの愛称を叫んで、母に抱きついた。「そして、きっとこれがレイチェルだね……」。もう一度、慎重な抱擁。私たち全員がクリスのベンチに腰をおろし、まるで一家内のいろいろな秘密も知らないような顔で、当たり障《さわ》りのない世間話をした。レイチェルはほとんどしゃべらなかったがニコニコ笑っていた。この子は観察者なのだ。数か月後、レイチェルはロニー叔父さんが死ぬのを文字どおり観《み》ていることになる。

母も笑みを絶やさなかった。ビールの効き目はもう消えていたから、あまりしゃべらなかった。少し経つと、話題が尽きた。誰もクリスに治療のことを訊かなかった。その薬を使ってるなら日なたに出てちゃいけないんでしょと私が言ったような気もする。それに対して、彼があざけるように笑ったような気もする。全員が、自然に、「じゃあね」に至り、抱きあい、キスをした。「クリス、愛してるわ」と私はささやいた。何だかすごく場違いな気がした。私たち三人は彼に背を向けて、前方にある「真正海水タフィーショップ」へとゆっくり歩いていった。

誰ももう一度クリスを見ようと振り向きはしなかった。店に入って、タフィーを買った。店から出てくると、クリスはいなくなっていた。

私はうつろな気分だった。「ねえ、貝殻を探そうよ」と私は言った。レイチェルが小さかったころ夢中だったことにすがったのだ。私たちは靴を脱ぎ、ひんやりした砂のなかに入り、浅瀬を歩いた。

レイチェルは足の拇《おやゆび》の爪の形をした貝殻を見つけた。母は銀色がかったムラサキイガイの殻を手にし、私はビーチガラスのかけらを見つけた。それは青いかけらで、長年にわたって海水、砂、風に砥《と》がれ、磨かれ、丸くなっている。海辺沿いに自動車のほうへ、つまり最終的にはボストンに向かって歩きながら、私はあることを思い出した。あのとき私は、二人にそのことを話しただろうか。私にビーチガラスの手ほどきをしてくれたのはクリスなのだ。何年も前、私がビキニ姿の若い女で、クリスが従弟の少年だったころのことだ。

クリスの青いかけらは、レイチェルの「足の拇の爪」と母さんのムラサキイガイの殻と一緒に、アーティチョークの空きビンに取ってある。

翌年の夏、プロヴィンスタウン当局は、市庁舎前のベンチのひとつをクリス・ロックに献《ささ》げた。

エドウィナ・ポーテル・ロメロ
ニューメキシコ州ラスヴェガス

プット・ユア・リトル・フット

ママに髪にリボンをつけられて蝶々《ちょうちょう》結びされるのが私は嫌でした。私の金髪が細すぎて、リボンがすぐに抜けてしまい、一晩はとても保《も》たないことは二人ともわかっていました。私は蝶々結びやドレスが嫌いで、どちらも強く言われたときしか身につけませんでした。

でも今夜は違いました。バーンダンス（訳注　フォークダンスやカントリーダンスを行うパーティー）に行くのです。音楽を想像しながら、私は体を揺らしはじめました。いとこのエマになった振りをすれば大丈夫だと考えました。

「じっとして。ドレスのサッシュをまっすぐにしないと。今日はお行儀よくするのよ。お兄ちゃんと一緒に『プット・ユア・リトル・フット』を踊るんですからね、忘れないでよ。あんたたちがどんなに上手に踊れるようになってきたか、みんなに見せたいの」

「もうママ、どうしてレイモンドと踊らなくちゃいけないの？　レイモンドだってきっと、妹と踊っているところなんて、見られたくないよ。いとこがみんな見てて、あたしたちをからかうよ」

ここ何日も、ママは私たちに「プット・ユア・リトル・フット」を練習させていました。頭はおろか、練習もあまり要らない単純なダンスだと私は思いました。ママが大騒ぎする理由がわかりませんでした。並んで立って、音楽に合わせて左から右へ動く。右足を足首と交差させて、地面に降ろす。そして、左右入れ替わる。レイモンドと私はすぐに覚えました。唯一《ゆいいつ》の問題は、これを踊るとき私たちがお互いをつまずかせようとしたり、蹴《け》ろうとしたりすることでした。

いとこたちからくすくす笑いや忍び笑いが聞こえてくるのはわかっていました。いとこたちの両親は、何か見せびらかせなんて言ったりはしません。けれどママははっきり言いました。夜更《よふ》かしして、大人を見物できて、晩ご飯を遅くに食べられる代償が「プット・ユア・リトル・フット」なのです。兄と私は、母に恥をかかせないことを誓って握手しました。また、いとこたちに馬鹿《ばか》にされたら、一致団結してあくる日に叩《たた》きのめす約束もしました。

大がかりなバーンダンスでした。周囲の牧場や町から人々が来ることになっていました。予備の寝室や掘っ立て小屋に至るまで満員でした。バーンダンスが開かれるのはひさしぶりでした。時は一九四二年、ガソリンは配給制、男はおおむね戦争に行っていました。でも、この年はかなりの兵士が休暇で帰省していて、ここはひとつパーティーが必要だとおばとおじが考えたのです。兵隊も、カウボーイも、親戚《しんせき》も、子どもまでもパーティーが必要だ、と。大がかりな飲み食いと団らんのひとときです。もう人が来はじめていて、あいさつが聞こえてきました。「やあ！ みんなよく来たね。バーンダンスにはいい夜だねえ」。バイオリン弾きはバイオリンを調律し、ご婦人たち数名は床に最後のひと掃きをしていました。いとこのエマが納屋《なや》に入っていくのを見て、私は走っていきました。

「エマ、エマ、待って」

エマは振り返ると、私の手を取りました。「走っちゃだめよ、アンナ・ベス。汗をいっぱいかくときれいなドレスが台無しよ」。それから彼女はかがみこんで、ささやきました。「それに、髪からリボンが落ちたら、お母さんががっかりするよ」

私はいとこのエマが大好きでした。いつも笑わせてくれましたし、世界一きれいで完《かん》璧《ぺき》な人だと思っていました。納屋に入るとき、エマは私の手を握りました。

「さあ、お友だちを探してらっしゃい、アンナ・ベス。私はベティ・スーのところへ行くからね」。私は若い大人たちを憧《あこが》れの目で見ながら、自分は子どもの席にいなくてはいけないことはわかっていました。でも、子どもたちがいる隅へ歩いていきながら、自分はエマだと想像していました。

音楽がはじまりました。ダンサーたちは飛び上がり、ダンスはすぐ目いっぱい盛り上がりました。未亡人である母は、どのダンスにもフロアに出ていました。ママが踊るのを見るのははじめてで、すばらしく上手でした。つねに相手がいて、スクエアダンスでは一度も間違えませんでした。私のお気に入りは「テキサス・スター」でした。自分がステップを踏んで、ダンスをしているのだと想像しました。足で拍子をとりながら、じっと座っているのに一苦労でした。「プット・ユア・リトル・フット」のことは、曲が聞こえてくるまですっかり忘れていました。頭を下げて、ママに私が見えませんように、お兄ちゃんに見つかりませんようにと祈りました。近づいてくる足音が聞こえましたが、頭は下げたままにしていました。頭を上げた途端に、お兄ちゃんの作り笑いは見たくありませんでした。

低い声が、「アンナ・ベス、ダンスはいかが?」と言いました。髪のリボンがまだついていますようにと願いながら、ゆっくり頭を上げると、ヒラリー・ベッドフォードさんがいました。おじいちゃんの親友のひとりです。よそ行きの服に身をつつみ、白髪が照明で輝いています。ベッドフォードさんはお辞儀をすると私の手を取り、ダンスフロアまで導いてくれました。それからにっこり笑って私の肩に腕をまわし、私たちは踊りはじめました。

ゆるやかなワルツのテンポは完璧でした。ベッドフォードさんは優雅でした。ダンスがこんなに心地よいものとは知りませんでした。スケートしているみたいでした。なめらかで、気持ちよくて。ベッドフォードさんが優しくリードし、回転させてくれるので、世界一うまいダンサーになった気分でした。みんなが踊りをやめて私たちを見ていました。ベッドフォードさんは町で有数の偉い人なのに、私と踊っているのです。

まもなく、小さな女の子はみんな、お父さんやおじさんやおじいさんと踊っていました。ベッドフォードさんと私はくるくる回りながら、いとこの一人と踊っている兄の前を過ぎました。ママは私のおじいちゃんと踊っていました。輪はどんどん広がり、ついに全員がダンスフロアに出て、その中央にベッドフォードさんと私がいました。音楽が止《や》むと、誰もが拍手喝采《かっさい》しました。人々は抱きあいました。その特別な瞬間、私たち全員が大きな家族の一員でした。これほどの愛情の中心にいられて、私はとても幸せでした。自分が子どもだという気はしませんでした。ダンスが踊れる大人の気分でした。

アンナ・ソーソン
フロリダ州サラソタ

マートルおばさん

子どものころ、母は私たちに、アーカンソー州の田舎のポイント・シーダーで暮らしていた親戚《しんせき》や祖先をめぐる実話を話してくれました。たいていは意味か教訓がある話でした。

あるとき、姉と私が高校生だったころ、化粧をしようとして、洗面所の鏡を奪いあっていました。母は私たちに、美人ではあるもののひどく虚栄心の強いおばのことを話して聞かせました。私たちもすでに祖父母、おじやおばたちから「マートルおばさん」の話は少し聞いていました。少し前に亡《な》くなっていくらかの財産を残したけれど、遺言状がなかったためです。一番の近親者である相続人はおばさんの兄弟たちで、私の祖父もその一人でした。姉と私はマートルおばさんの古い写真を見たことがあって、たしかにきれいな人だと思っていました。

母によると、マートルおばさんは生まれつき美しく、いつもほっそりした体を保っていました。髪の毛はハイカラに短く切って、真っ黒に染めていました。一九三〇年代初頭のアーカンソー州南部の田舎では、まともな女がするとは思えないことでした。どこにも出かけなくても、おばさんは口紅、アイライナー、頬紅、マニキュアをばっちり塗っていました。一流の、最新ファッションの服を持っていました。そんなことに金をかけていたのは、近所じゅうでおばさんだけだったでしょう。マートルおばさんには男友達が大勢いました。たいていは旅回りのセールスマンでしたが、噂《うわさ》によれば、地元に住む既婚者も何人か友達でした。ボーイフレンドたちはおばさんに毛皮や宝石を買い与え、都会のホテルへ彼女を連れて行きました。

母が小学校に通いだしたころ、マートルおばさんは地元小学校の教師でした。たった一年ではありますが、大学で学んだ数少ない地元民の一人だったからでしょう。マートルおばさんが生徒に与えたある課題を母が教えてくれました。家を描くこと。母によると、当時一年生だった母の弟がじっくり手間をかけて精密なピンクの家を描き、マートルおばさんがそれに落第点をつけたのは、おばさん曰《いわ》く、「ピンクの家はない」からでした。おじが長じて結婚し、農地を購入し、自分の家を建てたとき、選んだレンガは柔かなピンクっぽい色でした。

その数年後、三十八歳で教師を辞めたとき、マートルおばさんは相変わらず未婚でした。おばさんが子供を産んだとき、近所の誰もが衝撃を受けました。曾祖母《そうそぼ》と地元の医師さえも、彼女が妊娠しているなんて露ほども疑っていませんでした。体重は少しも増えていませんでしたし、コルセットをつけてお腹《なか》も平らにしていたのです。地元の食料雑貨店を営む、マートルおばさんの父親（つまり母の祖父です）は、すっかり恥じ入ってしまいました。赤ちゃんが生まれたあとのある日曜日のこと、曾祖父は教会で立ち上がり、マートルおばさんはある旅回りのセールスマンと実は密《ひそ》かに結婚していたが、うまく行かなくなって、結婚を破棄しようとしている最中だ、と言いました。

「誰もはっきりとは知らないんだけど」と母さんは言いました。「従妹《いとこ》のマーシャ・リンが内反足で生まれたのは、マートルおばさんが妊娠中にきついコルセットをつけてたせいだってみんな思ってたの。すごい見栄《みえ》っ張《ぱ》りだから、赤ちゃんのせいでお腹が突き出るのが耐えられなかったし、とにかく赤ちゃんのことは秘密にしたかったのよね」。内反足のせいで、マートルおばさんは赤ちゃんを家から出そうとせず、親族からも近所の人たちからも遠ざけていました。手術と矯正器具で状況は改善するとお医者さんは言ったのですが、マートルおばさんは何もしなかったのです。

マーシャ・リンはずっと自分の部屋に閉じ込められて、人目に触れることを許されませんでした。マートルおばさんは窓を閉めっぱなしにして、光を入れるためにカーテンはわずかなすきまだけ開けておくのです。赤ちゃんのマーシャ・リンはほとんど目をかけられずにベビーベッドで過ごしました。マートルおばさんの母親は孫娘に会いたがったけれど、会わせてもらえませんでした。私の母方の祖父母は、マートルに懇願しました。「マーシャ・リンに会わせておくれ！　ほかの子たちと一緒にいさせてやっとくれ！」と。マートルおばさんは「余計なお世話！」と言うばかりでした。マーシャ・リンはだんだん大きくなっても、教会にも、ピクニックにも、どこにも連れて行ってもらえませんでした。

マートルおばさんの家は、私の母が子どものころ住んでいた家から見ると、野原の向こう側にあったため、母は弟と一緒に野原を横切っては、マーシャ・リンの部屋の窓を覗《のぞ》きに行きました。マーシャ・リンはいつも一人でばぶばぶ言っていました。子どもたちはいつも話しかけました。「お外に出て遊ぼ、マーシャ・リン！」。マートルおばさんはそれを聞きつけると、ホウキを持って出てきて、「あっちへ行きなさい！」と言うのでした。マーシャ・リンは寝室で一人きりで過ごし、食べ物とおまるしか持ってきてもらえませんでした。子どもたちは彼女に同情しました。学校へ行かせてもらえないし、ほかの子どもたちとも遊ばせてもらえないからです。

母はマーシャ・リンより五歳ばかり年長でした。母が十二歳のとき、マーシャ・リンの枕《まくら》もとにお医者さんが呼ばれました。熱が出ていました。母と母の弟が原っぱを駆け抜けて窓から覗きこむと、もう生きてはいないマーシャ・リンの体の上にお医者さんがかがみこんでいるのが見えました。

母と母の弟が原っぱの方を見やると、二人とも、草のなかを駆け抜けるマーシャ・リンの姿を見ました！　マーシャ・リンは振り返り、二人を見て、にっこり笑い、消えました。幽霊を見たのだと二人ともわかっていましたが、どちらも怖いとは思いませんでした。非道な母親と、悲惨でさびしい人生から、マーシャ・リンがついに自由になったことを知っていたからです。

ローラ・ブロートン・ウォーターズ
アーカンソー州ユーレカ・スプリングズ

アメリカン・オデュッセイア

一九三〇年夏、私たち一家にとって物事が崩壊しだしました。父が減給を拒んだため、結局は職を失ったのです。父は長いあいだ職探しをしましたが、仕事は見つかりませんでした。低すぎると拒んだ賃金よりもさらに安い給料でも見つかりませんでした。ついに、父は『アーガシー』誌を持って椅子《いす》にどっかり座り、母はねちねち小言を言うようになってしまいました。やがて私たちは家も失いました。

二人のために宝石を見つけた夢を見たことを私は覚えていますが、ポケットに手を入れると、穴しかありません。泣きながら目覚めました。六歳のときのことです。

おじの一人がテキサスから手紙をよこして、カンザスにあるレストランの噂《うわさ》を聞いたがものすごく儲《もう》かっているらしいと書いていました。両親は持ち物をすべて売り払い、おんぼろの幌《ほろ》つき自動車と帆布を張った水筒をいくつか買いました。カンザスの未知なる平原を目指して私たちはカリフォルニアを発《た》ちました。

カンザスはカリフォルニアと同じくらい貧しいところでした。もっと寒いだけでした。農夫たちは育てた作物を売ることができず、外食なんて論外でした。

少なくとも農夫たちは食卓に食べ物を載せられるということを私の家族は見てとりました。自分たちも農夫になろう、と両親は決めました。アーカンソーのほうが土地が安かったから、私たちはそこを目指しました。でも、父が農業についていったい何を知っていたでしょう？　母、二人の弟たち、そして私は、わずかな土地に建つ小さな家に落ち着き、父は町はずれに住むご婦人のもとに働きに行きました。父にはめったに会えませんでした。

ご婦人の畑よりベッドでの仕事の方が多かったんじゃないかしら、とのちに母は言いました。

母はカリフォルニアから持ってきたドレス何枚かを、サトウモロコシ製の糖蜜《とうみつ》バケツ一杯といくばくかの小麦粉と交換しました。その冬じゅう、私たちは小麦粉と水で作ったパンケーキとサトウモロコシ製の糖蜜を食べました。母は目に涙を浮かべて、自分のきれいなドレスがお隣の馬車の座席に乗って過ぎていく様子を見ていました。

ふたたび春がめぐってくると、母は私たち全員の一回分の着替えをスーツケースに詰めました。下の弟を腰に抱えて、もう一方の手でスーツケースを提げ、四歳の弟と私にそばを離れないよう言いました。私たちはカリフォルニアへと歩きはじめました。その旅路の出来事をすべて語るには、分厚い本が必要です。本当にいろんなことがありました。

一度、オクラホマで私が気絶したとき、母は小川まで布を水に浸しに行ってくれようとして、ツタウルシの茂みを通り抜けました。テキサスに着いたとき、母の両脚はあまりにも腫《は》れ上がっていて、母が歩けるようになるまでダラスに留まらなくてはなりませんでした。

あるときは、私たちは悪い男に砂漠に置き去りにされました。その晩の寝場所についての彼が持ちかけた案を母が断ったためです。日は暮れて、車はまったく通りませんでした。いかなる町からも、家からも、何マイルも離れていました。男は復讐《ふくしゅう》にぴったりの場所を選んでいたのです。私たちは電話会社の人に救われました。その人は私たちをモーテルに連れて行ってくれて、一晩の宿代まで出してくれたのです。

あるとき、メキシコ人農夫たちのキャンプ近くの小さな家にしばらく泊めてもらいました。あれほどの親切を私は知りません。彼らはそこらへんで拾ってきたものを使って作った、間に合わせの小屋に住んでいました。いつでも誰もが微笑《ほほえ》みかけ、頭をなでてくれて、できたての熱いトルティヤをくれて、給料日にはハッカ菓子を一握りくれるのでした。

そしてついにロサンゼルス。リンカン・パークの湖のほとりに母の姉が迎えにきて、祖母がいま住んでいるところまで連れていってくれることになっていました。私たちは一日中待ちました。お腹《なか》が空《す》いたと誰かが言うと、母は湖に浮かぶアヒルを指さしたり、珍しい花を見せに散歩に連れ出したりしました。

日が暮れてきて、アヒルにパン屑《くず》を投げていた老人が母に、いつになったら子供たちを連れて帰るつもりかと訊《たず》ねました。

母はその人に、ここまで家族を何マイルも何マイルも連れてきたこと、神さまと心優しい人たちの助けを借りれば「何かが起こります」と言いました。

今度は自分の番みたいだな、とその人は言いました。そして財布に手を差し込んで、昔の大きな一ドル札を二枚引っ張り出して、母に渡してくれました。それで充分でした。一ドルでリンカン・オートコートのキャビンに泊まれました。もう一ドルでポーク・アンド・ビーンズの缶詰とパンを一斤《きん》買えた上、グレース伯母さんが現われさえしたらバス代だって出せます。慈悲、信仰、信頼、そして愛について必要な知識を、私はこうしてすべて学んだのです。

一九三一年のこと、私は七歳でした。

ジェーン・アダムズ
アリゾナ州プレスコット

グリーンピース一皿

僕が小さいころ祖父が亡《な》くなって、毎年の半分を、祖母は我が家で暮らすようになった。祖母が使う部屋は父の事務室と兼用で、僕らは「裏部屋」と呼んでいた。祖母は強烈な香りを発していた。どんな香水を使っていたかは知らないが、超強力、アルコール度四十五パーセント、撃たれたら最後ヘラジカだって御陀仏《おだぶつ》、てな代物《しろもの》だった。それを巨大な香水吹きに入れて、しょっちゅう、たっぷりつけていた。祖母の部屋に足を踏み入れて、少しでも呼吸を続けることはほとんど不可能だった。祖母がリリアンおばさんの家へ半年暮らしに行くと、母と姉たちは部屋じゅうの窓を開け、ベッドから寝具をはぎ取り、カーテンと敷物を全部外に出した。以後数日間、洗濯して、干して、つんとする刺激臭を消そうと必死に作業に励むのだ。

悪名高い「グリーンピース事件」当時、祖母はそういう人だったのである。

事件の現場となったビルトモア・ホテルは、八歳の僕にとって、プロヴィデンスの町で一番しゃれたレストランだった。午前中、祖母と母とずっと買い物をしたあと、ホテルで昼食を摂《と》っていた。僕は豪勢にソールズベリー・ステーキを注文した。名前はしゃれていても、要するにハンバーグと肉汁だと知っていたので迷いはなかった。注文の品がテーブルに運ばれてくると、つけあわせにグリーンピースが一皿きた。

僕はグリーンピースが嫌いだ。あのころも嫌いだった。生まれてこの方、ずっと嫌いなのだ。進んで食べる人がいるなんて、僕には理解できない。僕は家ではグリーンピースを食べなかった。レストランでも食べなかった。だから、そのときも食べる気は全然なかった。

「グリーンピースをお食べ」と祖母が言った。

「お母さん」と母が警告するときの声で言った。「この子、グリーンピースは嫌いなのよ。余計なことしないで」

祖母は答えなかったが、目がきらりと光り、いかめしいあごの線が、引き下がってなるものかという意志を示していた。祖母は僕の方に身を乗り出して、こっちをまともに見て、僕の人生を変えることになる決定的な言葉を口にした。

「グリーンピースを食べたら、五ドルあげるよ」

建物解体用の巨大な鉄球のごとく、自分に迫りくる破滅のことなど思いもよらなかった。唯一《ゆいいつ》僕にわかったのは、五ドルとは莫大な、ほとんど想像を絶する額であって、グリーンピースはひどくまずいけれど、その五ドルをもらうまでに立ちはだかる壁はたった一皿ということだった。僕はまずい粒つぶをのどに無理矢理押し込みはじめた。

母は怒りをたぎらせていた。祖母はしてやったりと大満足の顔だった。誰にも負けない切り札を、テーブルに投げ出した人の表情だ。「あたしはしたいようにできるのよ。エレン。あんたに止められるもんか」。母は自分の母親をにらみつけた。僕のこともにらみつけた。にらむことに関して母は敵なしだ。にらみつけオリンピックがあれば金メダル確実である。

僕はもちろんグリーンピースを無理矢理詰め込みつづけた。母ににらまれて落ち着かなくなり、一粒ごとに吐き気がしたが、五ドルの心惹《ひ》かれるイメージが頭に浮かび、ついに最後の一粒まで吐き気を抑えて呑《の》み込んだ。祖母は僕に麗々しく五ドルを渡した。母は相変わらず黙りこくってにらんでいた。かくして一件落着。と僕は思った。

何週間かして、祖母はリリアンおばさんの家へ発《た》った。その晩の夕食に、僕の大好物二品を母が出してくれた。ミートローフとマッシュポテト。つけあわせは、湯気を立てたボウルいっぱいのグリーンピース。グリーンピースを少しどう、と母に言われて僕は断った。それが僕の無邪気なる若さの終焉《しゅうえん》だった。母は冷ややかにこっちを見て、僕の皿にグリーンピースをてんこ盛りにした。そして、その後何年も僕にとり憑《つ》く言葉を発した。

「お金のために食べたんだから、ただでも食べられるでしょ」と母は言った。

ああ絶望！　おお惨劇！　逃れようのない地獄へ知らずに自分を落としてしまったこ

とが、僕にも徐々に見えてきた。

「お金のために食べたんだから、ただでも食べられるでしょ」

これに対して、返せる反論などあるだろうか？　ひとつもなかった。僕はそのグリーンピースを食べたか？　当然食べた。その日も、それ以降も、グリーンピースが出てくるたびに食べた。あの五ドルはあっという間に使ってしまった。祖母は数年後に亡くなった。だがグリーンピースの遺産は生き残り、いまも生きている。グリーンピースが出てきて、僕が（何といっても僕はいまだにあの忌《い》まわしい粒つぶが大嫌いなのだ）ちょっとでも口をゆがめようものなら、母は改めて、あの忘れられない恐ろしい言葉をくり返す。

「お金のために食べたんだから、ただでも食べられるでしょ」と。

リック・ベイヤー
マサチューセッツ州ボストン

罪を洗うこと

ティーンエージャーのころ、築二百年の我が家の二階、ひさしの下の部屋が私の寝室だった。窓際《まどぎわ》のツインサイズの鉄製ベッドで眠り、ベッドの脇《わき》にはランプと本を置く小さなテーブルがあった。夏になると、訪ねてきた親戚《しんせき》が行き来したり、つねに誰かしらが食事の支度をしていたりで、幅広の松材の床が家じゅうできしむ音が一瞬たりとも止《や》まなかった。シングルマザーとして私を育て、病院で長時間働いていた母は、騒々しさを逃れようとしばしば私の部屋で昼寝をした。ベッド脇のテーブルに、母のメモ帳を見つけるのは珍しくなかった。

十八歳の夏、私は生まれてはじめて夜遊びをするようになった。それまで何年間も思春期の混迷を漂った末に、ついに具体的な悩みの種を母にもたらすに至ったのだ。一日のアルバイトが終わると、「よくない」友人たちと遊びに行き、帰りがすごく遅くなる。母が心配していることはわかっていたが、母が真っ向からの対決を恐れていることも知っていた。たいてい午後六時半ごろ台所で顔を合わせたが、母が見せる「親の怒り」とは、冷ややかな一瞥《いちべつ》や、食器棚の扉をばたんばたんと音を立てて閉めることだった。

ある晩、暗い家に帰って、寝室に忍び込み、ベッドの横の明かりをつけると、母のメモ帳が見えた。一番上の紙に、活字体できっちり、母の大きな丸い字で二語が記されていた。ウォッシュ・ギルト、罪を洗うこと。

私はすぐにメモから顔をそむけ、あわててパジャマを着た。母は私に何を言いたいんだろう。罪を洗うこと。うちでは宗教といっても、母が日曜日に働くようになる前に、ボルチモアのユニテリアン教会に何回か出かけていった程度だった。このメッセージは母にしては浸礼教《バプチスト》っぽすぎたが、なぞめいた抽象はまさに母のスタイルだと思った。たいていの母親は、けんか腰の十代の娘に木のさじを振りかざして、「十時に帰らなかったら、外出禁止！」と言うだろう。でも私の母は、台所のテーブルで向きあって外出禁止令を決めるよりも、燃える柴《しば》の煙の向こうからメッセージを送る人だ。

私はメモ帳を見つけたとおりの場所に置いて、それについて一切何も言わなかった。動かさなければ、見たと認めずに済むと思ったのだろう。

あくる朝は母が早朝出勤したため顔は合わせなかったが、あの言葉は心に残った。罪を洗うこと。バイト先に向かって自転車をこぎながら、その言葉をくり返した。罪を洗う。罪を洗う。何のことだろう？　母は何を伝えようとしているのだろう？　どうして普通に怒鳴れないんだろう。その晩家に帰ると、あのページと端正な文字は相変わらず同じ位置にあった。またしても私は指一本触れなかった。台所で顔を合わせたとき母は黙っていた。私はじっと見つめられることを予期して、冷蔵庫のなかを熱心に見回し、探るような視線を待ち受けた。何か反応はないか、変わった素振りはないか、私の様子をうかがっているはずだ。母の目は私の顔を直視はしなかったが、私を見ないようにしているわけでもなさそうだった。私の心臓に刺した短剣を悔やんで、何事もなかった振りをしているのだろうか？　ならば、どうしてメモ帳を持っていかないのか？　動かせば、あそこにあると知っていたことを認めざるを得ない、私同様そう思っているんだろうか？　動かさなければ、二人とも何も書かれなかった振りができる、と。おっと。いまの表情、探りを入れてなかった？　私の顔をちらっと捉《とら》えようとしたのでは？　変化の素振りを探して、私の態度を調べているのだろうか？　いや。母は夕食の支度に妙に専念しているように、妙に普通に、見えた。

翌朝、あのページを見ながら服を着た。罪を洗うこと。それでもまだ、動かしはしなかった。その日もその言葉を思いながら一日過ごした。その夕方も母は台所で何も言わなかった。

一週間ばかりこの調子だった。メモ帳は一度も動かなかった。母はその件に一切触れなかった。あの言葉は私がどこへ行っても一緒だった。私は毎晩あの言葉のもとに帰った。時にはまるで、部屋に耳障《みみざわ》りな声で鳴くオウムがいて「罪をあーらーうこと」とやかましくくり返しているような気がした。またあるときは、フードをかぶった修道士が、あのメモ帳を手に、黙ってベッドの傍らに立っているような気がした。
一週間、あの言葉のなかでのたうち回った。やがてボーイフレンドと別れることにはなったが、あの言葉が必ずしも私の行動を変えたわけではなかった。それでも私はあの言葉を、苦行のために着る毛衣《もうい》のように身につけていた。と、ある素晴らしい奇跡的な日のこと。晴れて澄みわたっている日だったにちがいない。私は家に帰って部屋に上がり、メモ帳を見た。そこにはこう書いてあった。「キルトを洗うこと」

ヘザー・アトウッド
マサチューセッツ州ロックポート

二重の哀《かな》しみ

「さっきからずっとマーサのことが心配なの」と母が言った。病院の廊下のベンチにかけて、父が診察を受けるのを待っていたときのことだ。「庭で遊んでるままにして、行き先も言わずに来ちゃったから。どこかで一人で泣いていなきゃいいんだけど」私は頬を流れる涙をぬぐった。「でも私がマーサよ。ちゃんとここにいるわ」と安心させようとして言った。

「いいえ、あなたじゃないのよ」と母は答えた。「私のかわいいマーサよ」

父が突然動けなくなったことに対応しようとする私たちを、「幼い娘を置き去りにしたのでは」「母親に置き去りにされたのでは」という、過去と現在にまたがる不安が包んだ。

電話がかかってきたのは、前の晩だった。父が転んで腰骨を折ったという。腰の関節を元に戻す手術は翌朝の予定。一晩、友人が母に付き添ってくれることになっていた。「なるべく早く行く。朝早くの飛行機に乗る」と私は約束した。

五十八年間の結婚生活で、母と父はそれまで深刻な緊急事態に直面したことがなかったが、何か月か前から母が次第に錯乱していた。この前に私が訪れたときには、「ところで、お母さまはご健在？」と私に訊《たず》ねた。見知らぬ若い女に対する社交辞令だった。そしていま、日常生活がとぎれ、ほとんど一緒に過ごしていた父がそばにいなくなって、失見当は一層深刻になっていた。

「でも、マーサのことが心配だわ」とまた言いだしたのは、帰宅後、お昼を食べようと食卓についたときだった。「ちょっと探してくるわ」

「でも、私がマーサよ」ともう一度言ってみた。「小さいマーサが大きくなって、私になったのよ」

「まさか」と母は言った。母は玄関のドアをぐいっと引いて開け、通りに出ると、張りつめた様子で、今朝見たばかりと信じている少女を探してあちこち見渡した。誰もいない。次に家の裏手へ行き、裏の敷地を通って、もう一方の通りへ。「あそこの人たちにあの子を見かけていないか訊《き》いてみる」。母はますます狂おしい様子になってきて、車の多い通りを渡ろうと、往来する車の流れにいまにも飛び込もうとしていた。

「帰って、教会の事務室に電話しましょう」と私は頼み込むように言った。「誰かが手を貸してくれるかもしれないから」

うちへ戻る途中に、母が言った。「私に何も言わないで出かけるなんて、マーサらしくないわ。せめて手紙でも置いてってればねえ」

手紙！　母の興奮を和らげる方法を見てとった私は、家に入ると急いで手紙を走り書きし、すぐに見つかる場所に置いた。こう書いてあった。「ママへ　メリーアンのおうちへ何日か行ってきます。しんぱいしないで。わたしはだいじょうぶ。　マーサ」「見て」と私は言った。「手紙よ。なんて書いてあるの？」。母は声に出してゆっくり読みはじめ、見るみる落ち着きはじめた。

「よかったわ」と母は言った。「無事よ。メリーアンと一緒なの」。これで緊張もほぐれて、私たちは昼食を食べおえ、午後を家で穏やかに過ごした。

その晩病院で、母が父に、マーサはメリーアンの家に何日か泊まりに行っているんだけどやっぱり心配だわと話した。父は言った。「別のマーサを探しに行っちゃだめだよ。もうすでに一人いるんだから、充分なんだよ」

翌日も母は、マーサがいないことをまだ気にかけていた。「いったい何してるのかしら？」と訝《いぶか》しがっていた。「前もって私に話もせずに出かけたことなんてないのよ。それに病院へパパのお見舞いに行ってもらいたいのに」

娘さんはもうすぐ帰ってきますよ、と私は母に請けあった。「それにマーサはお利口です。あの子なら一人で大丈夫です」

「あの子、日曜日に教会に行くのにきれいなドレスが要るのよ」

「まだ木曜ですから」と私は答えた。「時間はたっぷりあります」

「よその家の台所をこんなふうに預かるのを、あなたはどこで覚えたの？」と母はその晩、夕ご飯の支度をしている私に訊ねた。「泊まりがけで来てくださって、ありがたいわ。ご家族はいらっしゃるの？」。娘ではなくても、住み込みとしては受け容《い》れられて、母との友好的な日常生活がはじまった。

金曜の午前中は、二人で美容院、指圧師、食料雑貨店へ行った。美容師のリンが母に言ったことを私は小耳にはさんだ。「娘さんが来られて、よかったですねえ」

「娘じゃないのよ」と母は打ち明けた。「名前は同じだけど、娘ではないの」。私か母の言葉を誤解したのかと、リンがさっと私を見た。私は悲しい微笑を見せた。

帰り道に母が言った。「リンはあなたのこと、私の娘だと思ったのよ」

「かまいませんよね？」と私は訊いた。

「かまわないわ」と母は言った。

土曜日に兄が来てやっと、私は家族の一員と認められた。「ボブがこのベッドで寝て、あなたは昔の部屋で寝ていいわ」と母がその晩言ってくれたのだ。また本当の子になるのは、いい気分だった。

「な」と翌日父が言った。「マーサはずっといたんだよ。心配なかったんだ」

「でも、手紙があったのよ！」と母は叫んだ。

「私が書いたの」と私は説明した。「お母さんがとても心配していたから、安心してもらおうと思って」。次第にかすんできた母の目に、一瞬、理解の光がともった。

マーサ・ラッセル・シュー
ニューヨーク州イサカ

人生の縮図

弁護士をしている夫との結婚はうまく行っていなかった。一九八九年、私の誕生日の十一月十五日に夫は離婚書類を提出し、私にも書類が届くよう手配していた。夫のガールフレンドの一人で、私の元友人が、これまで暮らしていた家から出ていくよう私に言い渡しに来た。あの人はもうここの家賃を払いつづけたくないから、と。夫婦名義の銀行預金口座も夫に止められた。二人の子のうち、上の子を身ごもる前からほぼ十年、私は外で仕事をしていなかった。一九九〇年一月には、ヒューストンハイツのうらぶれた界隈《かいわい》に大きなおんぼろ家を見つけて借りて、子どもたち、私の陶芸用窯《かま》、私たちの全所持品をそこへ移した。ひと月も経《た》たないうちに、この新居で壺《つぼ》を作りはじめ、陶芸教室を開いた。その後四年、週に三、四晩は教えて、毎年クリスマスに売る壺を作り、朝は息子たちを学校へ送り出して、夜は教室を終えたあとに宿題を手伝い、寝る前にはお話を読み聞かせた。健康にいいし倹約にもなるので、毎日三食を手作りしたが、ごくたまに夜ピザを注文した。結婚が破綻《はたん》しても私が何とかやっていけることが明らかになると、州に雇われて子どもの養育権に関する仕事をして働く夫は、私が不適任者であるとして私から子どもたちを引き離そうと、私に対して訴訟を起こした。私がずっと家にいる母親で、結婚が破綻したせいで精神的に落ち込んでいるというのがその根拠だった。夫は私をくり返し「植物人間」と呼んだ。

私の両親は弁護士を雇わなくてはいけないと言って、ずっと倹約して貯《た》めた退職後の生活費から一万五千ドルを貸してくれた。それでも弁護士の支払いには足りない額で、一人をひとまずつかまえられただけだった。たいへん優しい、面倒見のいい女性弁護士で、供託金がなくなっても訴訟から手を引かなかった。裁判が済むまでの六年のあいだ、子どもたちが「一時的」に私と住めるよう取り計らってくれた。それだけであの一万五千ドルの値打ちはあった。その六年間、子どもたちと私は、暗雲垂れ込める金魚鉢のなかで暮らした。次から次へと開廷日が知らされた。裁判所に命じられたソーシャルワーカー、臨床心理士が続々と私たちの過去、現在、未来を調べ尽くして、私が我が子を育てる適性について賢者の判決を下そうとした。離婚は一九九二年六月六日に認められた。それまで二十二年間、六月六日とは、私たち夫婦の結婚記念日だった。

養育権争いはあいかわらず激しく続いた。何年も前に開かれた当座の養育権聴聞会で、子どもたちを連れてよその町に引っ越すことは禁じられていた。父親の近くにいることが、子どもたち自身の安全にも増して重要だからというのがその根拠だった。犬を飼うようある警察官が助言してくれるまで、家に強盗が六回侵入し、好き勝手に物を盗《と》っていった。向かいの公園では、夜間の発砲はおなじみになり、私は命の危険を感じだした。眠る子どもの傍らで、私はしばしば寝ずに起きていた。夜のあいだに子どもたちに何か起きるのではないかと不安で仕方がなかった。一九九三年のクリスマスセールが終わると、私が育った小さな町へ引っ越すだけの貯金ができた。いまなお両親が住むその町は、ヒューストンからも子どもたちの父親からも二百マイル離れた、安心して子供を育てられる場所だった。その年のクリスマスシーズン中は、計画のことは誰にも言わなかった。

クリスマスの日の正午、過去四年間と同様に、二人の息子を彼らの父親に引き渡して、仮住まいできるところを翌日から探しはじめた。一月一日、車でヒューストンへ行き、息子たちを父親から引きとって、二人が手許《てもと》に戻ったことを嬉《うれ》しく思いつつ、彼らの祖父母のもとへまっすぐ連れていった。一月二日、引っ越し用のバン二台の最初の一台を借りて、親友と彼女の夫にだけ手伝ってもらって、ヒューストンからの引っ越しを開始した。町に留まれと差止め命令を食らう恐れがあるので、急いだ。二台目のバンでなんとか新居にたどり着いてから、息子たちの父親に知らせた。数日後、彼は私をヒューストンに戻らせる訴訟を起こした。

あのとき逮捕されなかったことが、いまでは不思議だ。週に一度出廷する日々がまたやって来た。新しい我が家（祖父が一九三〇年に建て、私が子どものころ庭で遊んだ家）の写真を幾枚かヒューストンのソーシャルワーカーに送って評価を受けねばならなかった。息子たちが新しく通う学校は、一九六五年に私が卒業した母校だったが、健全さと指導能力の調査を受けねばならなかった。子どもたちも私も、臨床心理士たちとふたたび対峙《たいじ》することになった。子どもたちは、友だちと父親のそばを離れたことに落ち込んでいた。私は陶芸をふたたび軌道に乗せようとしながら、いくつかの学校で代理教員をした。病気の妹とその幼い子どもたちの世話をしながら、何もかも自力でやるのは無理になってきていた老齢の両親の手助けをした。誰ひとり、私の忠実な、骨身を惜しまない弁護士さえ、私が勝てるとは思っていなかった。私はヒューストン市内に戻れる場所を探すよう言われた。裁判所に認めてもらえないことはほぼ確実に思えたのだ。

その何年も前から私は祈りはじめていた。いや、祈るというより、聞いてくれる人誰にでも話をしていた。神に祈り、グレートマザーに祈り、亡《な》くなった祖父母たちに語りかけた。私たちの身にふりかかっていることを私は話した。どういう形でもいいから助けてくださいと頼み、どうにもならないことに対処する強さと勇気を与えてくれるよう頼んだ。これだけ辛《つら》い思いをしたのですから、より賢く、優しく、役立つ、有能な人間にしてくださいと頼んだ。圧倒的な危険や困難から強さと智恵《ちえ》を抽《ひ》き出すこの能力を子どもたちにも与えてくださいと頼んだ。不幸のさなかに悦《よろこ》びと楽しみをお与えくださいと頼んだ。それらなくしては、最後までがんばり通せる自信はなかった。陪審裁判の日程が決まり、陪審員が選ばれた。一九九五年十一月中の四日間、裁判に出るために毎日朝まだ暗いうちからヒューストンの中心部まで車を運転し、子どもたちと両親と過ごせるよう、夜の闇《やみ》のなかを車で帰った。事態は日に日に悪くなっていった。四日目には、母も早起きをして、私のために証言をしにヒューストンまで来てくれた。同じ日に、親友も証言をしてくれた。それから、私が最後の証人として証言台に立った。誇りをもって座り、根拠のない希望で心を満たして、私の神々や遠い昔に亡くなった祖父母で法廷がいっぱいになっていると確信して、自分の言い分を簡潔に陪審員に話した。前年のクリスマスに撮った、子どもたちと私の写真を陪審員に見せるよう求められた。幸せそうな、顔を輝かせた女として私が写っている写真だった。快活な、顔を輝かせた二人の子どもを守るように両腕に抱きしめて座っている。部屋には大きな、飾りをつけたクリスマスツリーがあり、雪のように白い窓腰掛には、暖かい雰囲気の赤と緑のクッションがうずたかく積まれていた。過去六年間、私たちにとりついていた苦痛、悲しみ、恐怖は微塵《みじん》も見えない。その写真をはじめて見たとき、ここには魔法が放たれていると思ったことを覚えている。陪審員席に写真を回すと、ほとんど全員が次々はっと息を呑《の》み、納得して声をあげるのが聞こえた。陪審員たちは審議するために退席すると、数分後には裁判長にメモを送り、私の請求額は小さすぎると思うからもっと与えていいかと訊《き》いてきた。陪審員たちが列をなして前を通るとき、何人かがこう言った。あなたが証言台に立ってあの写真を見せてくれるまで、ご主人の話を信じていたんです、と。

その写真は返してもらえずじまいだった。大判の、赤と緑の木製の額縁に入っていたあの写真は、いまも家庭裁判所の建物のどこかに、証拠物件として保管されているのだ。でも、焼き増しは何枚か手許にあって、なかに魔法が入っていると私はいまも信じている。毎日、かならず見ることにしている。

ジニーン・マンキンズ
テキサス州オレンジ

マージー

一九八一年、息子のマシューが十三歳だったとき、宿題の作文のことで私たちは親子喧嘩《げんか》をした。晴れわたった日曜の午後のことで、マシューは宿題をしたくなかったのだ。宿題をやり終わるまで、部屋から出てはいけないと私は言い渡した。あとでのぞいてみると、マシューはいなくなっていて、作文は目につくよう食卓に置いてあった。残念なことに、息子が書いたのは与えられたテーマのパロディにすぎず、二言おきくらいに猥《わい》褻《せつ》な言葉が入っていた。息子は私に明らかに腹を立てていた。十三歳の子だから不思議はないが、それでもこの文章は私を大いに動揺させた。私の夫で、マシューの義父であるリチャードは、大げさに考えすぎだよと私を励ました。「さあ」と彼は促した。「散歩に行こうよ。僕が十三歳のときに起きたことを話すから」

当時私たちは、カリフォルニア州ヴェニスの海岸に住んでいた。そこでの「散歩」とは、飛び入り自由のカーニバルに加わることを意味した。地元民と観光客からなる群衆が、板張りの遊歩道をぶらついていた。ミュージシャン、マイム師、ブレークダンサー、占い師、歌手たちが大通りをさらに混雑させていた。韓国人の露天商がサングラス、靴下、シルバーの装身具、麻薬のパイプを声を張り上げて売っていた。かと思うと、ローラースケートを履いた大人が、恐ろしいスピードで群れのなかをすり抜けていった。ボンゴ、ブリキの鍋《なべ》、空きびんを叩《たた》く人々が生み出すビートが、背景でたえず聞こえていたことを覚えている。リチャードが腕を組んできた。私たちは流れに足を踏み入れ、彼が話しだした。

「ニュージャージーに引っ越したばかりのときのことだ。中学二年生のとき。僕はなかなかみんなにとけこめない、ガリガリに痩《や》せた子どもでね。はじめて学校に行った日に、マージーっていうかわいい赤毛の子が好きになって、その子も僕のことが気に入ったみたいだった。だけど、マージーもそのグループのほかの子たちも、僕よりずっと性的に大人だったんだ。少なくとも、あのころはそう思えた。だから不安でね。あんまり不安だったから、彼女がキスをしようとするたびに、風邪を引いているとかなんとかくだらない言い訳をした。キスの仕方を知らないのがばれるんじゃないかって心配で。じきに、マージーはこっちが煮え切らないのに飽きて、ほかの奴《やつ》へ移っていった。僕は傷ついて、彼女に怒りの手紙を書いた。思いつくかぎりの卑猥な言葉を使ってね。俺もけっこう冴《さ》えてるなって思いながらやったんだ。で、書いた手紙は自分の机の引出しに入れといたら、やがてお袋に見つかった。うちの両親がどんなか知ってるよね。パニック一家さ。僕がそんなことするなんて親には信じられなかったんだ。事情を知ろうとして、うちの両親はすぐさまマージーの両親に電話をかけたがった。僕はきっとずいぶん長いこと泣いて頼んだんだろうな。その案を引っ込めてもらえるまでがんばった。だから、何も起きずに済んだ。学年の終わりにマージーの一家がニューヨークへ越して、その後彼女とは二度と会わなかった」

夫がそう言った瞬間、私は目を上げて、私たちの真正面に立っている三十代前半のほっそりした赤毛の女性を見た。観光客の群れは相変わらずぐいぐい突き進み、ありとあらゆる肌の色、年齢、背格好の人々が遊歩道沿いに北へ南へ押し進んでいた。リチャードと私と赤毛の女性以外は、誰もが動いているように思えた。ドラムを叩く人たちも、ブリキの鍋をがんがん叩く人たちも、びんをちゃりんちゃりん鳴らす人々もいっこうに音を絶やさなかったのだろうが、記憶のなかでは、三人が立ち尽くして互いを見ていたあいだ、大いなる沈黙の一瞬があった。「マージー？」とリチャードが言い、女性は落ち着いた声で「リチャード？」と応じた。夫の顔が輝いた。「何てこった！ いま女房に君の話をしてたんだ」

これは実話である。リチャードとマージーがニュージャージーで思春期のはじめに出会って以来、十七年が経《た》っていた。だが、それはこの話への私の結末ではない。あの日の出来事からまた十七年が経ち、この物語の結末がマージーの奇跡的な出現だけでは済まないことを私は知っている。それは、夫と二人でディナーの席上みんなに語る結末にすぎない。正しくは、あの日、息子に対する私の直観が正しかったということも、入れるべきだと思う。息子の作文は、思春期の怒りの発散にとどまらず、彼の人生における転機でもあったのだ。それまでよりも暗い、困難な将来への転機。その後、今日に到《いた》るまで、それはまだ解決を見ていない。

これまで何年も、マージーとの遭遇を思い出しては、夫と私はしばしば自分たちに問うてきた。あれが起きる可能性はどれくらいだったろう？　そしていま、私が知りたいことはひとつだけだ。ハッピーエンドの可能性はどれくらい？

クリスティーン・クラヴェッツ
カリフォルニア州サンタバーバラ

一千ドル

エンタテインメント業界で一旗あげたくて、私はロサンゼルスに出てきた。女優としてスタートし、苦労しても落ちぶれる一方だった。自分は故郷に錦《にしき》を飾るラッキーな女なんだ、いつかはきっとパパ自慢の娘になれる、私はそう本気で信じていた。結果は惨《さん》憺《たん》たるものだった。私は計略の一環として、タレント事務所兼著作権エージェントの受付係の仕事についた。この仕事を足がかりにして、タレントの代理人になり、勤務先の著作権エージェントを通して自作の脚本を売ってもらおうと目論《もくろ》んだのだ。何とか食べていくのがやっとの仕事だった。

その会社に勤めだした年は、クレジットカードを活用して食いつないでいた。脚本が売れたら、お金の心配がなくなると当てにしていた。同社での二年め、事態は悪化した。クレジットカードは目一杯活用された。家賃、車の支払い、高い自動車保険を払おうと、毎月悪戦苦闘した。いろんな支払いはずるずる遅れていった。ひと月払って、次の月は飛ばすという戦術は目算どおりには行かなかった。さらに悪いことに、ひと月以内にアパートから出ていけと申し渡された。受付係の単純な仕事も、聞いていた以上に大変だった。押しつけられた大量の仕事を終えるため、夜は残業しなくてはならなかった。写真や履歴書を引き出す、ファイル整理、手紙書き。代理人修業なんて全然できない。週末の予定は、脚本を一緒に書いている仲間との作業を中心に組まれた。私生活はなかった。それでも、脚本という希望の綱があった。突飛で面白い脚本だと著作権エージェントも思ってくれて、この脚本が売れた暁には、苦労も報われると私は思っていた。そうなれば私も成功者だ。

私の育った家では、金欠がつねに暮らしの中心だった。毎日が金をめぐる争いで暮れていくように思えた。食べ物、歯の矯正、学用品、旅行、キャンプ、ガールスカウトの制服等々の費用。私が十代の終わりになったころには、言い争いの種は、おんぼろ車の故障、私の大学の学費、私が車で行くロサンゼルス旅行、電話料金などに移行していった。私が大きくなるにつれて、父は手を上げなくなったが、敵意に満ちた表情は相変わらずで、しつけと称するそれまでの平手打ちと同じくらい痛かった。父はこの国へ無一文で、障害者の妻を連れて来ていた。母は父にとって、一生面倒を見るとアメリカ政府に約束した責務だった。それを保証する契約書に署名までしていた。

私はだんだん、金がなくてにっちもさっちも行かなくなってきた。父に無心できないことは明らかだった。私の選択を、父はどれひとつ認めてくれたことがないのだ。ほかにすがれる親戚《しんせき》もいなかった。ロサンゼルスの友人たちは全員私から去っていた。ある者は故郷へ帰り、ある者はかくも望みのない人間のそばにいるのを恐れて。勤務先の建物から飛び降りることを私は考えた。銀行強盗や老人を襲うことも夢想しはじめた。想像のなかで、必要な金額も決めていた。一万ドルなら完璧《かんぺき》、一千ドルあれば立ち直るチャンスがもらえる。この街の暗い側の世界に住む人たちを食い物にしているフリーペーパーが何紙かある。娼婦《しょうふ》を求める広告やポルノに出るモデルや女優を探す広告。一千ドルの収入と謳《うた》っている広告先に電話をかけた。

男性から応答の電話があった。ぶっきらぼうだが、てきぱきした人だった。身長、体重に関する標準的な質問からはじまって、やがてもっと細かい個人的質問に移った。どういう性行為ならやるか、やらないか等。何もかもが奇怪に思えた。私はそのとき二十六歳だった。茶色の髪を金髪に染め、つねに煙草《たばこ》を喫《す》うことで細さを保ち、ある程度落ち着きも保っていた。当時、神の存在は信じていたが、悪の存在は信じていなかった。電話中に私は不安になった。こんなことはやりたくなかった。男は私の声からためらいを聞きとったにちがいない。次の瞬間、週に最高一万ドル稼げますよと男は言い出した。一万ドルあれば、請求書を全部片付けて、車の払いも完済して、息がつける。その日の午後、近所のモーテルで、ポルノ映画の主演オーディションを受けることになった。

男の話では、主演俳優は二枚目ということだった。会ってみると、背が低くて、肌は浅黒く、長い髪は巻き毛で黒く、顔は普通で二枚目とは程遠かった。彼の手を取り、握手を交わしてからモーテルの部屋に入った。

男に服を脱ぐよう言われて、私はそのとおりにした。男はすべきことを指示し、大きな声でうめくよう言って、私はそれに従った。天井を見上げて、大きな鏡がついているのが見えたのを覚えている。自分はなんてきれいなんだろうと思った。それまで裸の自分なんてよく見たことがなかったのだ。鏡を見たあと、次の性行為にかかる途中で吐き気がした。私は男に断って洗面所へ行った。戻って、シーンを最後まで演じた。男は壁を強く叩《たた》いて、言った。「こっちは終わったぞ」。部屋から出ると、「連絡するから」と私に言った。

家に帰って、熱い風呂《ふろ》に入り、男の痕跡《こんせき》を体からこすり落とした。涙が出たけれど、別の面接を受けるために急いで気持ちを立て直さなくてはならなかった。その面接では、話すのがやっとだった。ポルノなんてできなかった。さっきやったばかりのことが、もう耐えられなかった。二度目の面接をした男とは夕飯を食べに行った。ポルノの監督だけど、とてもいい人だった。さっきのことを話すと、君だまされたんだよと言われた。その晩、その人と寝た。偉そうに断れる人間じゃないのだから。

一千ドルなしでどうにかその月は切り抜けた。女性の同居人を見つけて一軒家に越した。デートはしなくなった。新しい同居人がティーテーブルに広げるチョコレートを毎晩食べては吐いた。髪を短く切り、こげ茶に染めた。それ以外は普段どおりの暮らしをつづけた。あのことは一度も考えなかった。すでに起きてしまったのだ。済んだことだ。もっとひどいことになったかもしれないのだ。

翌月、誕生祝いに両親の家へ行った。母は夫の愛を失って以来、夫と娘を隔てる壁を築くことにつねに悦《よろこ》びを見出《みいだ》していた。ひと月ほど前に予期せぬお金が入ったと母は言った。総額千ドル。私にあげてほしいと母は父に頼んだが、だめだと言われたということだった。私は泣き崩れた。裏庭へ飛び出して、芝生に座り込んでわんわん泣いた。何も考えず、何もこらえずに泣いた。台所の網戸のそばに両親は立っていた。なかに入りなさいと両親は何度も呼びかけたが、私は動くこともできず、両親も寄っては来なかった。やがて、私はさよならも言わずに立ちあがり、車で帰った。

I・Z

カリフォルニア州ロサンゼルス

別れを告げる

この十五年間、頑丈な鉄棒でできた、縦二メートル七十、横二メートル十の檻《おり》に閉じ込められてきた。腕を伸ばせば、指先が両側の壁に当たる。右手にはベッド。マットレスはパンケーキのように平たく、その隣に陶器のトイレがあり、悪臭が広がらないよう板がかぶせてある。

ベッドで横になっていたら、寝入りばなに独房の入り口が開いた。戸が開くのは、いつでも大歓迎の息抜きだ。飛び起きて、廊下に出て、三十メートル先の制御室にいる看守に声をかけた。

「教戒師が会いたがっている。着替えるんだ」と看守は言った。俺はブーツのひもを結び、上着をつかんで大急ぎで外へ出た。聖職者からの電話は、たいてい悪い報《しら》せを意味する。隣人の住みかを足早に過ぎると、奴《やつ》の声が聞こえた。「大丈夫か、ジョー?」

「だといいんだが」と俺は言った。「緊急の電話をかけることになりそうだな」

雪で覆《おお》われた庭を急ぎ足で横切ろうとすると、凍《い》てつく風に身を寄せあっている囚人たちのグループが見えた。黒人、白人、ラテン系の連中が、いろんな色のフード、帽子、手袋、ミトンに身をくるんでいる。そのうち何人かは見覚えがあったが、ほとんどは、孤独な無意味さの作り出す大海に浮かぶ単なる顔に過ぎない。何人かは庭を果てしなく歩き回り、四台のテレビのどれかに見入ってる奴《やつ》もいた。大半はみずからに課した気晴らしにのめり込んでいた。自分たちの知る唯一《ゆいいつ》の方法で時間をつぶそうと、精一杯がんばっている。

案内所へつながる金網の入り口で、守衛がいる木造の小屋の細長い窓口に通行許可証を差し込んだ。偽《にせ》五十ドル札を目にして怪しいぞと思っているレジ係のように、守衛は許可証をじろじろ見た。それから、国境で外国人を通過させるように「行け」と言った。ほっとして、全力で建物めざして走っていった。ついに祖母と話せる。祖母はタフな八十歳の、怒らせれば罵倒《ばとう》しまくって相手の息の根を止められる人物。

この何週間か、祖母と話していなかった。連邦裁判所の十年の刑期を終えたばかりの親父《おやじ》が、仮釈放の条件として、祖母の家の電話の三方向サービスを止めさせられていたからだ。親父と話したときは、「おばあちゃんは入院しているが、三日で戻るはず」とのことだった。

祖母の健康状態はだんだん衰えてはいたが、これほど急激とは予想していなかった。最後に交わした会話を思い出す。祖母は泣きながら、むくんでしまった脚のことを愚痴っていた。

「おばあちゃん、歩こうとしなきゃだめだよ。脚を伸ばして、ちっとは運動しなくちゃ」と俺は頼み込むように言った。

「してるよ。お前はわかってないんだよ。あたしの脚は、もう利《き》かないの。先週、銀行に行って、舗道で転んじゃったよ」

俺は古き良き時代のことを話して、祖母の苦痛を和らげようとした。みんなで九十八丁目で暮らして、おじいちゃんもまだ生きていたころのこと。あの台所にいる自分の姿を俺は思い描いた。祖母がオーブンを開けて、俺と祖父のために焼いてくれている、黄金色のシチリアのパンの焼け加減を見ている姿を俺は眺めている。あのころ俺が一番好きだったのは、チキン・ロールを詰めたほかほかの丸い自家製パンを、のっぽのグラスになみなみ注いだ牛乳で流し込むこと。最高の日々だった。そしていま、俺は祖母と同じようにあのころの思い出にしがみついている。

だが、幸せだったころについて二人で語りあいながらも、祖母はひどく泣いた。祖母が何より恐れているのは、老人ホーム暮らしを強いられることだった。

「あたしゃ自分の家で死にたいよ。赤の他人とは暮らしたくない」

「おばあちゃん、俺が約束する、誰もどっかのホームに突っ込んだりしない。心配すんなよ。俺が出たら、面倒見るから」

「お前、弁護士さんと話したのかい」

「うん。みんな相変わらず一生懸命やってくれてるよ」

「あたしが逝《い》く前にあんたが帰ってこれるといいねえ」

「帰るよ、おばあちゃん。体を大事にしろよ」。祖母を安心させることはできたが、饐《す》えた牛乳の味みたいにやましい思いが心に残った。

教戒師のオフィスに着くと、看守が言った。「イマームが会いたいそうだ」。なんでイマームが？　きっと俺のカウンセラーのランダーツォが、祖母に電話する件でイマームとも話をつけてくれたんだろう。小さな部屋のなかではイスラム教徒四人が、せっせと小瓶に香油を詰めていた。部屋はジャスミン、ムスク、ココナッツのお香の匂《にお》いがした。つんと鼻をつく匂いが充満している。六〇年代のドラッグショップみたいな香りだった。イマーム・カリファは電話中だった。俺を見ると、耳から受話器を外して、送話口を手でふさいだ。小声で男たちに、部屋から出るよう言った。

男たちが一列になって俺の前を過ぎていくあいだ、イマームは電話で話しつづけ、俺はいらいらしながら部屋のなかを見渡した。イマームの机の上はビンと紙で散らかっていたが、場違いに見える書類に目が吸い寄せられた。太字で俺の名前が書いてあって、その下に祖母の名前があった。フランシスコ葬儀会館からのビジネスレターだった。

イマームが電話を切ると、俺は訊《たず》ねた。「何事なんです？」

「弟さんのバディから電話があった。話があるそうだ」

二日後の午前六時、俺はリゾという若い看守に起こされた。痩《や》せていて、刈り込んだ黒い髪、懺悔《ざんげ》室の司祭のような、人をなだめる冷静さをもった声の男だ。愛する者を失うという体験がどんなものか、リゾも知っていたのかもしれない。ありがたかった。

二人で庭を突っ切ると、風は強く、空は暗くて、土砂降りだった。管理棟に入ると、金髪で赤々とした頰のがっしりしたアイルランド人がやって来て、「ご愁傷さまです」と言った。この外出のために監獄から与えられた衣類を俺は着た。ブルージーンズ、白いシャツ、褐色の上着。スニーカーは自分のを履いた。鏡をちらっと見て、映っている自分にうんざりした。

やっとのことで、特別装備のバンに乗り込んだ。俺を看守たちと隔てる、分厚いプレキシガラスの仕切がある。奴《やつ》らは腰につけた黒革のホルスターに三十八口径をさしている。俺の両脚には三十センチのドッグチェーンがつながれ、両足首でしっかり固定されている。手もベリーチェーンで拘束されていた。このチェーンが、マスターロックで手錠につながれている。食べるときは前にかがみ、首を伸ばし、指につかんだサンドイッチをつつくのだ。

監獄の石壁の外に出るのは十五年ぶりだった。山々、木々、黒と白の牛が草をのんびり食《は》む農場を過ぎた。シュールな立体写真のなかにいる気分だった。まもなく、濃い霧に覆われた谷に入った。くすぶった山火事のあとで煙が森を包み込むみたいに、霧が俺たちを取り込んだ。と、霧のなかから鹿《しか》が一頭飛び出してきた。鹿は高速道路に飛び上がって、俺たちの前方を行く小型トラックに突っ込んだ。運転手はよける間《ま》がなかった。俺はさっと横を向いて、座席の端までずっていった。

「見たか？」とウォーレン看守が言った。

横の窓から外を見ると、ガラスを走る雨の滴《しずく》ごしに、鹿が車道の端に力なく倒れていた。座席から身を乗り出すと、手かせ、足かせが体にぎゅっと食い込んだ。雌鹿の柔らかい、ふさふさ毛の生えたあごから舌がだらりと垂れて、口はわずかに開き、あえぐような息を不規則に吐いていた。

「まだ生きてる！」と俺は叫んだ。

「ああ、でも、だめだろうな」とウォーレン看守が言った。俺は鹿が森へ駆け戻るのを見たかった。だが鹿は横たわったままだった。谷にかかる霧のようにじっと動かず、木々のようにこわばって。

午後のなかごろには、木々に代わって、アパートや、丸みを帯びたさまざまな色の派手な太字が踊るレンガ造りの商業用ビルが見えてきた。建物のいくつかは板を打ちつけて閉め切ってあった。ついにレキシントン・アベニューを出て、マンハッタンの埠頭《ふとう》を過ぎ、ブルックリン橋を渡って、アトランティック・アベニューに出た。街はなんとなく知っているような、夢のなかの情景みたいだった。

昔の自分を想像した。黒い、一九八三年型オールズモービル98の肘掛《ひじか》けに寄りかかっている。音楽を聴いていて、灰皿には火を点《つ》けた太いマリファナ。甘い、べたつくマリファナの煙を吸い込むと、鼻をつく香りが、うずを巻いて、ムーンルーフの隙間《すきま》から漂い出る。かつて俺には何もかもあったのだ。

アトランティック・アベニューには店とバーが建ち並び、どこも人が騒いでいた。美しい女たちが、ぴっちりしたパンツ、プラットホーム・シューズを履き、革ジャンを着て、買い物袋を揺らしながら、ぶらぶら歩く。魅惑的なリズムとスタイルで腰を振るその姿は、スペイン語街ではお洒落《しゃれ》の代名詞だ。表にソファを出している家具屋があり、黒人のホームレスの男が物乞《ものご》いをし、脚を切断した人が車椅子《いす》でそそくさと道を渡っていた。

葬儀会館の前に車が停まると、ウォーレン看守が言った。「ちょっと待ってろ。確認してくる」

二分後、彼が戻ってきて、相棒にうなずいてみせた。リゾに手伝ってもらって、俺はバンからそろそろと降りた。歩いていると、リゾが「待て」と呼び止めた。「まずベリーチェーンと手錠を外そう」

リゾはマスターロックに鍵《かぎ》を差し込むと、素早い、慣れたひねりでかちりと開けた。俺の背中に手を伸ばして巻かれていたチェーンを外し、手錠も外してくれた。俺は伸びをして、手首をさすった。両手首が腫れて赤くなり、深い溝が刻まれていた。リゾが後ろからついてきて、俺は足をひきずりながらロビーに入った。まだ両足首についている鎖を踏んで転ばないよう、ゆっくり、一定の歩幅で進んだ。

弟のバディが現われた。背が高く、恰幅《かっぷく》のいいバディは立派な黒のスーツを着て、非の打ちどころのない身なりだった。俺を見るのがショックでもあり、嬉《うれ》しくもあることがわかった。俺たちは握手をして、キスをした。すると、十五年会っていなかったおじが入ってきた。前よりずっと年を取って、背が低くなったように見えて、ワイン樽《だる》みたいに丸かった。おじは一瞬立ち止まり、俺がおじのことをあれこれ考えているのと同じように、俺のことをじっくり見た。十五年は長い。

「ジョーイ」とおじははっきりとわかるシチリアなまりで言った。

俺はおじの体に両腕を回した。「チャーリーおじさん、会えて嬉しいよ」

「もうじいちゃんなんだよ」とおじは誇らしげに財布から写真を取りだした。「お前のいとこのジョーイのとこに男の子がうまれたんだ。コロジェーロっていうんだ」

俺は写真を受け取って眺めた。あれだけの年月はどこへ行ったんだろう。いとこのジョーイがティーンエージャーだったころを覚えている。フットボールのジャージを着て、ツーハンド・タッチをして遊ぼうとカレッジポイントの家から飛び出していく姿。その彼もいまや人の親だ。俺は写真をおじに返して、「おめでとうございます」と言った。

対面室に入って、姉と妹に会った。グレイシーもマリアも、喪服を着ていた。俺たちは抱きあい、キスをして、二人とも俺の肩で泣いた。俺はたちまち家族に取り囲まれた。十年ぶりに会う親父もいた。すっかり白髪になって、兎《うさぎ》の毛みたいに細い髪だった。

「来れたな」と親父が言った。

親父と抱きあった。「うん。セキュリティが認めてくれたんだ」

規制上、親父が刑務所に入っているあいだは、話すことができなかった。俺は立ちつくし、親父をつくづくと眺めた。そして十年前訪ねてくれたときに会った男の面影を探した。二度と見つからないことは充分承知しながら。

部屋は静まり返っていた。一方の壁に沿って椅子が並び、もう一方の壁際《かべぎわ》にはソファがあった。ランプの載っているテーブルと、ミントを入れたクリスタルの器を置いたテーブルが何卓かずつあった。部屋の奥には、もう生きてはいない祖母が、色とりどりの花のアレンジメントに囲まれて横たわっていた。近づいていくと、摘みたてのバラの嗅《か》ぎなれた香りが薫った。銅の棺《ひつぎ》のふちに手を載せて、祖母の顔を眺めた。五年前に会ったときより痩せていた。肌は青白く、分厚い化粧で覆われているせいで、不自然に見えた。浮かべている笑みは、わざとらしいにたにた笑いに見えた。手首につけた金のブレスレットは、特別な日にはいつも着けていた品だ。重たいブレスレットで、飾りにメダルがいくつもついていて、祖母が歩くと鈴のように鳴った。それがいま、大きな純金のハートの飾りや、日付や心尽しの言葉を刻んだ、ダイヤモンドをちりばめられたメダルは、冷たく硬直した手首から堅くぶら下がっている。祖母はきれいな絹とレースの、足首まであるピンクのガウンをまとっていた。足には小さなピンクの、貝殻色の靴を履いていた。

この日が来るのは何年も前から覚悟していた。こんなに突然とは思いも寄らなかっただけだ。いまや残るのは思い出だけ。祖母の棺のふたに、俺たちの人生の断片が散らしてあった。そのひとつは、一九八四年に撮った祖母の写真。俺が刑務所に入った年だ。祖母はハワード・ビーチの家の船着き場の横に立っている。旗で飾りつけられたボートが穏やかな水面に浮かんで索が解き放たれるのを待っている。何隻《せき》かは、ブリッジが我が家くらい高い。祖母は短パンとスニーカーを履いて、満面の笑みを浮かべている。かたわらでは、祖母が手塩にかけたバラの茂みが、はじけたように見事に咲き誇っている。

家では祖母はたいてい、温かい料理のボウルをオーブンに入れていた。チキンカツやパスタの平皿、じゃがいもを添えた肉などが、誰がいつ来ても腰をすえて食べられるよう常備してあった。日曜日には祖母はいつも大量の食事を作っていた。パスタ、マリナーラ・ソース、ニンニク、摘みたてのバジルが山と盛られた、大きなパステルカラーのボウル。ミートボール、ソーセージ、肉が三十センチも積まれた、何枚ものトレーを俺たちはまわす。食べ物を頬張っては、口からソースを拭《ぬぐ》って、セブンナップを混ぜた赤ワインを流し込む。ナプキンをシャツにたくし入れ、ポケットにペンを差している祖父は、新鮮なリコッタチーズをせっせと挽《ひ》いて自分のマカロニにかける。祖父の腕はぐるぐると、大きな円を描いた。祖父が挽き終わると、俺がチーズをもらって、同じことをした。

中学のころ、学校から帰ると、コンロの上でソースがことこと煮える匂いが家じゅうに満ちていて、俺はセモリナブレッドを一斤《きん》つかんで、大きな塊をちぎりとると、甘くて赤いソースに浸したものだ。ほどなく祖母の声がする。「出てお行き」。きつい言い方ではなかった。むしろ誇らしげな口ぶりだった。自分の手料理を俺がどんなに気に入っているかわかっていて、喜んでいたのだ。

ウォーレン看守がうなずいて、帰る時間になった。別れのキスをしようとみんなが押し寄せてきた。おじともう一度抱きあい、おじは言った。「お前はばあちゃんのすべてだった。お前を何より愛してたんだよ」。次いで俺を抱きしめた親父は、激しく身を震わせてしくしく泣き出した。いまにも墜落して、地面に叩《たた》きつけられようとしている飛行機の乗客のように、俺たちはたがいにしがみついた。親父の涙を肩に受けていると、まるで俺が父親で、親父が息子のように思えた。かつて俺が父の腕に求めた安らぎを、俺の腕のうちに親父が見つけたような気がした。

バンまで歩いていって、ふたたび手錠がはめられるようリゾ看守に両手を差し出した。

ところが、「あとでつけよう。食べてから」と彼が言った。驚いた。俺はバンに飛び乗り、窓際まで体を滑らせて、最後にもう一度、外を見た。記憶の映像に永遠に残さなくてはいけないこの一瞬を、何とかして焼きつけようと。おじが上着のポケットに手を入れ、葉巻をとり出して火を点け、みじかくプカプカと吹かすのを見ていた。車が走りだすなか、おじに手を振りながら、俺の顔は悲しみをさらしているだろうかと考えた。

ジョー・ミセリ
ニューヨーク州オーバーン

思い出す営み

当時、私はブルックリンに住むまだ十一歳の少女でした。その夏に思いがけず父が亡《な》くなり、母と二人の兄と私にとって、突然の貧乏暮らしがはじまりました。十八歳の兄は、陸軍に入って一年が経《た》っていました。もう一人の兄は十三歳で、家計の足しにせねばと、放課後に配達係として働きました。パパが死んでしばらくはママも働いていましたが、だんだんと健康を害してきて、辞めざるを得ませんでした。

パパはいつもクリスマスを大切に考えていました。物心ついて以来、私たちのお祭り騒ぎの中心にはいつも、キリスト生誕の人形飾り、サンタクロース、クリスマスツリーがありました。赤いビロードの輪で囲まれた、小さなキューピー人形の飾りは別格で、パパはいつも専用の小箱にしまっていました。毎年クリスマスになって、ツリーに飾りつけをする段になると、父はちょっとした儀式のように、この人形を箱から取り出して、私の前で掲げ、言うのでした。「マリア、この人形はお前と同い歳《どし》なんだよ」。それから、小さなキューピーをツリーに提げました。

私が生まれた年にパパはその小さな人形を買い、そう計画したわけではありませんでしたが、私のキューピー人形を父が真っ先にツリーにつけることが我が家のささやかなしきたりになっていました。

けれど、この年のクリスマスはツリーなしで行くしかありませんでした。母はたいへん現実的な人でした。ツリーはなしで済ませられる贅沢品《ぜいたくひん》と決めたのです。当時私は、静かな、でも激しい憤《いきどお》りとともに、こう思いました。パパと違って、どうせママにはたいして意味のないことだったんだ、と。兄は、不満だったとしても、表には出しませんでした。

その晩、教会を訪れた帰り道、私たちは黙々と歩いていました。美しい、澄み切った冬の夜でしたが、私の目に入るのは、次々と見かける、ツリーが灯《とも》された窓でした。その楽しげな輝きに、私の恨みがましい思いはいっそう募っていきました。そうした家々のなかで、幸せな家族が一家団らん笑い声をたてあい、プレゼントを交換し、ごちそうの並ぶ食卓で語りあい、冗談を言いあうさまが目に浮かびました。その夜、クリスマスは私にとって、何よりそれが一番深い意味でした。そして私にはわかっていました。我が家にたどり着いたら、真っ暗な窓に迎えられ、ひとたび家に入ると、私たちは一緒にいても、結局みんなそれぞれ独りぼっちで、いまや我が家に居座った、手でさわれるほどの空虚に沈み込んでいくのです。

我が家から何軒も離れていない友だちの家の前を通ったとき、居間の灯りがまだ点《つ》いていることに気がつきました。家に帰る前に少しだけ寄らせてほしい、挨拶《あいさつ》してくるだけだから、と母に頼みました。母はいいわよと言ってくれました。

でも、その晩、私は友だちの家には行きませんでした。

代わりに、母と兄が玄関に入るのを見届けると、衝動的に回れ右して、大通り五ブロック分ほど離れた、父の店へと向かいました。四十五丁目と十一番街の角にある小さな食料雑貨店です。もうそこは空っぽにされ、貸し店舗になっていましたが、父があれほど大切にしていた店の前に、なぜか私はいたかったのです。そうすれば、何となく、父に近づける気がしました。

人はほとんどいませんでした。ひどく暗かったのですが、その夜がどんなに美しいか、私ははじめて気がつきました。こんなに寒くて、すがすがしくて、満天の星。家々の窓のツリーは、いまだ灯され、輝いていましたが、さっきほど私の心を揺るがしはしませんでした。生まれてはじめて夜に一人で町に出た大胆さのせいかもしれません。何となくパパに近づけるという気持ちのせいだったかもしれません。とにかくそれが、私に不思議な効果を及ぼしました。それが何だったにせよ、憤りや哀《かな》しみを鎮《しず》めてくれました。

ついに店のそばまで来ると、近くの舗道に巨大な、妙な形のかたまりがあることに気づきました。私はぴたっと立ち止まりました。妙な想像が湧《わ》いてきて、もう少しで回れ右をして家に帰ってしまうところでした。でも、何かが私を前に進ませつづけました。

近づくにつれて、「かたまり」が怪物などではなく、お隣の店で余ったクリスマスツリーだとわかりました。売れなかったツリーが、ゴミ収集人か誰か、こういう物を運んでいく人に回収されるのを待っていたのです。

即座にツリーの山に駆け寄り、暗闇《くらやみ》のなかで、一番いいのを選ぼうとしたのを覚えています。記憶のなかでは、選んだツリーは巨大で、三メートルかそれ以上ありましたが、そんなに大きかったはずはありません。とにかく、これと決めたツリーをつかみ、分厚い毛糸のミトンをはめてきたことを感謝しつつ、宝物を半ば抱え、半ば引きずって家に向かいました。

私の心はクリスマスでいっぱいでした。どうやってかはわからないけれど、これはパパのおかげだと私にはわかっていました。あの晩ほどパパを身近に感じたことはないと思います。頭上の星々にも、灯されているすべての窓にも、運んでいるツリーにも、パパがいるように思えました。帰り道に誰かとすれ違ったかどうか覚えていません。一人や二人はいたにちがいありませんし、そうだとすれば、奇妙な眺めだったろうと思います。小さな子が一人、小声でクリスマスキャロルを歌いながら、体の二倍以上あるツリーを引きずっている姿。でも、人がどう思おうと、あのときの私はお構いなしだったでしょう。

家に着いて、呼び鈴を鳴らし、いざとなったら喧嘩《けんか》してでもツリーをなかに入れるつもりでした。ドアを開けた兄はびっくり仰天して「どうしたんだ?」と言いました。二人でなかに運び、兄がツリーの台を見つけてきて、二人で立てはじめました。母が入ってきて、私たちのしていることを見ましたが、何も言いませんでした。仲間入りはしませんでしたが、止めるようなことも一切しませんでした。私が友だちの家に行かなかったと知りながら、小言もまったく言いませんでした。

兄と作業を終えると、二人で一歩下がって、ツリーを見ました。私たちには、欠陥ひとつない、完璧《かんぺき》なツリーに見えました。私はすっかり興奮して、ひと晩じゅう寝ないで飾りつけしていられそうな気がしました。でも母が、もう遅いわよ、もう真夜中近いからみんな寝なくちゃ、と言いました。

クリスマスもあとわずかでした。私がしたことを母がよくないと思っていることを確信して、私はやましさすら覚えはじめていました。このツリーが母にもたらしたかもしれない哀しみに、私は突然思いあたったのです。喜びは薄れはじめました。

寝る支度をしました。頭のなかで、興奮と哀しみがないまぜになっていました。クリスマスが終わってしまう前に、もう一度だけ私のツリーを見に行きました。

母がツリーの前に立って、見覚えのある小箱を手にしています。戸口にいる私を母が見たかどうかはわかりません。母は泣いていたのでしょうか? 母は飾りを目の前に掲げました。私ではなく箱を開ける母の両手が震えて見えました。

く、ツリーを見ながら。

「マリア」と母はささやくような小声で言いました。その声はどこかいつもと違って、奇妙に聞こえました。「……この人形はお前と同い歳なんだよ」

そして母は、キューピーをツリーに吊《つ》るしました。

メアリー・グレース・デンベック
コネチカット州ウェストポート

スラップスティック

SLAPSTICK

大陸の両岸で

八〇年代なかば、私はワシントンDCにある、非公認の食品生協で働いていました。ある夜、干しぶどうを袋に詰めていると、一人の女性がこちらをじっと見つめています。とうとう彼女は近づいてきて、言いました。「ミシェル？　ミシェル・ゴールデン？」「いいえ」と私。「私はミシェルじゃないわ。でも、あなたが言ってるのは、ウィスコンシン州マディソン出身のミシェル・ゴールデンのこと？」。その通り、と彼女。彼女が言っていたのは、まさにそのミシェルのことだったのです。私は彼女に、私とミシェルが知り合いであること、大勢の人が私とミシェルとを間違えることを話しました。それから何年か経《た》って、私は西海岸に引っ越しました。ある土曜日の朝、サンフランシスコのダウンタウンを歩いていると、一人の女性が近づいてきます。彼女は突然立ち止まると、私のことを探るように上から下まで見て、言いました。「ミシェル？　ミシェル・ゴールデン？」「いいえ」と私。「でもね、一生のうちに同じ間違いを大陸の両岸で犯す確率って、いったいどれくらいかしら？」

ベス・キヴェル
ノースキャロライナ州ダーラム

フェルトの中折れ帽

父の短くて茶色い巻き毛には、いつもフェルトの中折れ帽がのっていた。仕事に出かけるときはグレーのやつ——時おり、小さな小麦の粒がいくつか、トラクターオイルが落ちたしみと混ざって帽子のつばについていたものだ。よそゆきのときは茶色の帽子を、のんびりと日曜日のドライブに行くときや、熱気の残る夏の夕方にロイ・ロジャーズの西部劇を観《み》に行くときはベージュのをかぶった。私たちが映画に行くのは夏だけだった。日が長くて暑かったからかもしれないし、夜が来るのが遅すぎたからかもしれないし、それともスター・シアターの涼しい暗闇《くらやみ》が、埃《ほこり》っぽい乾いた土地で一日働いた父を手招きしていたからかもしれない。

父が帽子なしで出かけることは絶対になかった。帽子は台所の戸の外に、一列に並べて掛けてあった。全部が同じサイズ、同じ形で、同じ匂《にお》いがした。オールドスパイスのオーデコロン、ライフブイ石鹼《せっけん》、それから、あのくせっ毛を押さえるのに使うブリルクリームの匂い。

家にいるときは一度も帽子をかぶらなかった父だが、外にいるときはかならず頭の上か手のなかに帽子があった。女性に挨拶《あいさつ》するときはひょいと持ち上げ、建物に入るときには、そこが郵便局であってもかならず脱いだ。父のマナーは申し分なかったが、帽子なしでは居心地が悪そうだった。映画を観るときは、母に言われて車のなかに帽子を置いていったが、父としては膝《ひざ》の上に載せておきたかったと思う。

何年もあとになって、弟と私はそれぞれの家族を引き連れ、母と父を誘って、オレゴン州ポートランドのデパートに出かけた。父の新しい帽子を探そうというのだ。父はそこにあった帽子を全部試したが、どれも気に入らなかった。サイズが合わない、色がよくない、つばが狭すぎる、ハットバンドの色がほかと合わない。これが延々と続いて、さすがに店員も苛《いら》ついてきた。しかし、とうとう完璧《かんぺき》な帽子を見つけた父は、ニヤッと大きく微笑《ほほえ》んで、母にそれを見せた。みんなホッと胸をなでおろしたが、それも母が帽子に目をやって、こう言うまでのことだった。「何言ってるのテッド、それ、あなたの帽子じゃない！」

ジョーン・ウィルキンズ・ストーン
ワシントン州ゴールデンデール

人間対コート

私たちが最初で最後に会ったのは、寒い十一月の夜、ある高級なバーでのことだった。彼女の個人広告を見た私が連絡をとったのだ――「自分をしっかりと持っている三十代なかばから四十代はじめの男性を求む。公園を散歩し、暗闇《くらやみ》でおしゃべりするのが好きな方で……」。彼女の文章には、何かしら惹《ひ》きつけられる簡潔さと軽やかさがあった。彼女は三十代なかばの、すらっと背が高い黒髪の女性だった。愛嬌《あいきょう》のある人で、話をするときはしっかりと目を合わせてきた。きれいで頭もよく、私はたちまち彼女に惚《ほ》れ込んだ。ぜひもう一度会いたいと思った。しかも、彼女の方も私を憎からず思ってくれているようだった。今夜このまま、私がヘマもせず、何事もなく終わってくれれば。

店を出ようということになり、彼女がまず厚いウィンターコートを羽織った。スカーフを巻いて、革の手袋をその優雅に細い指にはめた。用意ができると、彼女はそこに立って、おっとりと私を待った。

私はスツールのうしろに掛けてあったパーカを持ち上げて、左手でしっかり襟を握りしめ、右手を袖《そで》に通した。コートを半分着たところで、もう一方の袖をつかもうと左手を後ろにのばした。が、なぜだか目測を誤った。もう一度やってみても、また失敗。ますます決然と、私はいっそう真剣に袖通しに取り組んだ。

すっかり没頭しきった私は、自分の体が時計と逆回りにねじれてきていることに気づかなかった。体がねじれるにつれ、コートもねじれる。袖は突き出した左手からつねに同じ距離を保ちつづける。額から汗の粒が吹き出してくるのがわかった。まるで、この何時間かのあいだに、袖同士が親密さを増したみたいだった。ウンウンうめいてもがいたものの、手も足も出ない――というか袖も出ない。みずから墓穴を掘っていることなど、どうして私にわかるだろうか？ こうした一連のねじれのなかで、私の足は螺旋《らせん》状によじれはじめていた。

移動しつづける袖を追いかけ、体をそらしねじらせている状態で、まっすぐに立っていられる人間などいるわけがない。バランスが失われていく。ゆっくりと、私は床に倒れていった。体の一部をコートに覆《おお》われ、床に横たわった私は、ちらっと我が連れの女性に目をやった。私も彼女も黙ったままだった。彼女だって、自分のコートと格闘した末にばったり倒れこんだ男なんて、生まれて初めて目にする光景だったにちがいない。

メル・シンガー
コロラド州デンヴァー

ザッツ・エンタテインメント

大学最後の年を迎えようという夏、私は何人かの友だちと一緒にニュージャージーの海岸に一軒の家を借りた。ある火曜日の夜九時半ごろ、一人で家を出て、海岸まで歩いていった。あたりには誰もいなかったので、服を脱ぎ、そのへんに丸めて置いて、波のなかに飛び込んだ。二十分ほど泳いでから、波に乗って岸に戻った。

水から上がると、私の服は消えていた。どうしようかと立ちすくんでいると、人の声らしき音が聞こえた。海岸沿いを歩いている数人のグループで、みんなこっちに向かって歩いている。一気に走って家に帰ろう、と私は決意した。ここから家までは五、六十メートルある。走っていくと、開いたドアが見えた。少なくとも、ドアの向こうから漏れている光が見えた。しかし、駆け寄っていって、もう少しでドアにたどり着くという、まさに最後の瞬間に、そこに網戸があることに気がついた。私はもろに網戸に突っ込んでいった。

と、私は居間の真ん中に立っていた。父親と、小さな子供二人がカウチに座ってテレビを見ていた。私はといえば、一糸まとわぬ姿で部屋の真ん中につっ立っている。私はくるっと回れ右して、ずたずたに破れた網戸を駆け抜け、一目散に海岸へ引き返した。右へ折れて走りつづけ、やっと服の山を見つけた。私は引き波というものを知らなかったのだ。波によって、はじめ水に浸《つ》かった場所から四ブロックほど先へ私は押し流されていたのである。

翌朝、網戸の壊れている家を探して私は海岸を歩いた。問題の家が見つかったので、ドアの残骸《ざんがい》をノックしようと歩いていくと、家のなかから父親がこっちへ出てくるのが見えた。私はしどろもどろに話し出し、なんとか言い終えることができた。「ええと、昨日のことはとても申し訳なく思っておりまして、網戸の弁償をさせていただきたいんですが」

父親は私の言葉をさえぎり、何とも芝居がかった調子で両手を投げ出して、言った。「お嬢さん、そんなお気遣いはご無用。何せ、今週最高のエンタテインメントでしたからな」

ナンシー・ウィルソン
ニュージャージー州コリングズウッド

ケーキ

両親に連れられていとこの卒業パーティーに行ったとき、僕は十四歳で、兄は十六歳だった。そのころ、親戚《しんせき》の集まりに出かけるのは、つねに緊張と金切り声が伴うひときだった。父が外出を嫌っていたのだ。一度行ってしまえば、その場にいることは苦痛ではないのだが、準備をして出かけるのが嫌なのである。父はほぼ毎朝、兄と僕がティーンエージャーであってティーンエージャーらしいうすら笑いを浮かべたりブツブツ物を言ったりすることに腹を立てて僕らをどなりつける。父はしつけに厳しかったから、下手に怒らせるとげんこつが飛んできた。それに怯《おび》えるわけではないのだが、僕らは自分がどこまで父を挑発する気があるのか慎重に見極め、結果を受け容《い》れる覚悟があるかどうか確かめる必要があった。

僕らはよく兄弟喧嘩《げんか》をした。凶暴な、顔面を殴りあう僕らの喧嘩に怯えた近所の子供たちは、僕たちとの諍《いさか》いを避けるようになっていた。とはいえ、もともと僕らがよその子供とやりあうことはめったになかった。まるで、喧嘩とは身近な人々への親密なジェスチャーだと思っているみたいに。

パーティーはニュージャージー州グッテンバーグで開かれた。ブロンクスからやって来た兄と僕は、キッチンと居間のあいだの壁にもたれかかり、ケーキが切られるのを待っていた。それが済めば、さっさと家に帰って、自分たちの部屋でふてくされていられる。僕らは水を吸ったペーパータオルの塊みたいに壁に寄りかかっていた。いまやタオルは乾いて、石膏《せっこう》ボードから出てきたゆがんだしっくいみたいな有様だった。そこには小さな子供たちもいた。彼らはやがて来るはずのアイスクリームやケーキにわくわくして、キャッキャッと笑いながら、部屋を出たり入ったり駆けずり回ったりしていた。僕らはもうそんな興奮は卒業していた。僕らはクールに決めていたのだ。しばらくして、歯が生え替わる時期にさしかかった少年が一人、卒業記念のケーキに突進し、見事にかたちづくられたアイシングの上に頭を突き出した。「こっち見て！　こっち見て！」と彼はわめいた。兄が歯ぎしりしてこぶしを握りしめるのが見えた。僕は兄の考えていることがわかったから、黙ってうなずいて、そいつのがたがたの歯並びをケーキに押しつけるよう兄をけしかけた。兄は歯をくいしばったままニコッと笑って、頭を振った。そんなことをしたらどんな目に遭うか、二人ともわかっていた。

金切り声を上げているその少年にもわかっていた。彼は兄の方に飛んできて、やれるものならやってみろと挑発してきた。それから、またケーキのところに戻ると、ふたたび兄を挑発する。兄は重心を移動して壁から離れ、僕がやってほしがっている行動に移る態勢を整えた。そして、そうやって重心を移動しかけたとき、父が部屋に入ってきて、酒を注ぎにキッチンに向かった。父は隣の部屋の人との会話をまだ続けていて、普段かたときも離さない葉巻をこのときもくわえたまま、大きな声で喋っていた。兄が壁のところで固まっているのを見てとった少年が挑発する。「そうら、ケーキにつっ込むぞ。つっ込むぞ……」。キッチンから部屋に戻ってきた父は、ちらっと一目見ただけで状況を把握した。兄の考えを見抜き、相手が誰なのかも理解した。父はすばやく歩み出た。葉巻を持っていた方の手で、ケーキに付けられた緑のアイシングに少年の顔をどっぷり突っ込み、彼の挑発をさえぎった。そして、ほとんど歩調も乱さずに、会話を続けるために居間へ戻っていった。

いろいろ対立することもある父と僕だが、このことで僕はいつまでも父を忘れずにいるだろう。

このことで僕はいつまでも父を愛するだろう。

G・B

ニュージャージー州リングウッド

アンディと乗る

アンディはバイクを糧《かて》に生きていた。それは彼にとって唯一《ゆいいつ》の移動・輸送の手段であり、実際、その輸送量は半端《はんぱ》じゃなかった。時は五〇年代、テールトランク付きのクルーザーバイクや収容力たっぷりのサドルバッグ、収納ポケット付きのフェアリングなんてものはまだなかったから、何もかも服のなかにつっ込んで走った。よほど蒸し暑いとき以外は、一番上に大きなライディングスーツを、その下には革のジャケットとセーターとフランネルのシャツと長袖《ながそで》の下着を着込んでいた。たくさんのポケットにはあらゆる種類の道具が入っていて、大きめの道具は使い古しのサドルバッグに入れていた。太っているわけでもないのに、この正装のおかげで、ミシュランのタイヤ男みたいに見えた。

アンディはブロンクスのホワイトストーン橋のそばに住んで、ロングアイランドのずっと先の方で踏切番として働いていた。週末になると、トライアンフやＢＳＡを売る地元のバイクショップ、あるいはモトクロスやロードレースで彼の姿を見かけたものだった。しかし、ときどき、平日の朝の出勤途中に我が家に現われて、僕が朝食をとっているあいだ、コーヒーを一杯飲んでいったりもした。僕の母は、表向きは礼儀正しく親切にふるまっていたが、アンディが来るのをいつも嫌がっていた。特にお気に召さなかったのは、朝やって来たアンディと裏口で顔を合わせたときに「お嬢さん《ヤング・レイディ》」と挨拶《あいさつ》されることだった。母は無愛想でつっけんどんな態度をとることもあったが、アンディのことを、周囲の力添えと思いやりを必要としている人間だと思っていた。アンディは三十代だった。じっと狂気じみた目でこちらを見つめ、ブルースティール弦のような、思わずふり向かされる甲高い声を出した。

何度か我が家に訪ねてきたあと、アンディは僕を学校まで乗せていってくれるようになった。僕が通っていたカトリック系の高校までは十三キロあり、彼の通勤路からはまったくはずれていた。アンディは地面に足載せ《フットペグ》が擦《す》れるくらいカーブを速く曲がったけれど、僕としては、スクールバスなんかより、アンディのトライアンフ・タイガーで乗りつける方が嬉《うれ》しかった。

ある日、バイクが学校に着いたところで、弁当を忘れたことに僕は気がついた。アンディが言った。「お気の毒さま」。僕が送ってもらったお礼を言うと、彼は立ち去った。二十分後、母は裏戸をノックする音を聞いた。母が開けると、アンディが言った。「またおはよう、お嬢さん。ジムが弁当を忘れたんだ」。母はアンディをキッチンに連れていき、カウンターに弁当があるのを見つけて、彼に手渡し、ご親切に、と感謝した。

するとアンディは、椅子《いす》に腰かけて、弁当を食べはじめた。

ジム・ファーロング
ヴァージニア州スプリングフィールド

ソフィスティケイテッド・レディ

弟がセントジョンズ高校の音楽奨学金に受かったとき、私は十八歳で、ウィスコンシン大学に通っていた。美しい秋の午後、弟は初めてコンサートで演奏することになっていた。実家からの命令で、私も出席する破目になった。両親が午前十一時にラングドン・ホールの前で私を拾ってデラフィールドまで連行する手はずを整えた。高校生楽団のコンサートをおとなしく最後まで聴くなんて、遊びざかりだった当時の私としては、冗談じゃないという気持ちだった。

両親と一緒にロビーで弟が来るのを待っているあいだに、私は思いついた。経験豊かで、魅力的な、垢抜《あかぬ》けた姉を演じてやろう。きっと生意気なガキたちを魅了してやまないはずだ。赤い肩帯を掛けた、兵隊気どりのさえない坊やたちに見せつけてやろうと、私はもどかしげに七センチのヒールで床をトントン叩《たた》いて退屈そうなポーズを決め、時おりあくびや深いため息を混ぜることも忘れなかった。

弟はなかなか姿を見せず、私は化粧室に行った。しばらくして戻っていくと、部屋にいたみんながクスクス笑って、にやけている。私が垢抜けたステップを踏むたびに、十メートル以上のトイレット・ペーパーの帯が私の靴にくっついてずるずる引きずられていたのだ。

ジョーン・ヴァンデン・ホーヴェル
ウィスコンシン州マディソン

初めて司祭服を着た日

もうすぐ十月も終わろうという、美しい、よく晴れた日のことです。その日、私は歯医者の予約を入れていました。当時の私は、司祭ではありませんでした。神学校の生徒で、宗教団体の一員ではありました。あれは、誓願式を受け、正式な会員となってから二か月ほど過ぎたころでした。いつの日か、司祭になりたいとは思っておりましたが、それはまだ何年も先の話です。神学校での私たちは、カソックと呼ばれる法衣を着ておりました。腰のところがぎゅっと締まった長い黒服で、サージ生地でできています（夏はとても暑いです！）。誓願を終えた者が外出するときは、伝統的なローマンカラーと、カトリックの神父がよく着ている黒衣を纏《まと》います。そのときの私は誓願後、まだ一度も外出したことがなく、カラーも黒衣も身に着けたことがありませんでした。しかし、この十月の晴れた日、私は歯医者に行かなくてはならなかったのです。

ですから、この日こそ、私がカラーを着けて外出した記念の日なのです。

実のところ、私はその日、私にしては実に見栄《みば》えのよい姿をしていました。あのとき私は二十歳でした。高校ではずっと、ぽっちゃりした方――そうです、男子生徒のなかでも「大柄」な方でしたが、修練期間中（訓練期間の最初の二年間です）は断食日《だんじきび》を厳格に遵守《じゅんしゅ》するよう言い渡されておりました。赤ん坊のころから残っていた脂肪もそれで消えました。私は痩《や》せてすらりとした体になりました。自分でもいい気分でした。控えめに言っても、若いころのパット・ブーンにちょっとばかし似ていました。当時はそのことをはっきり自覚していたわけではありません。それまでの私は、自分が可愛《かわい》いだとか美男子だとか思えるような環境にはいませんでしたから。女の子もなし、デートもなし、何もありません。しかし、それでも、実際にローマンカラーを纏い、驚くほどぴったり体に合った黒衣を身に着けると、私は自分の姿にすっかり魅入ってしまいました。しかし私は、世界に飛び出そうとしているのです！　ひるむ思いに、私はすっかり自意識過剰になってしまいました。いよいよ歯医者に出かけようとバスに乗り込むと、人前に自分をさらしている感覚はますます強まっていきます。歯医者まで半ブロックというところでバスを降りて、街なかの通りを歩いていきました。神経をとがらせ、過敏に人目を気にしながら、歯医者までの道のりを進んでいきます。初めてそんな慣れない格好をした私は、司祭のように見えるけれども司祭ではありません。と、向こうから五、六人の小さな子供たちがやって来ます。みんな小走りに踊り、笑っています。なんと、彼らは仮装しています！　幽霊、魔女、熊《くま》……学校で開かれたハロウィーン・パーティーの帰り道だったのです。我が司祭服記念日はハロウィーンでした。みんなが仮装していたのです。

ユージーン・オブライエン
オハイオ州ハバード

ジューイッシュ・カウボーイ

そのとき、私は高校教師として至福の瞬間を過ごしていた。教室は静まりかえり、一人の生徒が行なっている社会科の発表にみんなが聞き入っていた。これは自分たちの文化遺産の特色を一点選んで調査する授業であり、ブルースは彼が十歳のときに改宗したユダヤ教を題材に選んでいた。彼はクラスメートたちに向かって、敬虔《けいけん》な祈りの儀式を実演してみせていた。少数の、きわめて大胆な若者だけが恥じらいもなくやってのけることができる類《たぐい》の芸当である。

ブルースは背の高い、ハンサムな最上級生だった。憧《あこが》れの的である彼が口を開くたび、クラスメートたちはうっとりと耳を傾けていた。みんなを前にして、彼は説明する。聖句箱を身に着ける行為は神聖なものであり、完全なる沈黙のなかで行なわねばなりません。教室中がじっと黙って、一団となって息をひそめている姿を見て、私は誇りに思うと同時に驚きを感じてもいた。ブルースは祈りを唱え、薄くて黒い革帯をゆっくりと腕に巻きつけてから、もうひとつの革帯を慎重な動作で額《ひたい》につけた。これほど完璧《かんぺき》で恭《うやうや》しい畏敬《いけい》の念を公立学校で目にするなんて、いままで想像すらできなかった。発表が終わると、生徒たちがおずおずと質問した。ブルースは専門家らしい根気を示しながら質問に答え、それが終わると、私の部屋に来て、一人静かに祈りを唱えながら革帯を外した。こうして、「いまどきの若者たち」への新たなる信頼で満たされた私は、それから一週間というもの、この確固たる信仰と、青年ならではの自己確信の物語を、相手構わずくり返し語りつづけた。

翌年、感謝祭休暇の直前に、卒業したばかりの生徒がよくやるようにブルースが学校を訪ねてきた。彼のことを尊敬してやまぬ子供たちの集団に向かって、彼が演説しているのが偶然耳に入った。何と、大学に入るのを当面延期し、目下南部のどこかでロデオ乗りをやっているのだと彼は話していた。紛れもない南部訛《なま》りを喋るようになり、ブルージーンズをはいて玄関の扉に寄りかかり、うしろのポケットにバンダナを無造作につっ込んでいる。生まれてこのかたずっと乗りつづけてきたと言わんばかりに、牛たちを操ることについて彼は語っていた。ほかの生徒たちが教室に帰ると、好奇心に駆られた私は、ブルースを脇の方に引っ張りこんだ。

「ねえブルース」と私は言った。「ちょっと知りたいだけなの。あなたが安息日を守ってロデオを休むことに、カウボーイ仲間はなんて言ってるの？」

「ああ、先生」彼は言った。「全部やめたんですよ。いまの僕は生まれ変わったんです」（訳注　「生まれ変わった」born againはふつう宗教に目ざめた人間が使う言葉）

ジェニファー・パイ
ミシガン州ロチェスターヒルズ

友を獲得し人を動かす方法

フロリダ州フォート・ローダーデールの公営団地建設には、市の建設課と、ホテル・レストラン委員会から派遣された建築技師、双方の承認が必要でした。その建築技師はリック・ライリーといい、ある日の朝早く、私は彼と会う約束をしていました。遅れそうだったので、右レーンを走り、信号待ちの車を一ダースばかり追い越しました。青に変わったときに車線を変えて、列の先頭に出ようというわけです。運が悪いことに、先頭にいたのはパトカーで、そこには「右折専用」という標識が立っていました。右折した私は、一方通行路と運河から成る迷路に迷い込み、にっちもさっちも行かなくなってしまいました。どうしても遅刻を避けたかったせいで、町へ引き返す道を探すのに気をとられるあまり、ほとんど前を見ていませんでした。ドスンと強い衝撃を感じたのはそのときです。車を停めると、大きな犬が目に入りました。私の車のうしろで横たわって、どうやら死んでいるようです。私は近くの家に駆け寄り、ベルを鳴らしましたが、誰も出てきません。隣の家まで走ってベルを鳴らすと、今度は、テニスウェアを着た若い女性がドアを開けてくれました。「犬をひき殺してしまって、警察を呼ばないといけないんです」私は言いました。「電話を貸してくれませんか？」

彼女は外を見て、言いました。「うちの犬だわ」

警察に通報したあと、私は彼女を落着かせようと努めました。やがて、コーヒーでもどうですか、と彼女が訊いてきました。私はうなずいて、キッチンの椅子に腰かけました。テーブルにはデール・カーネギーの本が載っていました。誰か講座を取っているんですか、と私は訊きました。当時私はデール・カーネギー協会の講座を管理していて、登録している生徒全員を知っていたのです。「夫です」と彼女は言いました。私がご主人の名を訊ねると彼女は言いました。「リック・ライリーです」

やれやれ、と私は思いました。仕事上この人物の同意を必要としている私は、たったいま彼の犬を殺してしまったのです。

私はライリー夫人に、彼女の夫君と会う約束をしていることを伝え、すみませんが旦那《だんな》さんに電話をかけて遅刻の理由を説明してもらえませんか、と頼みました。そして車に戻り、数分後には市庁舎に到着しました。リックの部屋めざして歩いていると、向こうから当のリックがしかめっ面《つら》で降りてくるのが見えます。彼はやって来るなり、私をぎゅっと抱きしめ、大きな声で言いました。「君にはすごい借りができたね、ジェリー。あの犬は年寄りで、目が見えなくなった上に、癌《がん》を患《わずら》っていたんだが、妻も私も安楽死させる勇気がなくってね。いくら感謝してもしきれないよ」

（訳注　題名 "How to Win Friends and Influence People" は、デール・カーネギーが一九三六年に出版し、一五〇〇万部のベストセラーとなった啓蒙書のタイトル。邦題『人を動かす』（創元社））

ジェリー・イェリン
アイオワ州フェアフィールド

パパは花粉症

父は明けても暮れても自分の鼻に悩まされ、すっかりその奴隷《どれい》と化している。父の考えでは、神は職場の仲間を笑わせるジョークとして鼻を創造し、非番である日曜日までに宇宙を完成しようとドタバタ急いでいるうちに、鼻のことなんかすっかり忘れてしまったのだ。父と神さまには多くの共通点がある。神はその御肩にすべての生きとし生けるものの運命を背負い、父さんは花粉症を背負っている。それでだいたいおあいこだと父は思っている。「神が花粉症でなくてよかった。本当だぞ」。四六時中、僕ら一家は父さんの鼻にふりまわされている。そうじゃないことなんて、ありえるだろうか？　我が家はまるで、何か悪意に満ちた存在に棲《す》みつかれたみたいな感じだ。僕たちがちょっとした気晴らし――デイリークイーンへの午後のドライブや、夕食後のモノポリー――を計画しても、父さんの鼻が拒否権を発動する。そして、鬼のいぬ間の洗濯とばかり父の鼻がまどろむすきに何とか実行に移した計画も、決まってそいつが、まるで不機嫌なスズメバチが顔に止まったみたいに突然目覚めてお流れになってしまう。ピクニックを道中なかばで引き返すか上映のさなかに映画館を出るかして、泣く泣く我が家に戻った僕らは、父さんのあとについて吸入器やスプレー式点鼻薬を探しまわることになる。「鼻が、鼻が、鼻が」と、探し物の名を唱えるかのようにはてしなくくり返す父を先頭に、僕らは五匹の食屍鬼《グール》のごとく部屋から部屋を探し歩いている。そんな僕らの姿を窓から見かけたら、警察に通報しない方がどうかしている。

バスルームの洗面台の前に立つ父の鼻の穴は、どちらも狂おしく詰まっている。目の前にはさまざまな武器が並べられている。点鼻薬、鼻腔《びこう》ドロップ、鼻栓、鼻腔クリーム、ヴィックスヴェポラッブ、カンフル油、オリーブオイル、モーターオイル、歯磨き粉、マウスウォッシュ、洗面台用洗剤、パイプ詰まり用洗浄剤、雷管。環境保護局の認可、産業許可証、ひいては周辺住民の避難が必要なくらい、父さんはこうした武器の組み合わせを進化させている。僕はドアのところに立って、父の姿を観察する。怪しげな薬品を混ぜ合わせ、それを鼻に塗りつけると、ぴくりとも動かずに、奇跡が起きるのをじっと待っている。まるで、父をその鼻から救い出すべく駆けつける騎兵隊の、遠くから響いてくる蹄《ひづめ》の音に耳を澄ましているみたいだ。しかし、相も変わらずラッパは鳴らず、軍隊もやって来ない。

「鼻が」

ときどき、それはあきらめの表明だったりする。いつでも手が届くよう腹の上にハンカチを載せてカウチに寝そべり、うなるのだ。「鼻が」。ときには、それは宣戦布告だったりする。特に、芝刈り機の修理など、集中力が要求されることに取りかかろうとするときなんかは。父は芝刈り機のそばにしゃがみ込み、ノミほどの大きさのネジをドライバーでねじ込んでいる。目は潤《うる》み、顔は紅潮し、ふくらんでいる。突然、エイリアンの侵略よりも突然に、何の警告もなく、父はドライバーを庭の向こうに投げつけて跳び上がり、まるで尻《しり》を刺したサソリを引っぱり出そうとするみたいにポケットに手をつっ込んでハンカチを出す。鼻をかむ。天に向かって顔を上げる。そして、大声で叫ぶ。

「鼻が！」

僕が六歳のころ。父さんは僕の自転車のチェーンを掛け直そうとしている。そもそもチェーンを外してしまうのが父から見ればおそろしい怠慢である。父はぶつぶつ文句を言っている。鼻から透明な液体のしずくが出てきて、原住民が着けるペンダントのように垂れていくのが見える。僕はそっと数歩あとずさる。父は鼻をすすり、袖《そで》で拭《ふ》き、またすすり、ぶつぶつと、人間の鼻などというお粗末な器官を設計した創造者を呪《のろ》う。そしてぱちぱちとまばたきし、これ見よがしに何度も余計にチェーンを引っぱる。しばらくして、鼻が完全に制御権を握る。父は手負いの獣のように吠《ほ》え、自転車をつかんで頭の上まで持ち上げ、道路の方に投げつける。サソリが出てくる。父が鼻をかむ。鳥たちは飛び去り、小動物は子どもたちを巣穴深くにせき立て、町じゅうの住民が腕時計に目をやり、なぜ正午のサイレンが十時二十五分に鳴っているのかといぶかる。父が放った轟音《ごうおん》は、その苦悩の叫びを伴って、貯水塔にこだまする。「鼻が!!!」

母はかかりつけの医師に父の鼻のことを相談する。父を誤解している母は、みんなに「ジェリーったら、隔膜がおかしいの」と伝える。母はいろんなパンフレットを持ち帰り、父のランチボックスに入れておく。そうしないと父が鼻のことを忘れてしまうとでも思っているみたいに。

僕が九歳の夏、僕らはフロリダで休暇を過ごす。母さんはサウスキャロライナのイトスギ庭園に行きたいと言う。父さんは気が進まない。「私の花粉症はどうなるんだ？」。母はハンドバッグを開く。なかには、ビーンバッグチェアをいっぱいにできるほどの風邪薬が詰め込んである。僕たち五人が州間密輸で逮捕される姿がありありと目に浮かんでくる。僕らはハイウェイ沿いに立っている。車の流れはトロトロとゆっくりになっていき、母さんのハンドバッグの中身が地面に散らばり、カメラマンたちは密輸物の写真を撮っている。

僕らはイトスギ庭園に行く。車を駐めるころには、父さんはもう、花粉症殿堂入りにふさわしい有様だ。

「鼻が」

あわてて母さんが風邪薬を取り出す。「ほら、これを飲んで」。母はプラスチックの折りたたみコップとオレンジジュースを満タンにした魔法瓶まで用意している。何としてでもイトスギ庭園を見たいのだ。「そんなもの役に立たん」と父さんは言うが、とりあえず薬を飲み込む。実際、役には立たない。

僕はその日を、怒りと当惑の日として記憶している。父さんの鼻は完全に僕らの旅行を支配していた。母さんと僕たち子どもはスキーショーを見たがったが、父さんの鼻は家に帰りたがった。僕らはピクニック場の柳の木の下で昼ご飯を食べようと思っていたが、父さんの鼻はかんしゃくを起こし、お前たち揃《そろ》いも揃って頭がおかしいのか、と訊いてきた。

父さんがキャンプ場の管理人たちにギャアギャア文句を言っているあいだ、僕は恥ずかしさにうなだれながら、くねくねした曲がり道を歩いている。「勝手にやるがいい。わしらみんなを殺すがいい！　あんたら生まれてこのかた吸入器なんか一度も使ったことがないんだろうよ！」。父は赤の他人に近づいて、ポケットナイフを持っていないかと訊ねる。「鼻が！」すっかり怯《おび》えきっている他人を前に、父は嘆く。「俺の顔から鼻をとってくれ！　ちょん、と切るだけでいいんだ。じゃなきゃ俺は死んじまう。この苦しみから解放してくれ」

トニー・パウエル
ケンタッキー州マリー

リー・アンとホリー・アン

高校最後の年、私は全米音楽教育者協会の大会に参加する州選抜聖歌隊の一員に選ばれた。会場には数百人もの学生が集まるので、参加者全員に席が割り振られていた。会場の三か所に、それぞれ座席表が貼《は》り出されている。私には、そのうちの二つではある席が、もうひとつの座席表ではその一列前の席が割り当てられていた。ちょっととまどったが、三番目の座席表が間違いなのだろうと思って、二つの座席表に載っていた席に座ることにした。リハーサル初日の途中、誰かが「ヘッフルバウアー！」と叫んでいるのが聞こえた。あたりを見回しても、誰も知っている人はいない。しかし、若い金髪の女性がその声に応《こた》えていた。と、いまだかつて経験したことのない出来事に遭遇したのだという思いが私の脳裏をかすめた。もう一人のヘッフルバウアーが現われたのだ。彼女の名前はリー・アン・ヘッフルバウアー、私の名前はホリー・アン・ヘッフルバウアー。座席が入れ替わってしまったのも不思議はなかった。私たちは知りあい、一度だけクリスマスカードを律儀《りちぎ》に出しあい、それきり連絡はとだえた。

それから七、八年後。私はいまだ生まれ故郷を離れることなく、ザ・ホリーという名前のアパートに住んでいた。バレンタインデー当日、かつて同じ聖歌隊にいたメンバーの葬式に出ることになった私は、その前に郵便物をチェックしようと家に戻った。しかし、郵便箱に鍵《かぎ》をさしても、開かない。郵便箱を見ると、たしかに「ヘッフルバウアー」とある。私はもう一度鍵をさしてみた。開かない。郵便箱を見直してみても、やっぱり「ヘッフルバウアー」と書いてある。しかし、その左の郵便箱にもやはり「ヘッフルバウアー」と書いてあった。私はそちらに鍵をさして、郵便物を取り出し、急いで葬式に向かった。ふたたび帰ってくると、向かいの部屋にリー・アンが引っ越してきたことを私は知った。彼女はオハイオからリンカンに戻ってきたばかりで、見たなかでは猫を飼える唯一《ゆいいつ》の部屋を借りたのだ。今度は、私たちは親友となり、やがてルームメートにもなった。二年前、私は彼女の結婚式で歌を歌った。

ホリー・A・ヘッフルバウアー
ネブラスカ州リンカン

私が毛皮を嫌いになったわけ

モリスおじさんはウィンデックス（訳注　青色の窓ガラス用液体洗剤）色の目をしていた。小指に指輪をはめて、フェルトの中折れ帽をかぶり、最高にカッコいいカシミアのトップコートを着ていた。ベーラムのトニックとキューバ葉巻の匂《にお》いがして、それが混ざりあった香りは、当時七歳だった私にさえ魅惑的だった。おじはいつも素敵な話をしてくれた。

若いころ、おじは家出してトロントに行き、少しのあいだ、マーリというリングネームでプロレスラーとして活躍していた。そのころ出会ったのがフェイおばさんとレイおばさんだ。モリスおじさんは女性に向かって「ノー」と言えない人で、言ってみようとしたこともほとんどなかった。そのため、おじは二人の両方と結婚することになる。

レイおばさんは人から好かれない性質《たち》で、自分の赤ん坊からもうっとうしがられた。彼女はモリスとのあいだにホワイティ・フォードそっくりの娘をもうけていたが、娘は生まれたその日から両親のどちらとも口をきかなかった。

フェイおばさんとのあいだには、アーウィンとシャーウィンという双子の男の子がいた。一人は賢くて、一人は「のんびり」していたようだが、どっちがどっちなのか私たちにはわかったためしがなかった。あからさまに訊いてはいけないと言われていたから、弟と私は何時間もかけて、つきとめてやろうと遠まわしにいろいろテストしてみたけれど、どうしてもはっきりした結論は得られなかった。二人の女性はそれぞれ町の反対側で、別々のアパートに住んでいた。二人はたがいのことを知っており、間違いなくモリスおじさんの魅力のなせる業なのだが、その取り決めに甘んじることに決めた。フェイとレイを満足させておくために、モリスおじさんは多大な時間と金を費やした。それは楽な仕事ではなかった。宝石類、最先端の電化製品、壁から壁まで敷きつめられた絨毯《じゅうたん》など、何でも二つずつ買ってやらないといけない。しかし、寒いカナダの町では、どちらの女性も、何より毛皮を欲しがった。モリスおじさんには、ひとつしか買う余裕がなかった。そこで、おじの時間の大半は、トロントの町を端から端まで車で往復し、フェイとレイのどちらも使えるようひとつの毛皮を運ぶことに費やされた。

冬はことさら大変だった。毛皮はミンクとしての価値よりも、寒さを防ぐコートとして町を駆け巡った。このことがモリスおじさんの体にたたった。コートをめぐるプレッシャーと、長年にわたるパストラミとレッドポップの食事が相まって、心臓発作はほぼ必然に思えた。

モリスおじさんが胸をかきむしってテーブルから立ち上がり、床に倒れこんでしまったほんの少しのあいだに、コートは消え去った。一族はすぐさま二分され、元に戻ることはなかった。あちこちに広がる親戚《しんせき》をつなぐ複雑な結び目は、二つの陣営に分かれていった。一方はフェイがコートを持っていると考え、他方はレイが持っていると考えた。嘘《うそ》が語られた。真実が語られた。嘘と真実は等しく害を及ぼした。わめき声が上がった。泣き声もあった。小さなアクセサリーがいくつも盗まれた。コートは二度と現われなかった。

数年後、私は母を手伝って、地下倉庫を掃除していた。「何、これ？」と私は言いながら、虫が食った熊《くま》の着ぐるみみたいなものをクローゼットの奥から引っぱり出した。防虫剤とシャリマールの香水の匂いが紛うかたなく漂うなかで、罪の所在を語る沈黙が広がった。私は母を見た。母は私と目を合わそうとはしなかった。「何てことなの」と私は息を切らして言った。「これ、フェイとレイのコートじゃない！　母さんが盗《と》ったのね！　母さんだったのね！」

一四七センチの母は、信じられない力と剣幕で部屋の向こうから飛んできて、私を壁に押しつけた。そして、私のシャツをつかんで、脅すように言った。「絶対に言っちゃだめよ」

「落ち着いてよ」訴えるように私は言った。「もし私を殺したら、弟と二人きりでとり残されることになるのよ」

つねに現実主義者たる母は、手の力を緩め、当面の問題に目を向けた。「どうしたらいいかしら?」と母が訊いてきた。私にはわからなかった。下手に母が告白なんかしたら、殺されてしまうだろう。

私はコートを持ち上げた。すごく大きくて、重かった――フェイとレイは大柄な女性だったのだ。私はコートを着て、鏡に映してみた。ちょうどそのとき、二歳の息子がよちよちと部屋に入ってきた。息子はひと目私を見るなり、大声で叫び出した。叫んで、叫んで、私がコートを脱ぐまで叫びやまなかった。

フレディ・レヴィン
イリノイ州シカゴ

エアポート・ストーリー

私の友人リーとジョイスが住んでいるヴァーモント州ノース・シュルーズベリーは、ボストンのローガン国際空港から車で約四時間の場所にある。一九七〇年代のこと、シカゴに住むジョイスのおじが亡《な》くなった。そこでジョイスは、ローガンまで車で行って飛行機で葬式に向かうことにした。

東に向けてグリーン山脈を越えていったが、そのうちに、気もそぞろだったせいで右に曲がるべきところを左に曲がってしまった。逆方向に三十分走りつづけて、やっと間違いに気づいた。遅れてしまうかもしれない、とパニックに陥りかけながら、ジョイスはUターンして大急ぎでヴァーモントをつっ切り、ニューハンプシャーの隅を抜けて、ローガンまであと三十分というところまで来た。空港への出口を示す大きな標識が見えたので、ハイウェイを降りる。そして空港への標識を順々にたどっていき、やっとのことで着いた——格納庫の二つあるだだっ広い原っぱに。彼女が追っていた標識は、ニューハンプシャー州マンチェスターの地方空港を指していたのだ。

いよいよ本当に急がないと、飛行機に間に合わない。全速力でハイウェイに戻って、南へ下ってローガンに着き、駐車場から空港に飛び込んで、いまにも飛行機が出てしまうから先に行かせてほしい、とチケットカウンターでほかの乗客たちに頼み込んだ。割り込ませてもらって、真っ先に空いたカウンターに飛んでいった。次のシカゴ行きにどうしても乗る必要があるのだと言って、小切手帳を取り出す。が、見れば小切手帳には一枚の小切手も残っていなかった。

唯一《ゆいいつ》持っているカードは、某ガソリンスタンドチェーンのカード。持っている現金は、一ドル札が一枚きり。チケットを買うすべはなかった。

落胆し、いまにも泣き出しそうになった彼女は、なけなしの一ドル紙幣を使って親戚に電話し葬式には出られそうもないと伝えることにした。涙がこみ上げてくるとともに、両替機が目に入った。これで公衆電話が使える。一ドル札を入れた——出てきたのは、マサチューセッツ州営の宝くじが二枚。両替機なんかじゃなかったのだ。涙が流れ出すなか、通りがかった男が彼女の肩をぽんと叩いて、言った。「くよくよしなさんな、お嬢さん。生涯最高の買い物だよ」

いまやジョイスの望みはただひとつ、独りきりになって、静かに泣くことだけだった。彼女はトイレに入っていった。

個室はどれも有料だった。

構うもんですか、と彼女は胸のうちで言った。もうプライドなんて残ってないもの。

一人になって思いきり泣きたいだけ。彼女は四つんばいになって、金属製のドアの下を這《は》いはじめた。
半分ばかり進んだところで、女性の声が聞こえてきた。「悪いわね——ここ、使用中なの」

ランディ・ウェルシュ
コロラド州デンヴァー

雛鳥《ひなどり》狂騒曲

それはルイジアナでの八月、父が研修医たちのために毎年恒例のパーティーを開いたときのことだった。風はなく、湿気でむしむししていた。私はガンボ（訳注 鶏肉や魚などを一緒に煮込んだオクラのスープ）に入れる魚のはらわたをとっていた。この恒例行事に際して、父は食事にはあまり金をかけなかった。お金の大半は酒につぎ込まれたのだ。アルミシンクの底に魚のうろこがへばりついて、雲母《うんも》のかけらみたいにてかてか光っていた。

実家に住んでいるあいだずっと、研修医たちが父に逆らうのを私は一度も見たことがなかった。父は反対意見や異議に耳を貸す人ではなかった。私が窓越しに見ていると、父はそのミスター・ピックウィック（訳注 ディケンズの小説『ピックウィック・クラブ』の太った主人公）ばりのシルエットをわずかに揺らしながら、若き医師たちがやって来るのを待っていた。と、何かに気を引かれて、父はグラスで宙に小さな輪を描きながら、足下の地面に見入っている。ハウザー医師が早々と姿を見せた。彼が恩師のまわりでそわそわしているのが見える。牡蠣《かき》の殻を敷いた玄関前の道をのろのろと歩いてきたほかの研修医たちは、ツバメ用に作った三層の巣箱の下に二人が立っているのを目にとめた。ツバメは蚊の生息数を半減させると聞いた父が、このミニチュアの高層建築をツバメたちのために取り付けたのだ。

雛鳥が一羽、巣箱から転げ落ちて地面に横たわっていた。くちばしはかすかに開いている。父はその雛鳥の具合をじっくり調べ、二杯目のジントニックを飲み終えるころにはひどく感傷的になっていた。悲しそうに頭を振り、舌を鳴らす。雛鳥を巣箱にいる母親のもとに返してやるよう、父がハウザー医師に命令するのを聞いても、私は驚かなかった。

ハウザー医師は四メートル半の高さにある巣箱を見上げ、それから雛鳥を見下ろした。

「はしごはありませんか？」

「何を言っとるかハウザー君、巣箱のポールを登りたまえ」

ほかの研修医たちが半円状に集まって、遅く来たことを喜んでいるなか、ハウザー医師は雛鳥を手に、ポールを登ろうと何度か弱々しく試みた。

父は家のなかに戻り、もう一杯注いでから、また外に出ていった。グラスの氷を鳴らしながら、しばらくのあいだ巣箱の下に立っていた。

「ポールの下に車を停めて、屋根に登るんだ」

「わ、私の車ですか？」

「もちろん」と父は言った。

そこでハウザー医師は、巣箱の下まで愛車を移動させた。ボンネットに登り、つづいて屋根に乗り上げると、その体重でボンネットも屋根も波を打ってくぼんだ。巣箱には五十センチ届かなかった。

「無理みたいです」雛鳥をそっと抱えたまま彼は言った。

「やれやれ」と父は言った。

そこに、十歳になる私の弟のマットが芝刈り機を押して現われた。カーキ色のシャツに汗がにじんでいる。小さな芝の葉片が、ズボンの折り返しにあちこちくっついていた。

「マット」と父が言った。「ハウザーの肩に乗るんだ」

弟は蚊を一匹叩《たた》き落としたあと、言われたとおり研修医の集団の方に近づいていった。ハウザー医師は愛車に登り、弟も何とか彼の肩によじ登った。車の屋根の上でふらふらしている奇妙なペアの背後では、沼地の葦《あし》がくねくね揺れている。ツバメたちが巣箱を回りながらやかましくさえずり、侵入者たちに向かって襲いかかる。別の医師が恐るおそる、巣穴のすぐそばにいる弟に雛鳥を手渡した。弟は身を乗り出した。と、彼らはつんのめって倒れこんだ。みんなが倒れ込んだ。まずはマット、次に研修医、そして最後に雛鳥。

ドスンという鈍い音とともに、彼らは車に倒れ込み、牡蠣の殻を敷きつめた道に転がり落ちた。

「何てこった」ハウザー医師は叫んだ。

「父さん！　僕の腕が！」

弟の腕は、自分のものではなくなってしまったみたいに曲がって見えた。弟はもう片方の手を顔に当て、涙を隠した。牡蠣の殻が彼の体に食い込んだのだ。

研修医たちはすぐさま彼らを取り囲んだ。ひとりが添え木を探しに家のなかに駆け込んだ。別の研修医は救急箱を取りに自分の車に走った。二人がハウザー医師の様子を診た。

「動くなよ、ドン」と一人が言った。「救急車を呼んだ方がいいな」

騒動の最中ずっと、父は動きもせずに立っていた。父の注意は、雛鳥が牡蠣の殻に叩きつけられた場所にじっと向けられていた。

「何てかわいそうな小鳥なんだ」もう一杯ジンを注ぎながら父は言った。「何てかわいそうな小鳥なんだ」

アリス・オーエンズ＝ジョンソン
ノースキャロライナ州ブラックマウンテン

ラウンジカー

基礎訓練キャンプを終えたばかりの海軍新兵だったころ、二週間の休暇が取れた私は、父と妹たちに会いにマイアミへ行こうと決めた。ヴァージニア州ノーフォークで列車に乗って二、三時間が経ったころ、おなかが空《す》いてきたので、席を立ち、列車の反対側の端まで歩いてラウンジカーに行った。活気のある場所だった。町唯一の娯楽といった感じだ。私はハムとチーズのサンドイッチをがつがつ食べて、少なくとも二杯のコカコーラを飲み、そのあと一時間か二時間、何冊かの雑誌をぱらぱらめくりつつ、クールに見えるよう意識しながら、特に何をするでもなく過ごした。これが私の初めてのラウンジカー体験だった。翌日、今度はペーパーバックの小説一冊を手に、ふたたびラウンジを訪れた。それは誰かにもらった小説で、たしか『神の小さな土地』だったと思う。この日のラウンジはほぼ空っぽで、好きな席を選べた。私がゆったりくつろごうと選んだのは、車両の両端にある円形ブース二つのうちの一方だった。どちらのブースにも、フォーマイカ樹脂のテーブルが一卓置かれ、座席は快適なビニールシートだった。私は本をテーブルの上に置いて、バーに向かい、ラージサイズのコーヒーとデニッシュをひとつ買ってブースに戻った。かくして、どっかり腰をすえた私は、デニッシュを貪《むさぼ》り、本を読みはじめた。

ブースのうしろには、丸い穴がいくつかあいたステンレス製の火格子《ひごうし》があった。コーヒーをするたびに、私は紙コップをテーブルの上に戻し、ブースの背もたれに右腕をだらんと掛け、いとも優雅にそれをのばした。指が火格子をとんとん叩きはじめる。やがて私は、指を二本ばかり、穴に入れたり出したりしはじめた。その指を穴につっ込んだまま、読書に没頭する。しばらくして、コーヒーをもう一口飲もうと右腕を上げたとき、信じられないことに、指がついて来ようとしなかった。穴にはまって抜けなくなってしまったのだ。

馬鹿な、と私は自分に言い聞かせた。こんなこと起きるわけがない。しかし、何度やってみても、指は穴にはまったまま。ラウンジはあとから来た客でいっぱいになってきた。すると、四人組のグループがやって来て、テーブルでトランプをしたいからもうお済みでしたら席を譲ってくれませんか、と訊いてきた。私は自分が陥った苦境を説明した。彼らはびっくりしたものの、ひどく同情してくれた。私の手を解放すべく、さまざまな試みが為《な》された。まず、氷嚢《ひょうのう》が試された。次にコールドクリーム。そして慰めの言葉。「リラックスして、落ち着いて、息を深く吸って！」。効果なし！　続いて、乗務員の一団が派遣された。うち一人は、いろんな工具が詰まった布製の道具入れを携帯していた。彼らはブースを取り外す作業にかかり、すぐさま火格子をむき出しの状態にした。そうして火格子のボルトを外すと、ラウンジカーの真ん中に、いまやしわくちゃになった青い軍服を長さ一八〇センチのステンレスに貼《は》りつけた私がいた。それでもなお、指はぴくりともしなかった。指は見るからにふくれ上がっていた。

やがて列車が停車すると、私は火格子やほかの一切合財とともに降ろされ、病院の救急治療室に運ばれた。困惑した研修医が彼なりに最善を尽くしてくれたが、何の甲斐《かい》もなかった。続いて私は病院の地下室にかつぎ込まれ、保守係がきわめて慎重に、私の手から火格子を糸のこで切り離してくれた。言葉にしようもなくほっとして、私は心の底からその保守係に感謝した。

翌日、私は元気いっぱいマイアミにいた。

ジョン・フラネリー
マサチューセッツ州フローレンス

ブロンクス流どたばた

アルはいつもゴルフセーターを着て、家の外に立ち、ゴルフに思いを馳《は》せていた。で、僕は近寄っていって、話しかける。「ゴルフに行かないか」と彼。「ちょっとなあ。それより、君んちの地下室でビリヤードしようぜ」と僕。

で、僕たちはそうする。階段を降りて、地下室の半分くらいある、でっかい玉突台でビリヤードをはじめた。でも、この玉突台の隣には、木の柱が居座っている。こいつで一階の床を支えてるわけだ。僕が長いキューを使おうとすると、きまってキューは柱にぶつかる。

「柱が邪魔で打てないよ」

「じゃあ、キューを削れば？」

「そいつはいい考えだ」。で、僕はそうする。

しばらくして、僕はもっといい考えを思いつく。「なあアル、この柱をとっぱらって、代わりに鉄の梁《はり》を入れればいいんじゃないかな」

「そいつはいい考えだ」とアル。

で、アルと僕と子供たちは、僕のステーションワゴンに乗って、一三八丁目とモリス・アベニューの角の店まで出かけ、七メートル近い鉄の梁を手に入れる。あんまり長いもんだから、梁はステーションワゴンからはみ出してしまう。道中ずっと、道路にぶつかり、ぴょんぴょん跳びはね、火花を飛ばし、煙を上げる。すると、子供たちが叫んだ。「ねえ、お父さん、見て！　鉄が燃えてるよ」

アルと僕が二人揃ってふり返ると、たしかに、車を停めて梁を冷やさなくちゃいけない事態になっている。家に戻るとすぐ、僕らは梁を玄関前の道に置く。「このでっかい梁、どうやって家のなかに入れようか？」

コンクリートの壁に六十センチほどの穴を開ければいい、と僕。そうすれば、地下室の天井の下に梁を滑り込ませることができる。

で、僕たちは穴を開けた。僕はアルに言う。鉄の梁を運び込む前に、ほかのところをジャッキで支えて、木の柱の分を補強しないとね。古い柱をとっぱらう前に家の方が壊れるなんてごめんだからね。

僕らは真夜中まで作業に取り組む。そのころにはくたくたに疲れきっている。で、僕は家に帰る。次の日の朝、六時ごろ、アルから電話がかかってくる。「助けてくれ！」と彼。「何か変なんだ。階段から水は落ちてくるし、子供たちはぎゃあぎゃあわめいてる。ドアが開かなくて、風呂場《ふろば》からも寝室からも出られないらしいんだ」

僕は走って、通りを渡る。すると、アルがゴルフクラブとゴルフセーターを持って家の前に立ち、子供たちにどなっている。「水を止めろ！　トイレを流すな！　母さんが一階で、テーブルの上に乗ってシャンデリアと天井を両手で支えてるんだぞ！」

家のなかに入ると、たしかにその通りの光景が飛び込んできた。アーリーンがテーブルの上に乗って、シャンデリアと天井が落ちてこないよう踏んばっている。それから、アルが二階に駆け上がり、ドアを開けて子供たちを外に出してやる。僕は地下に駆け降りて、水を止める。ふり向くと、僕らが壁に開けた穴からリスたちが飛び込んでくるのが目に入る。短く削ったキューが何本かまだ玉突台の上にあって、リスたちがビリヤードしているみたいに見える。

一階に上がると、僕の奥さんがいて、こっちに向かって叫んでいる。今日は私たちの結婚記念日なのよ。カナダのホテルに予約してあるの、忘れたの？　急いで、急いで、もう行かなくちゃ。

僕はアルを見る。次に、びしょ濡《ぬ》れになったアーリーンと、手すりを滑って降りてくるアル・ジュニア、それから、やっぱりびしょ濡れになりながら、膝《ひざ》をついてうしろ向きにハイハイして階段を降りてくるキースを見る。二階では女の子たちが叫んでいる。

「あたしの服どこ？　ここにあるの全部びしょ濡れよ！」

で、僕はあらんかぎりの声で叫ぶ。「ストップ！　アーリーンをテーブルから降ろすんだ。このしっちゃかめっちゃかを片づけて、アルがゴルフに行けるようにしよう」僕はアルに言う。「僕は結婚記念の旅行に出かけなくちゃいけないけど、戻ってきたら、また元通りになるよう手伝うからね」

もちろん僕は戻ってくる。すると、もうすでに天井にはアーリーンによって石膏《せっこう》ボードがはめられたあとだ。そいつにしっくいを塗って家の残りにもペンキを塗ってほしい、と彼女に頼まれる。で、僕は言われたとおりにする。でも、まだ僕は事の真相を聞かされていない。アルが言う。「あの日、君が来るほんの少し前に、大工を呼んで、傾いた家に合わせてドアを削ってもらったんだよ」。僕はこのことを知らなかったわけで、至極当然の結果として、僕らがジャッキやら何やらで家を補強したことで家がまっすぐになってドアが開かなくなったというわけだ。

はっきりさせておきたいんだが、こいつは普通の家じゃない。まるで、昔の漫画の『靴の中に住んでいたおばさん』にあった、四十人の子供たちが窓から外をのぞいてるような家なんだ。でも、もちろん、アルは気にしちゃいない。彼はいつもアーリーンに言っている。「壁にしっくいとペンキを塗るのを忘れないようにな。それから、色をしっかり選ぶのと、寝る前に子供たちに食べさせるのも。俺はゴルフに行くから」。彼女は決まってこう言う。「わかったわ」。でも、どういうわけだか、彼女がわかったと言うたびに、またもう一人子供がひょっこり現われる。ここにはそこらじゅうに子供がいるのだ。

ジョー・リゾ
ニューヨーク州ブロンクス

ヒグリーでの一日

ある日、まだ若き公認会計士だった私は、アリゾナ州ヒグリー近くにあるクライアントの農場を訪ねた。私たちが話していると、網戸を引っかくような音が聞こえた。クライアントが言った。「こいつを見てください」。彼は網戸のところに行って、扉を開け、かなり大きなヤマネコを部屋のなかに入れた。生まれてすぐアルファルファ畑で拾われて以来、ずっと家族の一員なのだという。網戸が開くと、ヤマネコは浴室に駆け込み、便器に飛び上がって、用を足そうとしゃがみこんだ。終わると、床に飛び降りて、うしろ足で立ち上がり、体を伸ばして、水を流した。

カール・ブルックスビー
アリゾナ州メーサ

見知らぬ隣人

STRANGERS

七十四丁目のダンス——一九六二年八月、マンハッタン

引っ越してきて三日目の、うだるような夕方。ワンルームのアパートは、まるで蒸し風呂だ。わたしはドライバーと金づちを使って、一つしかない窓枠にへばりついているペンキを削る。一気にぐいっと窓を押し上げると、頭を突き出して、どこまでも続くブラウンストーンの壁を左右に見渡す。

すぐ隣の階段口に、アパートの住民たちが三々五々、出てきはじめている。階段には茶色い肌の赤ん坊を抱いたお母さんが座っていて、赤ん坊が口を歪《ゆが》め、体を弓なりにそらして泣きだすと、その口にお乳を含ませる。トルコブルーのズボンに透明ビニールのパンプスをはいたお母さんは、火傷《やけど》しそうに熱いひび割れたコンクリートに新聞紙を敷いた上に足を組んで座り、爪先《つまさき》から一方の靴をぶらぶらさせている。赤ん坊をおっぱいに吸いつかせながら、細いシガーとビールの瓶を交互に口に運んでいる。

そこにランニング姿のお父さんが、悠然と現れる。片手にラジオを下げ、もういっぽうの手には、ホウキをひきずった二、三歳の子供を連れている。子供は階段を掃こうとするが、途中で気が変わって、ギターを弾く真似をはじめる。あっちでもこっちでもキ

ッチンから椅子《いす》が持ち出され、〈タブ〉や〈セブンナップ〉や〈ラインゴールド〉の六缶パックが運び出される。

階段の下に置かれた火鉢《ひばち》から、黒インゲンとサフランライスの匂いが、ぷんとここまで上がってくる。お母さんは、目の覚めるように赤い髪を一つにゆわえ、「グリスティーディス・マーケット」と書かれた段ボール箱の中に赤ん坊を寝かしつけると、両手を腰に当てて、ゆっくりと円を描くように踊りはじめる。それからふと踊りやめ、連れ合いのところにそっと近づいていって、太腿《ふともも》を膝で軽く押す。ラジオのカリブ音楽のリズムに合わせ、二人は体をゆらし、くねらせ、跳ね、踊る。子供が木のボウルとスプーンで伴奏する。お父さんが、やるな、という顔でにっこり笑うと、のぞいた金の門歯がぴかりと光る。やがて歩道はボンゴを持った人々であふれ、それでも段ボールの中の赤ん坊はすやすやと眠っている。

その光景を、ネブラスカから出てきて一年、まだ二十歳のわたしは、あっけに取られて眺めている。すると下のお祭り騒ぎのなかから、さっきのピカピカ金歯のお父さんがひょいと顔をあげ、わたしに向かってこう叫ぶ。

「よう、姐《ムチャチャ》ちゃん！　タバコ、持ってないかい？」

キャサリン・オースティン・アレグザンダー

ワシントン州シアトル

ビルとの会話

私はチェサピーク湾にある大学の研究所で海洋生態学の研究をするために、妻とともにメリーランド州南部に移り住んだ。居を構えたのは、小さな鄙《ひな》びた田舎町だった。いちばん繁華な通りでさえ、申し訳程度に店が並んでいるだけだった。食料雑貨店、酒屋、床屋がそれぞれ一軒ずつ、その他にいくつかの店がちらほら。そんななかにバーが一軒あり、用事のない金曜の夜には、よくそこに寄ってビールを一、二杯飲み、気が向けばピンボールをやった。店には毎日のように顔を出す常連グループがいた。みな地元の人間で、海で漁をしていたり、近くの発電所に勤めていたり、近隣一帯の住宅建設を請け負っている建築会社で働く男たちだった。私は彼らのなかに溶け込みはしなかったが、彼らの釣りの話を聞くのは好きだった。ことに昔の湾をめぐる話は素晴らしく面白く、聞いていると、不思議な幻が目の前に立ち現れてくるようだった。この一団は、バーテンたちから「サイダーヘッズ」と仇名《あだな》されていて、カウンターの、入口に近いあたりが指定席になっていた。

その日はクリスマスイブで、店にはたまたま誰も知った顔がいなかった。私はひとりでギネスをちびちび飲みながら、あす妻と一緒にコネチカットの私の実家に帰り、クリスマスを両親と過ごす予定になっていることについて、ぼんやり考えていた。ふと気がつくと、「サイダーヘッズ」の一員であるビルが、こっちに来いという風に手招きしているのが見えた。ビルとはここ二年のあいだに幾度となく顔を合わせていたが、口をきいたことは一度もなかった。べつに意見を交わしたりはしないけれども、相手のことはじゅうぶんに尊重する、といった暗黙の了解のようなものが、彼と私のあいだにはできあがっていた。

だから彼が急に話しかけてくるというのは、ちょっと意外な気がした。ふと湧いた思いに素直に従った、そんな感じだった。型通りの挨拶《あいさつ》をすませ、当たり障りのない世間話を少しだけすると、ビルはいきなり長い身の上話を始めた。すでに何杯かひっかけているらしく、ほろ酔い加減で、俺は漁師でね、と何度も繰り返した。彼は、海をとても愛していることや、海の生態系にいかに魅入られているかというようなことを、熱をこめて話した。そして新調したばかりの漁船のことや、つい最近修理に出すためにそれを港の外に出したことなどについて、慈《いつく》しむように語った。そのうちにクリスマスの話になり、お互いどんな風に過ごす予定かを話し合った。ビルは、自分は祖母《ばあ》さんと誕生日がおなじで、だから今でも一緒にお祝いをするんだ、もう向こうは相当な歳だがね、と言った。彼はその調子で、ふつうなら他人にはまず明かさないような人生の襞の奥の奥まで、どんどん私に打ち明けだした。私は少々面喰らったが、まあ今の時期はお祭りみたいなものだし、こういう機会にこの男と近づきになるのもわるくはない、と思った。

私たちは三十分ちかく話をした。やがてビルは腕時計に目をやり、もうそろそろ帰らなくちゃ、と言った——女房と子供たちが待っているんでね。そして私の肩に腕をまわしてぎゅっと力をこめ、あんたと話ができて楽しかったよ、これからはちょくちょく話そうや、と言った。そうだね、と私も答え、握手をして別れた。

私はカウンターに腰を据えなおした。友人のカールが店に来ていた。私は彼にビルを知っているかと訊き、なぜよりによって自分にあんなに親しげに話しかけてきたのだろう、とたずねた。カールは首をひねり、普段はあんまりしゃべらない奴だがな、と言っただけだった。

人間の時間の感覚などというのは当てにならないもので、ましてやバーで酒を飲んでいたとなればなおさらだが、ともかくその時の私には、ビルが出ていったかと思うと、すぐにバーテンたちのあいだに動揺が走り、深い悲しみに包まれたように思えた。店のざわめきがぱったりと止《や》み、客たちは小声でひそひそとささやき合っていた。何か良くないことが起こったらしかった。聞いてみると、ビルが家へ帰る途中で事故に遭ったのだった。小型トラックのスピードを出しすぎて道を飛び出し、硬木《こうぼく》の密集する林に突っ込んだ。即死だった。

私は激しいショックを受けた。その時の衝撃は、とうてい言葉で表わせそうにない。私はカールに、おそらく自分はビルと話した最後の人間だろう、と言った。それまで一度も口をきいたこともなかった私に、ビルは自分の人生のすべてを、ごくささいな個人的なエピソードまでも、洗いざらい語っていったのだ。まるで、これから自分の身に何かが起こることを予期していたかのように。

しばらくして、私は嘆き悲しむビルの友人や縁者たちから逃れるように、店の外に出た。カールと二人で駐車場に立っていると、事故現場から戻ってきたのだろう、パトカーが何台か通りすぎた。その後ろに、無残な姿になったビルのトラックを牽引したレッカー車が続いた。フロントガラスはでたらめに張ったクモの巣のようにひび割れ、街灯の光を受けてきらきら輝いていた。原形をとどめないほどにひしゃげた車体が、衝突の激しさを物語っていた。レッカー車は交差点で少しのあいだ停まり、やがてまた走りだした。その姿が闇に呑み込まれていくのを、私たちは黙って見送った。

ジョン・ブラウリー
マサチューセッツ州レキシントン

グレイハウンドに乗って

五月の終わりか、もしかしたら六月のはじめだったかもしれない、わたしはリノからバスに乗った。一九三七年のことだ。

乗り込んで、最初に見つけた空席のところで立ち止まり、「ここ、いいですか？」とたずねた。窓側に座っていた女の人は、ちょっと迷惑そうな顔をこちらに向けたが、黙ってうなずいた。お婆《ばあ》さんで（といっても今のわたしよりは十歳ほど若かったのだろうけれど）、背筋をしゃんと伸ばして、高価そうな服を着ていた。当時の言葉で言えば〝上流夫人〟といったおもむきだった。とてもグレイハウンドに乗るようなタイプには見えなかった。この人なら上等の寝台列車で旅することもできただろうに、なぜバスなんかを選んだのだろう、と不思議でならなかった。わたしはとうとう思い切って訊いてみた。

返ってきた答えのあまりの剣幕に、わたしは飛び上がった。「どうしてかって？　この国が滅びる前に、見納めしておきたかったからよ！　あのローズヴェルトって輩《やから》にやらせといたら、いずれこの国はなくなってしまうんだから！」

わたしはローズヴェルトのファンだったが、そのことは黙っておいた。ローズヴェルト嫌いの人たちに理屈は通用しない。それに、議論をする元気などなかった。わたしがリノに行ってきたのは、当時のお定まりの理由、離婚のためだった。帰りのグレイハウンドの中で、わたしは嬉《うれ》しいのと情けないのが半々の、おかしな心持ちだった。自由の身になれたことは嬉しかったけれど、そもそも馬鹿《ばか》げた結婚をしてしまったことが情けなかった。わたしは二十三だった。

お隣りさんは次の街で降りていった。一日二日ゆっくりして、また祖国見納めの旅を続けるのだと言っていた。窓際《まどぎわ》の席に移ると、太った女の人が隣に座った。とたんに居眠りをはじめ、ずっといびきをかき通しだった。

ジーンとどうやって知り合ったかって？　もちろん休憩所でだ。バスの長旅では、合間合間の休憩所は、何にもましてありがたい。バスを駐車場に入れながら、運転手さんが言う——「えー、ご婦人用は右、紳士用は左。停車時間は五十分です」。するともう乗客たちは、そわそわと身支度したり、小声でおしゃべりしたりしはじめる。

バスの中では乗客は二人ずつに区切られているけれども、休憩所では自由に行き来できる。元気に走り回る人もいれば、売店でホットドッグを買って、立ったまま頬張る人たちもいた。長時間座りづめで痛むお尻《しり》を休めるために、みんな休憩のあいだはずっと立っていた。

何度目かの休憩所で、いつもわたしと同じところで笑う、同じ年頃の若い女の子がいるのに気がついた。一緒に笑うというのは、絶対確実なお近づきのきっかけだ。わたしたちはどちらからともなく話をはじめた。ジーンは笑顔が人なつこい、小柄なブルネットの女の子だった。わたしは彼女より背が高くて――少し高すぎるのを気にしていた――髪は薄い茶色だった。たしか二人とも、ふくらはぎ丈の、裾《すそ》のたっぷりとしたサッカー地のワンピースを着ていた（サッカー地は涼しいし、初めから皺《しわ》が寄っているので都合がいい）。まだまだ女がスラックスをはくような時代ではなかった。

ジーンは、カリフォルニアの伯母さんの家に下宿して大学に通っていたが、これからペンシルヴェニアの実家に帰るところだ、と言った。わたしはもう学校を出たのでこれから就職しようと思っている、と話した。

バスに戻ると、わたしたちは何人かの人に掛け合って席を代わってもらい、隣どうしに座った。二人並んで、新しくできたばかりの『タイム』という雑誌や、トマス・ウルフの小説を――トムではない、本家のトマス・ウルフだ――読んだ。焼けつくような陽《ひ》射《ざ》しを呪《のろ》いながら、交代で窓際の席に座った。運転手さんの肩ごしに大きなフロントガラスの向こうを透かして見ると、二車線のハイウェイはどこまでもまっすぐ伸びて、決してたどりつけない涼しい湖のような、ゆらめく蜃気《しんき》楼《ろう》の中に消えていた。

わたしたちは話し、笑い、そしてまた話した。合間に、すこし眠った。他の人に聞こえないように、小さな声でそっと「ダウン・バイ・ジ・オールド・ミル・ストリーム」や「スターダスト」をハーモニーした。ジーンは一度も本当の恋をしたことがないと打ち明けた。どれもこれも片思いばかりだった。それから将来は先生になりたいとも言った。「だって、人に何かを教えられるのなら、何だってできるはずじゃない？」

わたしは離婚のことを話した。ジーンは驚いた顔をしたが、わかってくれた。話せば話すほど、彼女がとてもしっかりした、地に足のついた人だということがわかってきた。年上のわたしのほうが、よっぽど弱くて、ふわふわしていた。

旅が長くなるにつれ、しだいに乗客たちも疲れてきて、車内の雰囲気がピリピリ、イライラ、嫌な感じになってきた。そこでジーンとわたしは少し休むことにし、ネブラスカ州のオマハで降りて一泊した。高い山々の懐《ふところ》にいだかれた美しい丘を、二人でのぼったり下りたりした。ただ空気を吸うというだけのことが、こんなにも心地よいのだということを、わたしは生まれてはじめて知った。

二人で次の朝ふたたびバスに乗り、そこから先は快調だった。ジーンがペンシルヴェニアで降りるとき、わたしたちはきっと連絡を取り合おうと誓いあった。

驚くべきことに、その約束は本当に守られた。六十二年間、大陸のあちら側とこちら側で、わたしたちは年に一、二度、欠かさずに手紙のやり取りをした。ジーンは九年前から知り合いだったＧＩと突如恋に落ち、結婚して南カリフォルニアに移り住んだ。わたしも再婚して、今度はしくじらずにうまくやっていた。一九九九年のはじめごろ、ジーンのほうから会わないかと言ってきた。わたしは迷った。これほど長く続いた友情なのだから、もう思い出のままそっとしておいたほうがいいのではないかと思ったのだ。けれどもジーンは是非にと言った。そう言ってくれたことを、わたしはありがたく思う。

八月のある週末に、わたしたちは会った。二人とも八十過ぎの、やもめのお婆さんになっていた。相変わらず片方はのっぽで片方は小柄、どちらも太りすぎず、でもまだグラマーだった。きれいに整えた髪は灰色から白に変わりかけていたけれど、二人とも、わたしに言わせれば、まだまだ充分にいい女だった。これまでに、二人合わせて心臓の発作を三度、軽い卒中を一度、白内障の手術を三度乗り越え、他にも甲状腺《こうじょうせん》や肺気腫《はいきしゅ》、数えきれないほどの関節炎を抱えていた。いっしょに仲良く山のような薬を飲み、老眼鏡を手放せず、足元はおぼつかなかったけれど、まだ杖《つえ》なしで歩けた。補聴器のお世話にもなっていなかった。

わたしたちは丸二日間、それぞれの人生や昔話を語りあい、心の底から笑った。わたしは自慢の二人の息子のこと、それからさして自慢にならない仕事のことを話した――あとのほうのは、ひと花かふた花は咲かせたものの、けっきょくは長続きしなかった。その点、ジーンは大したものだった。高齢者向けの人材センターを自分で立ち上げて運営し、世界各国の高齢者事情を調査する全米委員会のメンバーにも選ばれていた。中国やロシア、南アフリカを旅してもいた。

日曜の夜の、最後のディナーのとき、ふと、こんな話になった。もしも今までの人生を、何ひとつ変えないで、そっくりそのままもう一度生き直していいと言われたら、そうしたい？

ジーンは生きたいと言い、わたしはもうたくさんと言った。

言ってから、顔を見合わせた。

「つまりそれはどういう意味なのかしら？」彼女が言った。

「意味がなくちゃいけないの？」

「そう思うけど」

「つまり、あなたは幸せだということよ」

「かもしれないわね」とジーンは言った。「そしてあなたは幸せだけれど、自分にちょっぴり点が辛いのかもしれない」

「かもしれないわね」

それから、わたしたちはシャンパンのグラスを持ち上げ、盛大に乾杯をした。そして二人の再会にも祝杯をあげ、会えたことを心から喜びあった。次の日、わたしたちは別れた――また会おうなどと野暮な約束はせず、ただ、たっぷりと別れを惜しみあって。

ベス・トウィガー・ゴフ
ニューヨーク州ウェストナイアック

ニューヨーク小話

一九七九年、わたしはマンハッタンのアッパー・ウェストサイドに住んでいた。西八十五丁目四十七番地、コロンバス・アベニューとセントラルパーク・ウェストにはさまれた一角だ。当時、そのあたりは変遷《へんせん》の途中だった。コロンバス・アベニューの西側はまだ労働者街だったが、通りの反対側は、急速にお洒落《しゃれ》な街に生まれ変わりつつあった。貧しい人々と若いエグゼクティブが、互いに相手を煙たく思いながら共存していた。

わたしが雀《すずめ》の涙ほどの稼ぎでどうにかこうにかしのいでこられたのは、一九七六年からずっと、低所得者向けのアパートに住みつづけてきたからだった。ブラウンストーンの古い建物の内部を細かく仕切って、小さな部屋をいくつも作ってあった。間取りは二間つづきの自称「ペントハウス」で、他に庭つきの「ガーデン・アパートメント」が一世帯だけ――それだって雑草だらけの、猫のおしっこ臭い、プラタナスの木がはびこる裏庭があるだけだった。大家はヤブロンズさんという、気の短い、頭がはげかかった四十代の男の人だった。ヤブロンズさんは、このアパートを自分と母親のためのセカンドハウスに建て替えようともくろんでいて、あの手この手でわたしたち住民を追い出そうとしていた。

大家とわたしの関係は、気まずくなるいっぽうだった。家計が火の車で、家賃の払いは滞りがちだった。しまいには現金しか受けつけてくれなくなったため、わたしは家賃の支払日になると給料の小切手を現金化し、アッパー・イーストサイドにある大家の小じゃれたオフィスまで届けなければならなくなっていた。

一致団結して大家に対抗しようと、わたしはいつも他の住人たちに呼びかけていた。大家が何かケチな小細工を弄《ろう》するたびに、決起集会と称して、みんなでわたしの部屋に集まった。白ワインをがぶ飲みし、日頃のうっぷんを晴らして、大いに盛り上がった。

わたしは夏のニューヨークが好きだった。暑いけれど、人が少なくて静かなのがよかった。平日のあいだ、わたしは勤め先の舞台俳優協会まで、一マイルかそこらの道のりを歩いていった。人けのない通りの、涼しい日陰を散策しながら、古く堂々としたアパートの立ち並ぶセントラルパーク・ウェストから、キューバン・チャイニーズのテイクアウト店やユダヤ料理のデリがひしめくパッチワークのようなブロードウェイまで、つぎつぎ変わっていく街の顔を眺めるのは楽しかった。夜はときどきアパートの屋上までマットレスを運びあげ、街のざわめきを聞きながら涼しい風に当たった。別の時は、猫を抱いて裸足《はだし》で下りていき、玄関の階段に座りこんで、他の住人たちと一緒にバドワイザーを飲みながら八十五丁目の通りの音に聞き入った。当時はまだあのあたりも、のんびりしていた。あちこちのアパートの前に、お婆《ばあ》さんたちが折り畳み椅子《いす》を持ち出して座り、扇子をぱたぱたやっていた。どこの家も風を入れるために窓を開け放していたので、赤ん坊の泣き声やら、夫婦げんかの声やら、大きなテレビの音が、そこらじゅうから聞こえてきた。二階に住んでいるジャズミュージシャンのエリオットがクラブのセッションに備えて練習する音が、時には夜中まで聞こえた。

家賃の支払いが迫った、蒸し暑い木曜の夕方のことだった。わたしはお金を懐《ふところ》に入れ、食料品の大きな袋を二つ抱えて、いつもより早く家路についた。一刻も早く部屋に上がり、重い袋をおろして、扇風機のスイッチを入れたかった。あいにく外階段のところに誰もいなかったので、足で外玄関のドアを開け、体を横にして、郵便受けの並ぶ通路に入った。何となく誰かが一緒についてくるような気配はあったが、買い物袋を抱えなおし、鍵《かぎ》を出して内側のドアを開けるのに忙しくて、気に留めなかった。

ロビーに入ろうとしたとき、後ろから声がした。「有り金ぜんぶよこせ」

最初は何を言われているのかわからなかった。振り返って何か言おうとして、相手を見て言葉が止まった。背の高い、がっちりした体つきの男で、手に大きなナイフを持っていた。

わたしは何も言えず、男を見つめた。

男は言った。「金、よこせ」

考えるよりも先に言葉が出た。「あんた、馬鹿《ばか》じゃないの？　いま買い物してきたばかりなのよ。お金なんてあるわけないじゃない」。でたらめな理屈だった。我ながらぜんぜん説得力がない。相手だってそう思ったにちがいない。

「有り金ぜんぶよこせ。でないと刺すぞ」男は言った。

今この人にお金をあげちゃったら、どうやって家賃を払えっていうのよ、わたしは頭のなかでそう考えた。そんなことできない。このお金がないとすごく困る。

「いやよ」わたしは言った。「出てって」

男は面喰らったような顔をした。無理もない、向こうはナイフを持ったむくつけき大男で、こっちはか弱い女一人なのだから。

「有り金ぜんぶよこせよ」男はもう一度言ったが、前ほどの勢いはなかった。

「ここから出てってちょうだい！」わたしは言い返した。

「金をよこ……」彼がもう一度言いかけた。

「聞こえなかったの？」わたしがそれをさえぎった。「いいから出てって。今すぐによ」

男がふと階段のほうを見上げた。「そうだな」と彼は言った、「わかった」。そして来たときと同じように音もなく、ドアをすり抜けるようにして出ていった。

わたしはしばらくぼんやり突っ立っていたが、やがて膝がふるえだした。買い物袋を床に置き、ヌードルみたいにぐにゃぐにゃになった足を懸命に動かして、階段をかけあがった。エリオットの部屋のドアをどんどん叩《たた》いたが、返事がなかったので、もう二階上がって、ロバートの部屋に行った。ロバートはテレビ局のカメラマンで、昼でも家にいることが多かった。ドアが開き、彼が顔を出した。

わたしは今あったできごとを早口でまくしたて、警察まで一緒について来てほしいと言った。アパートから警察までは、ほんの二ブロックの距離だった。ところがロバートは、行ったって警察は動いちゃくれないだろう、と言った。結局何も盗《と》られなかったんだろ、だいたい何を言っても信じちゃくれないさ。言われてみれば、たしかにそうだった。考えれば考えるほど、行くだけ無駄だという気がしはじめた。するとロバートが寝室に向かったので、わたしもついて行った。彼はたんすの一番上の引出しを開け、ピストルを出した。目がぎらぎらしていた。

「ちょっと、それどうする気？」わたしはロバートに言った。

「別に誰も撃ちゃしないさ。ただちょっと、そいつを脅かしてやるんだ」。彼はわたしに、一緒に外に行って、その強盗未遂野郎を見つけようじゃないか、と言った。たぶん頭がちゃんと働いていなかったのだろう、わたしは言われるままにロバートについて部屋を出、階段をおり、通りに出た。けれどもそのへんを歩き回るうちに、とてもその男の顔を思い出せそうもないことに気がついた。わたしたちは中に引き返したが、ロバートはひどくがっかりしたような様子だった。

ナイフ男がなぜあんなにあっさり引き下がったのか、わたしにはわからなかった。ちびで、縮れっ毛で、丸顔でほっぺたの赤いこのわたしに恐れをなしたとは思えなかった。何の、あるいは誰の力が、彼を思い止まらせたのだろう？ 良心の呵責《かしやく》？ 天使のささやき？ それともヤブロンズさんの老母の神通力？ わたしは次の日、取るものもとりあえず家賃を払った。

何年かが過ぎ、わたしがウィスコンシンに引っ越したあと、ロバートがひどい鬱《うつ》状態になり、寝室に閉じこもったまま出てこなくなったと、風の噂《うわさ》で聞いた。話を聞いたかぎりでは、あのピストルは、まだ持ったままのようだった。

デイナ・T・ペイン
ヴァージニア州アレグザンドリア

わがあやまち

デイトンのタクシー会社で昼番の運転手をし、わずかばかりの時給をほそぼそと稼いでいた頃のことだ。一九六六年の夏、街は熱波に見舞われ、みんなも私も暑さでイライラしていた。そんなある日の午後、私はビルトモア・ホテルという、大きくて豪華だが、やや時代遅れになりつつあったホテルの前のタクシー乗り場で、客待ちをしていた。風のない日だったが、それでも少しは違うかと、窓はすべて全開にしてあった。運よく空港に行く客に当たればいいがと思っていた。

ところが、配車係から無線で呼び出しがかかった。新聞スタンドの「ウィルキーズ」に行って『レーシング・ガゼット』紙を買うように、と配車係は言った。それが済んだら繁華街にある「リベラル・マーケット」に行き、ショーンリング・ビールを六本と金魚の餌《えさ》の小瓶を一つ、それにホワイト・アウルというシガーを一箱買えという。買う店も銘柄も全部そこ以外は不可、代金は自腹で立て替えておくこと、と言われた。金はあとでお客さんが払ってくれるので、レシートを取っておくように。そうして配車係は、届け先の住所を言った。三丁目どこそこにあるアパートの3B。かなりさびれた一角だ。

私は渋った。せっかく空港行きのお客にありつけるチャンスをフイにしたくないということもあったが、それ以上に、自分の懐《ふところ》から金を出すのが嫌だったのだ。もしかしたら客が金を払ってくれないかもしれないし、悪くすると、手の込んだ強盗かもしれない。配車係は次第にしびれを切らし、このお客さんは常連さんだから支払いに関しては心配いらない、とっとと行くか、さもなければ他の誰かに行かせるから車を社まで戻してもらうかだ、と言った。そうまで言われては行くしかない。

だが、私は心の中でその客を呪《のろ》った。どうせ生活保護か何かで暮らしている甲斐性《かいしょう》なしで、自分の金魚に餌をやったり、自堕落な欲求を満たす品々を買うのさえ面倒がる、ぐうたらな人間にちがいない。あんなところに住んでいる奴に、それだけの金なんてあるわけがない。そんな人間のために使い走りをさせられるのが、むしょうに腹立たしかった。

私は「ウィルキーズ」に行って『レーシング・ガゼット』を買い、さらにその先にある「リベラル・マーケット」で金魚の餌とビールとシガーを買った。それから客の家に向かった。四階建ての、築百年は経《た》とうかというくすんだ煉瓦《れんが》づくりのアパートで、どうにかこうにか人が住めるといった体《てい》の場所だった。入っていくと、こういう場所につきものの、すえた煙草《たばこ》や、ベーコンや、カビの匂いがむっと鼻をついた。三階まで上がって廊下を進み、3Bと書かれた黒っぽい木のドアをノックした。すぐには返事がなかった。何かが床の上を進んでくる音がしたが、人間の足音のようではなかった。やっとドアが開いたものの、誰もいない。ところが、ふっと下を見ると、そこに人がいた。

その男はベニヤで作った小さな台座に乗って、こちらを見上げていた。ひどく痩《や》せた体つきで、黒い髪は薄くなり、白いTシャツに灰色のウールのズボンをはき、黒の細いベルトをしていた。脚は、ちょうど私の手のひらほどの長さを残して、根元でぷっつりなくなっていた。

両脚を失ったその男は、一間のアパートの中を、台座に乗って移動していたのだ。両手に筒形のゴムを持って、それでむき出しの木の床を押して進んでいた。ゴムは木槌《きづち》の頭ほどの大きさで、てっぺんに手を通すゴムの輪っかがついていた。

彼は丁寧に、心からの礼を言った。そしてビールは小型の冷蔵庫に――四〇年代後半ごろの骨董品《こっとうひん》クラスのフリジデアだ――シガーは簡易台所のテーブルの上に置いてくれと言った。その上に金魚鉢が置いてあり、餌をやってほしいと言うので、そうした。それから『レーシング・ガゼット』は、言われたとおり、くたびれたソファの前にあった古いガラスのコーヒーテーブルの上に置いた。

私は喜んで頼まれたことをやった。腹立たしく思う気持ちは、すっかり消えていた。新聞をコーヒーテーブルに置いたとき、宝石箱のような別珍の箱が、蓋《ふた》を開けて置いてあるのに気がついた。客が金を取りに向こうへ行った隙《すき》に、箱の中を覗《のぞ》いてみた。中には、ほんの少し錆《さび》の浮いた勲章が入っていた——名誉負傷章《パープル・ハート》だった。客は五十代なかばごろだったから、おそらく第二次大戦のときのものだろう。

買い物の代金とタクシー代を受け取ると、私はなんだか済まないような気持ちになってきた。さらに気前よくチップまではずんでもらうにいたっては——空港まで客を乗せるのよりも、ずっと多い額だった——ただもう恥じ入るばかりだった。

物静かな男で、よけいなおしゃべりは好まないらしく、用事が済むと、すぐに私を玄関まで送り出した。いまの不自由とも、自分が払わされた犠牲の大きさとも、とっくに心の中で折り合いをつけているといった風だった。同情を求めない代わりに、自分の身の上もいっさい語らなかった。私はその後、転職するまでのあいだに何度もこの客の使いをしたが、しょっちゅう顔を合わせていたにもかかわらず、とうとう最後まで名前を知らずじまいだったし、親しくなることもなかった。

悲しいことに、先入観はまずたいてい間違っているものだとやっとわかるまでには、私は当時の倍以上の年齢になっていた。

ラドロー・ペリー
オハイオ州デイトン

転居先不明

大学卒業後、僕はマサチューセッツ州サマヴィルの、友人のトムがルームメート三人と一緒に住んでいる家に移り住んだ。二階建ての一軒家で、もう何十年も学生向けに貸し出されていた。

トムとは幼なじみだったが、高校を出てからはあまり会うこともなかった。子供の頃、僕らはメリーランド州の僕の父の牧場を紹介する、ふざけたドキュメンタリー・ビデオを撮って遊んだことがあった。そこでこのサマヴィルの新しい家でも、我らが下宿生活の様子をスナップ風にビデオに収めようということになった。僕らは五人それぞれの部屋やキッチン、僕がアトリエにしている地下室、庭、風呂場などにカメラを持って入り、長々と解説を加えながら、むさ苦しくも気ままな独身生活の種々雑多な断片をフィルムに収めていった。

長い年月のあいだに、多くの学生がこの家に住んでは出ていき、彼らあてに届いた郵便物がかなりの量になっていた。じっさいそれは膨大といってよかった。それを僕らは大きな手提げ袋に詰めて、階段の一番上の段に置いていた。手紙や請求書やダイレクトメールなどで、宛《あ》て先は八人分かそこらあった。なんでそんなものを大事に取っておくのかは、自分たちにもわからなかった。転送などする気はさらさらなかったし、誰かが取りにきたことも一度もなかったのだ。彼らに会ったこともなければ、手紙や電話が来たこともなかった。

その六十分のビデオ撮影の途中で、トムがその郵便物の袋にズームインし、僕がその中から適当に一通を選びだす、という一コマがあった。僕は宛て先の名前を読み上げた——ロバート・ジャッフェという名だった——封を開け、中を読み上げた。ごく当たり前のダイレクトメールだったが、即興でおもしろおかしく作り変えて読んだ。

僕らはビデオをもってキッチンに移動し、トムが得意のスパゲティとサラダを作るところを撮影した。そのとき、ドアの呼び鈴が鳴った。僕はトムにカメラを渡して彼がそのまま撮りつづけ、自分は階下におりていった。訪ねてきたのは、ロバート・ジャッフェだった。何年かぶりで前住んでいた場所に戻ってきた、もしかしてこっちに自分宛の手紙が来ていないかと思って、まあわざわざ取っていてくれればの話だけれど——そう彼は言った。

ジョシュ・ドーマン
ニューヨーク州ブルックリン

新顔の女の子

よく晴れた、暑い日だった。何もかもが燃えていた——家々の屋根、植え込み、アスファルト、僕らの自転車のサドル、そして僕らの肌や髪も。アリソンのお父さんが庭に水を撒《ま》いていて、僕とアリソンはスプリンクラーからくるくる噴き出す水のアーチをくぐり抜け、水びたしの芝の上を自転車で走り回っていた。

そのころ僕が住んでいたのは、プロスペクト通りというところだった。僕は八歳、アリソンが十歳だった。近所に他に子供はいなかったので、僕らは嫌でも毎日一緒に遊ぶはめになった。アリソンが夢中なバービー人形とホール&オーツには興味はなかったものの、僕は彼女のことを尊敬していた。夏休みのあいだじゅう、僕らは一緒に自転車に乗ったり、「クルー」ゲームをやったり、ままごとをしたりして遊んだ。だが、今にして思えばアリソンはたぶん僕のことなど大して好きではなかったにちがいないし、僕も彼女のことを本当に好きだったかと言われると、自信がない。二人で毎日どんなことを話していたかもあらかた忘れてしまったが、一つだけ、いまだに忘れることのできないやりとりがある。

僕らの自転車は、芝生を土色に深くえぐり、それは後々までずっと消えなかった。四年後に僕らの一家が引っ越したときにも、芝にはまだ車輪のつけた傷跡が残っていた。僕より年下のその女の子に最初に気がついたのは、僕のほうだった。プロスペクト通りの真ん中で自転車にまたがって立ち、こちらをじっと見ていた。僕とアリソンの自転車があやうくぶつかりそうになったとき、誰かが笑う声がして、顔を上げると、その子がいたのだ。

僕はにっこりした。女の子もにっこりした。

プロスペクト通りには、中流よりやや下の白人世帯が集まっていた。ほとんどが築七十年前後の、素っ気ない、頑丈な造りの家だった。こぶだらけの幹の古い大木が何本かある他は、背の低い小さな植え込みばかりで、通りに木陰はほとんどなかった。黄緑色の半ズボンにTシャツを着たその女の子は、のっぺりした通りを背にして何とも小さく見えたが、顔からはみ出しそうなくらい大きな笑みを浮かべていた。前の週、アリソンの家の向かいの空き家が売れたので、たぶんそこに越してきた子だろうと思った。

アリソンが水のアーチをくぐり抜けてやって来て、僕を見た。それから自転車を停め、振り返って僕の笑顔が向けられている先を見た。僕が女の子に「こんちは」と言った瞬間、アリソンがいきなり言った——「あっち行きな、黒んぼ《ニガー》」。その憎しみのこもった調子に、僕は顔に笑顔を貼《は》りつかせたまま、硬直した。

女の子もまだ笑っていた。アリソンは片脚をひらりと上げて自転車からおりると、女の子と向き合った。片手で自転車を支え、もう片方の手で通りの向かいの家を指さして、アリソンは言った。「あっち行けって言ってるでしょ、黒んぼ。ぶつわよ」

女の子の顔から笑いが消えた。僕も笑顔をひっこめ、アリソンの顔をうかがった。アリソンは険しい目つきをしていた。スプリンクラーの水がこちらに回ってくるたびに彼女のウエストのあたりを濡《ぬ》らし、長い髪の先からしずくがぽたぽた垂れていた。ポニーテールの後《おく》れ毛に太陽がまぶしく照りつけて、頭を囲む後光のように見えた。水は僕の肩甲骨《けんこうこつ》の間にも勢いよく当たり、そのたびに僕をじりじり前に押しやった。

僕はもう一度女の子の方を見た。そしてアリソンの顔に浮かんだ憎々しげな表情を真似て、意地わるく口元をゆがめた。女の子の目は見なかった。

その子は言った。「いっしょに遊びたかったの。あたしの名前は……」

アリソンが突っぱねるように言った。「黒んぼとは遊ばない」

女の子は自転車を押して通りの向こう側へ行き、自分の家の芝生に自転車を投げ捨てるように置いた。そして頭を垂れ、唇を震わせながら、のろのろと玄関の階段を上がり、家の中に入っていった。しばらくして、窓のカーテンが細く開いた。顔こそ見えなかったが、彼女の母親の怒りに燃えた視線を、僕はその奥にありありと感じた。今でもはっきりと思い出す――自転車にまたがって見ていると、通りの向こうの窓に大きな茶色の手が現れ、ローズ色のカーテンを、ちょうど目の幅にだけ押し開いた、あの一瞬を。「いまの、誰?」窓の中の手が下がって見えなくなり、カーテンがふたたび閉じるのを見ながら、僕はアリソンに訊いた。

「さあ、知らない」アリソンは言った。「先週引っ越して来たの。母さんが、あいつらにあたしたちの家を台無しにされるって言ってた」

「どうやってきみんちを台無しにするのさ」

「知らない。でもあたし嫌よ、あんな黒い子が近くにいるの」とアリソンは言った。するど、僕はこう言ったのだ。「黒んぼなんてバカだよ。すぐどっか行っちゃうさ」

それから僕らはまたしばらく自転車で芝生を走り回ったが、そのあいだじゅうずっと、向かいの家が、まるで生き物のようにこちらをじっと見つめているような気がしてならなかった。カーテンを細く開ける手のイメージが頭から離れなかった。今にもあの小さい女の子の母親が家から出てきて、うちの子に謝りなさいと言うんじゃないかと、恐ろしかった。でもそんなことは起こらなかった。日が傾いて夕食を食べに家に帰る頃には、みぞおちのあたりにどんよりと重い塊ができていた。

それからも何度か、例の女の子が自分の家の庭で友だちと遊ぶ姿を見かけたが、僕は一度も話しかけなかったし、謝りもしなかった。僕はたいていアリソンと一緒だった。夏休みのあいだに、みぞおちの重い塊はますます大きく、固くなっていき、二度とほぐれなくなった。何か月かして女の子と母親は引っ越していき、これで塊も消えてなくなるだろうと思った。でも、それは間違いだった。

もう二十年も昔のことだが、今もあの昼下がりの出来事を思い出さない日はめったにない。プロスペクト通りから引っ越して以後は、アリソンとは一度も話していないが、彼女もあの女の子のことを考えてくれていることを、僕は願っている。そして何よりも、女の子と母親が僕のことを忘れてくれていることを願っている。でも、もちろんそんなのは虫のいい願いだとわかっている。

マーク・ミッチェル
アラバマ州フローレンス

マーケット通りの氷男

一九七〇年代前半、私はサンフランシスコ市営鉄道で、三年ほどトロリーバスの運転手をしていた。八番線、「マーケット行き」という路線だった。マーケット通りは街で最も繁華な往来で、さまざまな階層の人々が日々交錯するところだ。私は遅番だったので、いつも夕方のラッシュが始まる時刻から働きはじめた。初めの何本かは、客はほとんどが金融街からダウンタウンのすぐ西にある住宅地に帰る勤め人たちだった。夜が更《ふ》けてくるにつれ、乗り降りする人間のタイプもっとくっきりしてくる——夜勤の人々、夜遊びに繰り出す連中、それからマーケット通りの「常連」たち。常連というのはマーケット通り近辺に住んでいる人々のことで、ほぼ例外なく、簡易宿泊所や長期滞在用の安宿をねぐらにしていた。そうした福祉宿泊所のなかでも最大のものが、リンカン・ホテルという大きな建物だった。マーケット通りの終点近く、あと一ブロックで波止場というところにあった。

リンカン・ホテルは五階建てで、小さな部屋が二、三百ほどもあった。私も文無しになってそこで暮らしていた友人を訪ねて、一度だけ内部に入ったことがある。これはその友人の話ではないが、リンカン・ホテルをめぐる私の記憶は、この時の訪問からはじまる。狭い玄関口を入っていくと、すぐ目の前に小さな金網の檻《おり》がある。檻のなかには、暇を持てあましたフロント係が退屈そうに座っている。その向かって右には、ガラスもちゃんとした壁もない旧式の、これもまた檻そっくりのエレベーターが一基。そのさらに右には細長い廊下があり、両端に一つずつ階段がついている。裸の板張りの床は、長い年月のうちに、人が行き来する部分がすり減ってへこんでいる。廊下の壁には一、二メートルおきにドアが並んでおり、ドアの奥の独房のような狭い部屋が、住人たちの城だった。

リンカン・ホテルの住人は多種多彩だった。福祉局にとりあえずの住処《すみか》としてここをあてがわれ、短期間だけ滞在する者もいた。刑務所から仮釈放されて来た人々もいた。だが大半は、何か月、何年といった長期の滞在者だった。ほとんどが独り者で、年金や社会保障、傷病手当などをやり繰りして、安い部屋代をどうにか払っていた。簡単な仕事をして、かつかつ暮らしていける程度の賃金を稼いでいる者も、少しだがいた。そして多くは中年か、それ以上の人だった。だが彼らには一つ、ある共通した特徴があった。みな、人としての気品にあふれていたのだ。ほとんど無一物だったし、明日をも知れぬ身だったが、振る舞いに品格があり、たいていは互いに対しても思いやり深かった。

夜更けてからの便には、毎晩決まった時刻に決まった場所で乗り降りする常連が何人かいた。そんななかに、勤め人ならば定年を迎える歳《とし》まわりの男が一人いた。瘦《や》せて、やや小柄な体格ながら、きびきびとして無駄のない身のこなしだった。一言でいうなら「精悍《せいかん》」といった印象だった。無口で、向こうから話しかけてくることの決してない客だったので、普通なら記憶にも残らないところだ。だが毎週金曜日の夜十一時二十分にバスに乗ってくるこの客は、緑色の馬鹿《ばか》でかい頑丈そうなゴミ袋を、いつも肩から担《かつ》いでいた。袋の中からはガラガラという音がした。まるでサンタクロースの袋のような大きさだった——小柄で精悍な、都会のサンタだ。何をしている男なのか私としても興味津々《しんしん》だったが、相手のプライバシーを尊重することにした。男はいつも「七丁目」から乗ってきて、リンカン・ホテルの最寄りの停留所である「本町通り」で下車した。

　毎週金曜のたびに、私は好奇心をつのらせていった。四、五回そういうことが続いたあと、とうとう思い切って質問してみることにした。男が乗ってきて、乗り継ぎ切符を見せた時に、私はこうたずねた。「さしつかえなければ、その袋の中身を教えてもらえないかね？」。すると男は「氷だよ」と答えた。「氷？」「そう、氷」

　ずいぶんとまた簡潔な答えである。私は彼がもっと何か言うものと期待し、黙っていた。マーケット通りの「常連」はたいてい人づきあいに飢えていて、誰かからちょっとでも興味を示されれば、すぐに自分からあれこれしゃべりだすものだ。だがこの男はそれ以上何も言わなかった。私は拍子抜けして、どう話を続けていいかわからなかった。そのうちに、男はガチャガチャ、ガラガラと鳴る荷物をかついで、バスを降りていってしまった。

次の週の中ごろには、「マーケット通りの氷男」の謎《なぞ》を何とかして解きあかしてやろうという気になっていた。私は内心不安だった。もし、もう二度と乗ってこなかったら？　この永遠に解けない謎を、墓まで持っていくはめになりはしまいか？　私は金曜日の朝から、我らがランデヴーを思ってそわそわした。

十一時二十分、バスが「七丁目」の停留所に近づくと、男は例の袋をかついで立っていた。彼が乗ってくると、私は「やあ」と声をかけた。「やあ」と向こうも言った。先週の金曜に交わした素っ気ないやりとりのおかげで、顔を覚えてくれたらしい。私は言葉をついだ。「また氷かい？」「ああ」男は答えた。

私は不躾《ぶしつけ》なのを承知で、なぜいつもそんな大量の氷を運ぶのか知りたくてたまらないのだ、と正直に白状した。すると男はすべてを語ってくれた。彼はサンフランシスコ大学のカフェテリアの厨房《ちゅうぼう》で働いていた。床にモップをかけたりゴミを捨てたりする掃除夫の仕事だった。カフェの厨房は週末のあいだは閉じられるが、大学は節電のために、金曜の夜になると冷蔵庫の電源を落としてしまう。氷はどうせ溶けてしまうので、好きなだけ持ち帰ってよかった。

どんな仕事にも余得がある。レストランで働いていれば、タダ飯にありつける。教師のなかには、いまだに袖《そで》の下を受け取る者もいる。事務員ならばクリップや輪ゴムには不自由しない。そしてこの男は週に一度、凍った水を好きなだけ持ち帰る恩恵に浴したというわけだ。

読者のみなさんは、おそらく当時の私が感じたのと同じことを、いま感じておられることだろう――わざわざそんな恐ろしく重たげな荷物を毎週金曜日にひきずって歩くとは、何と愚かな浅ましさであろう、と。だが、そうではなかった。男はさらに説明した。自分は（私の推測通り）リンカン・ホテルに住んでいる。部屋には大きなアイス・ボックスがあり、氷はそこに週末いっぱい入れておくのだ。

ホテルの住人の多くは、毎週何らかの手当を受け取っており、時には奮発してウィスキーを買うこともあった。そんな彼らのために、この男は自分の部屋の氷を自由に使わせてやっていた。お礼にと一杯誘われることもよくあった。お相伴にあずかることもあったが、いつもというわけではなかった。彼が酒飲みでないことは、話しぶりですぐにわかった。そうやって、隣人たちの小さな輪が彼の部屋にできることもしばしばだった。年金生活者、障害者、ツキに見放された者――そんな人々が彼の恩恵を受け、また彼に恩恵をほどこすために、ひとつ所に集うのだ。

彼は人と人との交流の要《かなめ》という、社会の大事な役目を果たしていた。いずれは溶けてなくなってしまう氷を、彼はせっせと運んだ。そしてその氷が溶けていくあいだ、人々は集い、氷や酒を分かち合い、友情をはぐくみ、楽しい時を過ごすのだ。

時は移ろう。

かつてリンカン・ホテルのあった場所には、今では連邦準備銀行の建物が建っている。

R・C・ヴァン・クー
カリフォルニア州サンフランシスコ

ベイブと私

一九四七年の夏の、ある土曜日のことだった。翌日にはクリーヴランド・インディアンズの旧本拠地ミュニシパル・スタジアムで、インディアンズの試合の前にOB戦が行なわれることになっていた。私は十三歳になったばかりだった。土曜日になるとよく、特許の弁護士をしている父親についてダウンタウンの事務所に行き、棚に並んでいる発明品をいじったりして遊ぶことが多かったが、この日もそうだった。

正午になって、私は父親の言いつけで、通りの向かいにあるホレンデン・ホテルのコーヒーショップに二人分のサンドイッチを買いに行った。店に一歩入った瞬間、すぐにベイブ・ルースだとわかった。本物のベイブ、伝説の英雄その人が、私の目の前で、二人の男と一緒にテーブルを囲んでいた。

興奮と緊張で、頭の中が真っ白になった。ペンも紙も持っていなかったが、まさか近づいていって、本人に向かってペン貸してくださいと言うわけにもいかなかった。私は一目散に駆け出し、通りを横切り、ビルの四階にある父の事務所まで一気に階段を駆け上がった。

「父さん！」私は叫んだ。「ベイブ・ルースがいるんだよ！　はやく、ペンと紙を！」。父は私に負けないくらい興奮して、自分のペンとルーズリーフの紙を一枚、私の震える手に押し込んだ。

私はコーヒーショップに飛んでもどり、勢いよくドアを開けた。ベイブはまだいた。友人たちはもう帰って、一人でのんびり新聞を読んでいた。私は小走りに近づいていき、キンキンに裏返った声で言った。「ミスター・ルース。あの、サイン、いただけますか？」

ベイブは振り返り、にっこり笑った。「ああ、いいよ」。そうして誰もが知っている、あの美しいスペンサー体のサインをさらさらと書きながら、こうつけ加えた――「もう五分早く来りゃよかったのにな、坊や。さっきまでここにタイ・カッブとトリス・スピーカーもいたんだぜ」

ソール・アイズラー
カリフォルニア州サンラファエル

詩人たちの生活

一九五八年、まだインディアナ大学の学生だった私は、大学の休みや休日を利用しては、ちょくちょくニューヨークまで車を飛ばすようになっていた。アーチスト志望の若者のご多分にもれず、〝ドアをノックして〟まわっていたのだ。十丁目にあるアレン・ギンズバーグのアパートを訪ねると、本人が出てきて、ハンバーガーをおごってくれたら話をしてもいい、と言った。そこで私は一階の軽食堂でギンズバーグにハンバーガーをおごり、彼はシェリーとマヤコフスキーについて、一時間ちかくノンストップでしゃべり続けた。そして最後に、ハーバート・ハンケのところに行くといい、アレンからの紹介だと言えば大丈夫だ、と言った。行ってドアをノックすると、色白の、おだやかな感じの男が出てきて、私を居間に案内した。ぼろぼろのソファや椅子《いす》に、何人かの人間が無言で座っていた。「ちょうどいま詩を一つ料理してたところでね」とハンケは言った。「こっちだ」。彼は私をキッチンに連れていき、オーブンのドアを開けた。なるほど。たしかにそこには、詩をタイプした紙が一枚、三百五十度の熱にあぶられて、端のほうからこんがり茶色に焼けつつあった。ハンケはドアを閉め、のそのそと居間に戻っていった。私も後に続いた。みんな相変わらず無言だった。私はしばらくそこにいたが、べつに俺は腹なんか減ってないやと思い、そっと出ていった。

クレイトン・エシュルマン
ミシガン州イプシランティ

迷子の国

わたしは今は大学で教師をしているが、いくつもある前身の一つは女優で、おもにテレビドラマに端役《はやく》で出ていた。一九七〇年代に一度だけ出演した『迷子の国』という土曜の朝の子供向けドラマで、その一つだった。ドラマの中の女の子の成長した姿という役どころで、女の子に危険を知らせるために未来からやって来た、という設定だった。その子もわたしもブロンドの長い髪で、わたしは緑色のゆったりしたドレスを着た。

それから五年ほどして、ビルマに旅行をした。ビルマでは観光ビザは七日分しかおりず、しかもバンコクからの便が火曜日に一本あるきりだったので、ラングーンからマンダレイ、シャン諸州と旅するあいだ、西洋人の姿はほとんど見かけなかった。ラングーンの立派な大通りを別にすれば――これはイギリス植民地時代の名残だ――ビルマはまだ西洋文明にも現代の虚飾にも侵されていない場所だった。わたしはこの国の美しさと人の優しさに、すっかり魅せられてしまった。

ある日わたしはシュエダゴン・パゴダを訪れた。深紅の衣をまとった僧侶《そうりょ》たちが行き交い、黄金の仏像が並び、家族連れや巡礼たちの参拝の列が途切れることなく続いていた。境内のいたるところに、お香の匂いが流れていた。とある仏像の前に立ち止まって、しみじみと眺めていたら、初老の紳士が横に来て立ち、その像のことをあれこれ解説してくれた。訛《なま》りのない、見事な英語だった。相当に教養のある人らしく、わたしは話にぐいぐい引き込まれた。自分のことは「P博士」と呼んでほしい、何しろとても長い姓なので、とその人は言った。P博士は、ビルマの歴史や政治や仏教の教え、そしてビルマ人が魂を重んじ運命を信じる民族であることなどを語り、あっというまに数時間が過ぎさった。

やがて博士はふと話をやめ、「そろそろ昼食の時間ですね」と言い、家族を紹介したいのでよかったら我が家に来ませんか、と言った。わたしは喜んで招待を受けた。

博士の奥さんににこやかに出迎えられて家に入ると、中には子供や孫たちが大勢いた。そのなかに、わたしのことをじっと見つめる八、九歳の孫娘がいた。やがてその子は、お祖父《じい》さんにビルマ語で何か言った。

「孫娘があなたの写真を持っていると言っています」とP博士が言った。

わたしは子供に調子を合わせてにっこりした。「あらまあ、そうなんですか？」

「いま持ってくるそうです」博士は言った。

女の子は部屋から出ていったかと思うと、すぐに「ビューマスター」というプラスチック製の玩具を持って戻ってきた。スライドを嵌《は》めて覗《のぞ》くと絵が立体的に見えるというもので、わたしももう何年も前にカリフォルニアのジャイアント・レッドウッド・フォレストの売店で見たことがあった。女の子はそれをわたしに渡した。ガラスのレンズを覗き込んでみて、驚いた。そこには、あの緑色のゆったりしたドレスを着て『迷子の国』のセットの前に立っている、わたしの姿があったのだ。

P博士の息子さんは商船の船員をしていて、船がニューヨークに寄港したとき、娘のお土産にこの玩具を買ったのだが、その時ついていたスライドが、偶然『迷子の国』の、わたしが出た回のものだったのだ。そして偶然わたしが旅行でビルマにやってきて、偶然P博士と出会い、偶然この家に招待され、そして偶然孫娘がわたしに気づいたというわけだ。なんだか気が遠くなりそうだった。

けれども、本当に驚かされたのは一家の反応だった。彼らはそれを当然のように受け止めたのだ。自分たちの家に写真があったのだから、運命の導きでわたしがここに来るのはごく自然なことだ、そう彼らは考えたのだ。

エリカ・ヘイゲン
カリフォルニア州ウェストハリウッド

虹《にじ》

底冷えのする冬の夜、わたしは当時もうすぐ十三歳になるコクランと六歳のジェニーを連れて、近所のアイスクリーム・パーラーに出かけた。そこは、この街にある大学の学生たちと地元の住民とが平和に共存できる——そして時にはあたたかな交流さえ生まれる——ほとんど唯一《ゆいいつ》の場所だった。ところがあいにくとこの週は、大学の各友愛会《フラタニティ》で、新入生入会のための手荒な儀式が行なわれる時期だった。店のドアが開き、一人の若者が入ってきた姿をひとめ見た瞬間、そのことを思い出した。この寒空に、若者はエビ茶色の海水パンツとTシャツ一枚といういでたちで歯をカチカチ鳴らし、白のTシャツの上ではケチャップやマスタードがいくつも色鮮やかな弧を描いていた。髪はタマネギのみじん切りにまみれ、その上からシロップか糖蜜《とうみつ》のようなものがかけられて顔にぽたぽたと垂れ、耳たぶからもしたたっていた。開け放った戸口に立ち、一言ごとに真っ白な息を吐き出しながら、見るも哀れなこの若者は、十ちかくあるテーブルの客とカウンターの中の女の子二人に向かって、口上を述べはじめた。僕、女性をひとり友愛会《フラタニティ》に連れて帰って、その人と五分間ダンスをしなくちゃならないんです。それで、あのー、すいませんけどなたか……。

店内の女性たちはみんな愕然《がくぜん》として、もじもじしたり、小さく笑ったり、そっぽを向いたりした。揃《そろ》いの白のユニフォームを着た店の女の子たちは、あたしたちは絶対にだめ、店を空けるわけにはいかないから、と声を揃えてわめき立てた。若者は仕方なしにテーブルを一つひとつ回りはじめたが、誰も顔を上げようとはしなかった。じっさい、まともに見たら気分が悪くなりそうだった。

とうとう若者は、わたしたちのテーブルにやって来た。「お願いできませんか？」彼がすがるような目でわたしに言った。はっきり言って、そばに寄られるのさえいやだった。その時ふと、いいことを思いついた。わたしはジェニーのほうにかがみこんで言った。「ねえ、友愛会《フラタニテイ》のパーティーに行ってみたくない？　ダンスパーティーみたいなところなのよ」

ジェニーのグリーンの瞳《ひとみ》がたちまち輝いた。「うん、行く！」そう言って、にこにこ笑った。コクランが信じられないという顔つきでこっちを睨《にら》んでいるのも無視して、わたしは若者に言った。「この子、ジェニーっていうの。ゆっくり歩くか、でなきゃだっこしてあげてね。小児マヒで、知恵も遅いの。よろしくね」

罠《わな》にかかった獣とは、このことだ。「でも……」彼は言った。「服を汚しちゃいますし。だってほら……」。そう言うと、まるでわたしに見えていないとでもいうように、両腕を広げて自分のなりを示した。

「大丈夫」わたしは言った。「この子、ウォッシャブルだから。服もそうだし」

彼は店内をきょときょとと見回していたが、とうとう、このチャンスを逃したら憧《あこが》れの友愛会には永遠に入れまいという事実を思い知ったようだった。わたしはジェニーにフードつきのあたたかいコートを着せてやり、それを若者が腰抱きにすると、胸をいろどる各種調味料が、べったりと娘にくっついた。そして二人は闇の中に消えていった。

さっそくコクランの猛攻が始まった。いつもなら体を張ってでも妹を守るこの子が目の前の暴挙を止められなかったのは、よその人に対する礼儀ということを、わきまえすぎるほどにわきまえている子だったからだ。オレオ・サンデーの向こうに、怒りに大きく見開かれた息子の青い瞳があった。

「お母さん《マザー》！」コクランが声をひそめて言った（わたしのことをそう呼ぶのは、本気で怒っている証拠だ）。「あいつの名前も聞かなかったじゃないか！　何ていう友愛会かも知らないでさ！　だいたい友愛会がどんなところか、お母さんは知ってるの？　もし帰ってこなかったら、どうする気だよ？」

「心配ないわよ」そう言われて初めて自分の軽率さに気がついたが、平静を装《よそお》って明るく言った。「戻ってくるに決まってるわ……」

でも内心は後悔でいっぱいだった。コクランの言うとおりだ。わたしが大学友愛会のアイドルとして楽しい青春時代を謳歌《おうか》したのは、もう二十五年以上も昔のことだ。最近の友愛会がどんな風かなんて、何一つ知らない。ジェニーは本当に天使のように心のきれいな子で、いつかなぞは、知らない人のことを「あたしがまだ知らないお友だち」と言ったほどだ。あの子に何か悪さをしようと思ったら、きっと造作もないだろう。ああ、なんて浅はかだったんだろう！ わたしは呆然《ぼうぜん》と座って、目の前のルートビア・フロートがだんだん溶けて、どす黒く汚染された泡の湖と化すのを眺めていた。じきにそれは、わたしの軽はずみな人生そのものに見えてきた。不吉な想像が頭の中をぐるぐるかけめぐった。新聞の見出しが目に浮かんだ――〈女児連れ去り 犯人は大学生を装った変質者〉。

この「スウィート・シングズ」にいる人たちのうち、いったい何人があの若者の人相をはっきり覚えているだろうか？ たしか背は一八〇センチ弱、髪の色は茶色がかったブロンドだった気がする。いや、それともブロンドがかった茶色だったろうか……？

「大丈夫、すぐ戻ってくるわ」わたしはコクランを安心させるために、もう一度そう言った。

ほどなくその通りになった。さっきよりもだいぶましな身なりになった若者は、ジェニーを元の椅子《いす》に座らせると、わたしに向かってぎこちないお辞儀をぴょこんと一つして、ふたたび夜の闇に消えていった。あとには何とも独特な彼の残り香と、わたしのフロートに浮かんだタマネギのかけらだけが残った。

「ジェニー！」わたしは心底ほっとして言った。「楽しかった？」

「うん」とジェニーは言った。「お兄ちゃんといっしょにダンスしてね、おっきな音楽が鳴っててね、すごく面白かったよ。それにね、ママ？　コクラン？　見た？　あのお兄ちゃん、シャツに虹がついてたんだよ！」

ケイティ・レッチャー・ライル
ヴァージニア州レキシントン

神の救い

わたしは七十三歳の女性です。生まれてから五十五の歳になるまで、ひどい不安の発作に悩まされつづけてきました。心臓が止まって死んでしまうのではないか、気がふれてしまうのではないかという恐怖が、しじゅう襲ってくるのです。それでもどうにか結婚をして、五人の子供に恵まれましたが、どこのお医者さんに行っても、不安の原因はわかりませんでした。

一九八一年ごろから、やっとパニック発作の記事を目にするようになり、自分の病気の原因がわかって、本当にほっとしました。それからは家族や友だちに励まされて、それまで恐ろしくてならなかった外の世界に、少しずつ出ていくようになりました。ところが何年か経《た》って、わたしの前に、途方もない試練が立ちはだかったのです。病気で入院していた義母が退院することになり、介護の人間が必要になりました。わたしたちはシカゴに、義母は遠く離れたカリフォルニア州サンタモニカに住んでおりました。飛行機は主人の出張について何度か乗ったことがありましたが、ひとりで乗るのは今度が初めてでした。主人はわざわざファーストクラスのチケットを取ってくれて、きっと快適だよと励ましてくれました。けれどもわたしは何日も前から心配で心配でたまりませんでした。飛行機の中で気が変になって、今すぐ着陸して自分を下ろせとパイロットに迫っている恐ろしい夢を、何度も見ました。

当日、席についたわたしは体じゅうが震えて、スチュワーデスが大丈夫かと訊《き》きにきたほどでした。隣に座った人は親切な男性で、とてもいい映画をやっていると教えてくれました。映画が始まると、わたしは怖いのも忘れてすっかり引き込まれました。やがて飛行機はものすごい雷雨の中に入りました。見ると隣の人が恐怖で口もきけなくなっていて、しまいにはわたしのほうが、先の大戦でB24のパイロットだった主人が、飛行機というのはしっかり絶縁されていて、雷に打たれてもびくともしないのだと言っていたのを引き合いに出して、その人を勇気づける始末でした。飛行機は無事に着陸し、わたしは思いのほか平気でいられたことで、いたく気を良くしました。

何週間かをサンタモニカで過ごすうちに、だんだんとまた帰りの便を心配しなければならなくなってきました。帰りの日が近づくにつれ、わたしはまたもや半狂乱になりました。主人に電話してこちらに来てもらい、一緒に飛行機に乗ってもらおうかとさえ考えました。でも、それは現実的にみて無理な話で、とうとうわたしはまた機中の人となってしまいました。ファーストクラス最前列の、窓際《まどぎわ》の席でした。席を立って飛行機から駆け降りてしまいたくなるのを必死にこらえながら、わたしは神様に祈りました。それはおおむね、こんな感じの祈りでした――神様お願いです、どうかどうかわたしを助けてください。それも後でじゃなくて今すぐにです、どうか今すぐわたしを救って！　目をつぶって、両手でひじ掛けをぎゅっと握りしめていると、ファーストクラスの反対側のほうが、騒がしくなりました。見るとスチュワーデスたちが、黒い箱をいくつも台車に載せて、前のほうに運んできました。演奏家とか、何かそういった演芸関係の人たちがよく使うような箱です。やがて小さなお年寄りの男性が、わたしの席から通路をはさんで反対側に案内されてきました。若い男女一人ずつに付き添われて、お年寄りはこちらに背を向けて立っていました。付き添いの人たちがコートを脱がせてたたみ、帽子と一緒に頭の上の荷物入れに上げました。けれどもお年寄りはマフラーだけは上げさせず、ていねいに首のまわりに巻きつけて、胸のあたりでぽんぽんとなでつけました。女の人が窓際に座り、そのお年寄りがこちらを振り向いたかと思うと、とびきりチャーミングな笑顔をわたしに向けました。なんと、あのジョージ・バーンズじゃありませんか。わたしは彼が神様の役をやった『オー！　ゴッド』という映画を観《み》たばかりでした。

これまで何度も神にお祈りしてきたわたしですが、こんなにドラマチックな形で神様が祈りをかなえてくださったのは、後にも先にもこの一度きりです。きっと、わたしがよっぽど切羽詰まっているのをわかってくださったのでしょう。それ以来、わたしは一人で飛行機に乗るのが、すこしも怖くなくなりました。

メアリー・アン・ギャレット
イリノイ州エルムハースト

ある経験

これはわたしが実際に経験したことだ。めったな人には話さない。今わたしは二十三歳だが、この出来事が起こったときは十九歳、あと少しで二十歳になるというところだった。

大学二年が終わった夏休み、わたしはカリフォルニア州の森林局でアルバイトをすることになった。ジョージアからたった一人で車を運転していくのは嫌だったので、十年来の親友のアナに頼み込んで一緒に乗ってもらい、カリフォルニアからは彼女ひとり飛行機で帰ることになった。二人とも、大陸横断ドライブなんて初めてだった。わたしの父は、緊急用のいろいろな道具を山のように車に積み込んだ——斧《おの》、ベビーブルーの女性用工具セット《ドゥ・イット・ハーセルフ》、発炎筒、三十六時間耐久の非常用ランプ、お洒落《しゃれ》なデザインのジャッキ、水一ガロン、折り曲げたハンガー（マフラーが外れたときのため）、小さな救急箱、シガレットライターに差し込んで使う携帯電話。旅の途中起きうるありとあらゆる非常事態を想定し、どうしたらそれから娘たちの身を守れるか、何日も寝ずに考えたあげくのことだった。

六月初めのある日にわたしたちは出発し、南東部から西海岸をめざして一路走り出した。西部の山並みをのぞむプレーリーのあたりまで来ると、二人ともやっとすこし緊張がほぐれてきて、南西部の砂漠にさしかかる頃には、のんびりドライブを楽しみはじめていた。炎天下、黄金色の砂岩でできた切り立った地層のあいだを走っているときに、アナがフロントガラスに両手をぴったり押しあてて、ねえ見て、こうすると太陽を手で持ってるみたい！　と言ったのが、今でも忘れられない。その日はブランディングというユタ州の小さな町に泊まった。ホテルの部屋で地図を広げて、次の日はうんと早起きしてアリゾナを一気に南下し、夜までにラスヴェガスに入ろう、と計画を立てた。

次の日は夜明けとともに出発し、八十一号線を南に向けて走った。ブランディングの町を出るとすぐ、二車線のハイウェイの両側は、ヨモギの原っぱと遠くの赤い山並み以外、大して見るものはなくなった。わたしが運転をして、アナはビデオを回していた。その朝、ビデオのスイッチをオフにする直前、わたしはこんなことをしゃべった――こういう場所で事故を起こしたらと思うと、本当にぞっとする。人っ子ひとりいないし、木が一本もなくて殺伐としているし。早く木が生えているところまで行きたいわ。

突然、道路の前方右手に、一人の男の姿が見えた。道の下の低くなったところから上がってきたらしく、わたしたちに向かって手を振っていた。

「いやだわ」よくうちの母が話している、女の人が道で待ち伏せされて襲われたとかいうワイドショー・ネタが頭をよぎった。「何なのかしら？」

「ちょっとレイチェル」アナが窓に手をかざして言った。「見て、あの人の顔。それに車」

わたしは右を向いた。そして世にも恐ろしいものを見てしまった。

その男の人の顔は、半分血にまみれていた。彼の十メートルくらい後ろにはトラックが裏返しになって、ぺちゃんこに潰《つぶ》れて砂地にめりこんでいた。ヨモギの草むらのあちこちに人が投げ出されていて、なかには道路から十五メートルくらい離れたところまで飛ばされている人もいた。

アナがウィンドウを開けた。ひどい事故があった、助けてほしい、とその人は言った。わたしは車を路肩に止めてハザードランプをつけ、その間にアナが携帯で警察に通報した。その少し前に出ていた標識に、アリゾナ州の州境まであと八キロ、と書いてあったのをわたしは覚えていた。アナが男の人に、下に何人くらいいるのかとたずね、小さな電話に向かって「たぶん十五人くらいです」と言っていた。見渡すかぎり、わたしたちの他には誰もいなかったし、ずっと先まで建物ひとつ見当たらなかった。その朝に町を出てから一台も他の車を見かけていなかった。アナが電話を切ってしまうと、もうあとはわたしたちと彼らだけだった。男の人はフアンと名乗った。

最初の救急車が到着したのは、それから四十分も後のことだった。午前中いっぱいかかって、一台ずつやって来ては、搬送用ボードや人を乗せるスペースが足りなくなってまた帰っていく、その繰り返しだった。通りがかりに助けてくれる車も何台かいた。事故を起こしたのは幌《ほろ》つきのトラックで、メキシコからの移民十七人を乗せて徹夜で走っていて、道から飛び出したのだった。その日のうちに三人が亡《な》くなり、十四人が内臓破裂や裂傷、骨折などの怪我《けが》を負った。

わたしは車を降り、積んでいたわずかばかりの水を抱えて、震える足で道の下におりていった。平らなところまで降りると、地面に仰向けに倒れている若者のそばにうずくまっていた女の人が顔を上げ、こちらに向かって走ってきた。十七人のうち女性は一人だけで、歳はわたしと同じぐらいだった。顔も口も血にまみれ、死にものぐるいの形相だった。彼女はスペイン語で何かまくし立てると、わたしの手から水を奪い取った。長い黒髪が後ろになびいた。わたしはそのあとについて行き、スペイン語で繰り返し何か叫びながら男の人の顔に水をかけている彼女の横に膝をついた。ふと顔を上げ、あたりを見回してみた。他の男の人たちは、みんな音もなく砂地に突っ伏していた。でも目の前のこの人は呼吸がひどく乱れ、苦しげだった。きっと内臓がめちゃめちゃになっているに違いない、そう直感した。わたしは救急箱を取りに走った。

車まで戻り、ベークトポテトを二つ並べたほどの大きさの市販の救急セットを取り出したとき、わたしは思わず笑いだしてしまった。チャックを開け、きれいに包装された小さなガーゼ・パッドとバンドエイドを目にした瞬間、なぜか猛烈な自己嫌悪《けんお》に襲われた。いっそ車の下にもぐり込んで、救急車が来るまでそこでじっとしていたかった。ずいぶん長いことそう感じていたような気がするけれど、もちろんそれは気のせいだ。自分のどこかから別の感情がむくむくとわき上がってきて、わたしを奮い立たせた。もう一度下におりるのよ、とわたしは自分に言い聞かせた。どんなひどいものを目の当《ま》たりにしても、絶対に逃げてはだめ。

それからの四時間、わたしとアナは倒れている人たちのあいだを走りまわり、ファンを通訳に立てて、動かないように言ったり、寒くはないかと訊《たず》ねてまわった。そしてひと夏ぶん持ってきていたタオルやブランケットをありったけ出してきて、ショックで震えが来はじめた人たちの体をくるんであげた。目をそむけたくなるようなひどい光景も目にした。でも、わたしは考えるよりも先に地面に顔をこすりつけるようにして怪我人たちと目を合わせ、背中や頭をさすってあげながら、通じない英語で精一杯優しく話しかけた。自分は独りぼっちだと感じたら、人はあっけなく死んでしまうものだと、わたしの本能が教えていた。

救急車が到着するたびに、わたしたちは救急医療士たちを手伝って怪我人をボードに乗せ、ストラップに砂がつかないようにし、乗り切れずに路肩に寝かされて順番を待つ人たちのそばに付き添った。一人はほとんど虫の息で、目もうつろで、口の周りは血まみれだった。わたしはその人の顔の真上に自分の顔をもっていき、そっと胸をさすってあげながら、しっかり息をして、と声をかけた。

内臓をやられた例の若者は、やがて死んでしまった。十九歳の妻は泣き叫び、彼の唇や歯茎を、まるでそこにはまだ夫の命が残っているとでもいうように、しきりに指でまさぐっていた。わたしは打ちのめされたようになって、地面にしばらくしゃがみ込んでいた。でも、この人はもう死んだのだと頭で理解すると、すぐに立ち上がり、地面に顔をつけたまま動かない別の人のところに走っていった。

うつ伏せになってうずくまり、片方の肘《ひじ》から先が完全に折れてしまっている人のところに行き、顔を近づけて話しかけようとしたとき、誰かの視線を感じて目を上げた。灰色の髪を長く垂らした老人の皺《しわ》だらけの顔が、砂地にあごをつけてこちらを向き、じっとわたしを凝視していた。わたしは急いで駆け寄っていって、その人のまぶたを閉じ、近くにあったシーツを体にかけてあげた。誰にもかえりみられずに独りぼっちで死んでいくのでは、あまりにその人が浮かばれなかった。

救急医療士たちが、いちばん遠くまで投げ飛ばされた男の子をボードに固定しようとしていた。わたしはその子に明るく笑いかけ、だいじょうぶ、きっと良くなるわよ！と言った。男の子は目にも口にも血がいっぱいこびりついていたけれど、たしかにわたしを見て、笑顔を返したように見えた。グランド・ジャンクション市に搬送されるヘリコプターの中で、その子は息を引き取った。

やっと全員の救出が終わる頃には、わたしもアナも、我らが通訳のファンが大好きになっていた。ファンは二十七歳で、完璧《かんぺき》な英語をしゃべり、天然パーマの黒髪がふさふさしていた。わたしとアナに両脇《りょうわき》から見守られて、ナヴァホ・インディアンの女性救急医療士に手当てを受けながら、長いこと床屋に行っていないから恥ずかしい、とファンはつぶやいた。アナが潰れたトラックのところまで走っていき、彼の荷物を取ってきた。ビニールのスーパーの袋で、中には靴下が入っていた。ファンは頭に四か所怪我をしていたが、髪の毛が多かったおかげで、出血が少しですんだのだった。ようやく救急車に乗せられる頃には、すでに意識が朦朧《もうろう》としかかっていたが、わたしたちと離れ離れになると気づくと目にパニックの色を浮かべ、担架の上からわたしに向かって腕を差し伸べた。

「どこへ行くの？」と言う彼に、もう行くわ、とわたしは答えた。他にどうしようもなかった。彼に付き添って、この上さらに病院の世界まで行くことなんて、とてもできなかった。もう限界だった。一刻も早く安全な世界に戻りたかった。血と骨が体の内側にきちんと納まっている世界、木々と安らぎと神の恵みのある世界に。

「何のお礼もできないけど」とファンが言った。「きっと神様が僕のぶんまでお礼をしてくれるよ」

どんなに洗っても、体にしみついた彼の匂いは取れなかった。ハンドルを握っているその手首から、すえた汗と貧困の混ざったいがらっぽい匂いが立ちのぼってくる気がした。砂の斜面を際限なくのぼり降りしたせいで、その夜アナもわたしも足の筋肉がつりそうになっていた。その日はいていたサンダルには、自分の汗が混じった砂が、今もこびりついたままだ。

わたしたちは心も体もぼろぼろになってラスヴェガスにたどり着いた。父に電話をかけ、泣きじゃくりながら、何度も何度も「怖かった」と言った。あの事故のことで泣いたのは、それが最初で最後だった。それからちょうど一年後、真夜中に、汗ぐっしょりでハッと目を覚ました。頭の中で、誰かの声が繰り返し鳴り響いていた――「お前は目の前で人が死ぬのを見たんだ」と。

どうすればいいのだろう？　わたしたちが立ち去ったあと、時の流れに呑み込まれ、二度と消息を聞くこともなかったあの朝の出来事のことを、いったいわたしはどうすればいいのだろう？　夜のニュースでも、どの新聞でも、その事故は全く報道されなかった。まるで二人いっしょに同じ夢を見たみたいに。

こんな経験と、人はどう折り合いをつけていくのだろう。何の教訓もなければ、きちんとした結末さえない。誰かに語りたいし、誰かの口から語られるのを聞きたい、でもどうしてなのかは自分でもわからないのだ。

レイチェル・ワトソン
ワシントンDC

世間は狭い

一九八三年の夏、僕は建築学校の三年次を修了し、半年間どこか見習い先を探さねばならなかった。生まれ育ったのも、通った学校も、ずっと中西部だったが、いちど学校の見学旅行でニューヨークに行ったことがあり、こんな街に住めたらいいだろうなと思っていた。そこで僕は、世の中が不況のまっただなかだということも、ニューヨークには建築家の卵なんて掃いて捨てるほどいるということもろくすっぽ考えずに、はちきれんばかりの自惚《うぬぼ》れと学校の制作物のポートフォリオとで精一杯武装して、単身マンハッタンに乗り込むことに決めた。

前に付き合っていた彼女がちょうどボストンに引っ越すところだったので、カラマズーの町からニューヨークまで、車に便乗させてもらうことにした。いよいよ出発という日の朝、起きると腹がきりきり痛んだが、我慢して出かけた。おかげで僕は大変なお荷物になってしまった。道中ずっとひどい下痢が止まらなかったのだ。けっきょく僕はホワイトプレーンのグレイハウンドの停留所で降ろしてもらって、ニューヨーク行きのバスに乗った。やっと厄介者がいなくなって、彼女はほっとしたにちがいない。

ニューヨークに着くと、三十四丁目にあるＹＭＣＡの「スローン・ハウス」に宿を取った。日曜のよく晴れた午後だったが、暑さも湿気も半端《はんぱ》ではなかった。あてがわれた部屋は、中庭に面した窓から変な臭《にお》いが漂ってくるうえ、風がまったく入ってこなかった。しかし何しろ便所の奴隷《どれい》だったから、宿から一歩も出られなかった。明日からいくつも面接を受けることを思うと、今日のうちに街を下見しておいたほうがいいのはわかっていたが、ドアを細く開けて、でこぼこの寝台にじっと横になっているより他なかった。

そんな有様でのびているところに、誰かがドアをノックした。バックパックを肩から下げた、僕と同じぐらいの歳の男が、黒髪もじゃもじゃの頭をのぞかせ、返事も待たずに入ってきた。僕はいちおう用心したが、話し相手が現れたのはありがたかった。男が寝台の足のほうに腰をおろして、二人でしばらく当たりさわりのない世間話をした。僕は、自分がどこから来たとか、どこの学校に行っていたとか、そんなことを話した。しばらくして会話がとぎれると、男はいきなり、コカインをやっても構わないか、と訊いた。僕は驚いたが、「いいよ」と答えた。机の上にコカインの粉を筋にして吸い込むのだろうと思っていたら、そいつは映画の中で一度だけ見たことをやりはじめた。まず、柄を曲げたスプーンとライター、それに使い古した感じの注射器を出した。それからベルトをはずした。コカインにほんのちょっとヘロインを混ぜるのだ、と彼は説明した。

「ハイとかロウとか、そんなもんじゃないぜ」彼は言った。「エレベーターみたいに一直線だ」

彼は注射器の準備をしながら、自分は本当はこの〝Y〟を出入り禁止になっているのだが、時々どこにも行くところがないと、こうやってこっそり入り込むのだ、と話した。大学をドロップアウトして、今はタクシーの運転手をやって暮らしている。いずれは金を貯《た》めて営業許可を取り、自分の車でやれるようになりたい、と言った。クスリがすっかり回る直前、彼はとろんとした目で僕を見て、こう言った。「そういや、俺の一番仲良かった奴がミシガン大学に行ってるんだが、たしかそいつの彼女がカラマズーの子だったな」。言いおわると意識を失い、ベッドの端にうずくまった。

僕の中で、ぴんと来るものがあった。何もかもがぴったり符合する。僕にはその〝彼女〟が誰だかわかった。ミシガン大学に行っているという彼の友人が誰かもわかった。カラマズーで一緒だった僕の友だちで、ミシガン大学に行った奴がいた。夏休みに帰省したときに、彼はあるルームメートの話を僕にした。そのルームメートはニューヨークの私立学校出のお坊ちゃんで、そいつの一番仲の良かった友人が、ヴァッサーだかどこかの東部の金持ち大学に行っていたのだが、途中で学校をやめてしまい、親とも連絡を断ち、身の回りのものをすべて売ってドラッグに替えてしまった。けっきょくその友人は、ニューヨークという大都会に跡形もなく呑み込まれてしまった。その話を聞いた時には、そんなのは大学のキャンパスで語り継がれる、ありがちな伝説の一つだろうと思っていた。

ところが、そのおとぎ話が、いきなり現実となって目の前に現れたのだ。信じられなかった。ミシガンを出てまだ二日と経《た》っていないのに、下痢っ腹をかかえて寝込んでいた見すぼらしいＹＭＣＡの部屋で、ニューヨークという大都会の干し草の山から一本の針を探り当てるように、僕はこの男と出会ったのだ。

男は十五分とか二十分とかに一度の割合で、ふっと正気に戻った。すると何事もなかったかのように会話の続きをしばらくして、また意識を失った。最初に彼の意識が戻った時に、僕は言った。「きみのその友だちってのはデイヴって奴で、彼女はステファニーじゃないのか。ステファニーなら子供の頃から知ってる。一緒に音楽キャンプに行ったことがあるんだ」

「そう、そうだよ」そいつは言った、「すげえ。世間は狭いな」。そしてまた前後不覚になった。

一時間ちかくそんなことが続くうちに、僕はだんだん心配になりはじめた。このままずっと居座り続けられたらどうしよう。やがて彼は目を覚まし、伸びを一つすると、持ち物をバックパックにしまいはじめた。これからグランドセントラル駅に行くつもりだ、あそこだと切符代が足りない旅行者のふりができるから、と言った。そうやって小銭をせびるわけだ。後でサンドイッチでも買ってきてやるよと彼は言い、この部屋に注射器を隠しといてもらえないかと訊いた。早く出ていってもらいたかったのでOKしたが、男が出ていくと、すぐに注射器はトイレに捨ててしまった。そのあとずっとドアをぴったり閉めておき、次の日フロントに言って部屋を替えてもらった。

通りに面した新しい部屋の窓から一度だけ、彼の姿を見かけた。

けっきょく一夏かかっても見習いの仕事は見つからず、金も底をついて、故郷に帰ることになった。僕は、そもそも例の男の話をしてくれた友人のジョンと、ニューヨーク州の北部で落ち合うことにした。有り金をはたいてグランドセントラルで切符を買ったが、小銭を人からせびるようなことにだけは、どうにかならずにすんだ。

ポール・K・ヒューミストン
ミネソタ州ミネアポリス

一九四九年、クリスマスの朝

わたしは姉のジルとふたり、メソジスト教会を飛び出して、霧雨のなかを駆けだしました。早く家に帰って、サンタさんがわたしたちと末の妹のシャロンにくれたプレゼントで遊びたかったのです。教会の向かいにはパンアメリカンのガソリンスタンドがあって、そこはグレイハウンドの停留所にもなっていました。クリスマスのあいだ、スタンドはお休みでしたが、閉まったドアの前に、家族連れが肩を寄せ合うように立ち、短い庇《ひさし》の下で雨宿りをしていました。どうしてあんなところにいるんだろうと少し不思議に思いましたが、姉に遅れまいとして必死に走るうちに、すぐにそんなことも忘れてしまいました。

家に帰っても、ゆっくりプレゼントで遊んでいる暇はありませんでした。毎年クリスマスには、祖父母の家で一緒に夕食をとることになっていたのです。車で町の大通りを走っていると、さっきの家族連れが、まだ閉まったガソリンスタンドのところに立っているのが見えました。

父はひどくゆっくり車を走らせていました。祖父母の家に向かう脇道《わきみち》が近づくにつれて、車はますますゆっくりになりました。と、父はいきなり道の真ん中で車をUターンさせ、「見てられん！」と言いました。

「どうしたの？」母がたずねました。

「パンナムのところに人がいたろう、この雨の中。子供もいた。クリスマスだってのに。見ていられない」

父は車をガソリンスタンドに乗り入れました。一家は全部で五人でした。父親と母親、それに子供が三人――女の子が二人に、小さな男の子が一人でした。

わたしの父がウィンドウを下げて言いました。「メリー・クリスマス」

「どうも」一家の父親が言いました。とても背が高くて、窓をのぞき込むのに少し前かがみになっていました。

ジルとシャロンとわたしは子供たちをじっと見つめ、向こうもこっちをじっと見ていました。

「バスを待ってるのかい？」父が訊きました。

父親はそうだと答えました。バーミングハムに弟がいて、仕事の当てもあるのだ、と言いました。

「バスが来るまで、まだあと何時間もある。このままそこにいたんじゃ濡《ぬ》れてしまう。この先を三キロほど行ったところにウィンボーンの停留所がある。あそこなら屋根つきだし、ベンチもある。さあ、乗って。送ってあげよう」と父は言いました。父親は少し迷っていましたが、すぐに家族に向かって手招きをしました。みんなが車に乗ってきました。着のみ着のままで、荷物も持っていませんでした。みんなが座席におさまると、わたしの父が後ろを振り返って、サンタさんはもう来てくれたかい、と子供たちに訊きました。黙って見つめ返す三つの暗い顔が答えの代わりでした。

「ははあ、やっぱりな」わたしの父はそう言って、母に目くばせしました。「実は、けささンタさんに会ったんだが、君たちの居場所がわからないと言ってひどく困っていたよ。それで、おじさんの家にプレゼントを預かってくれないかと言われたんだ。バス停に行く前に、ちょっとそれを取りに行こう」

三人の顔がぱっと輝き、とたんにシートの上で跳びはねたり、笑ったり、おしゃべりしたりしはじめました。

家の前に着いてみんなが車を降りると、三人の子供たちは玄関に駆け込み、クリスマスツリーの下に並べてあった玩具めがけて一直線に走っていきました。片方の女の子はジルのお人形をめざとく見つけ、ぎゅっと胸に抱きしめました。男の子はシャロンのボールをつかみました。もう一人の女の子は、わたしの物を手に取りました。もうずっと前の出来事ですが、そのときの光景は今も目に焼きついています。わたしたち姉妹が、人を喜ばせることの素晴らしさを知った、はじめてのクリスマスでした。

真ん中の子が半袖《はんそで》のワンピースを着ているのに気づいたわたしの母が、ジルの一枚きりしかないセーターを着せてあげました。

父は一家を、祖父母のクリスマスパーティーに一緒に来ないかと誘いましたが、向こうの両親は固くことわりました。わたしたちみんなでずいぶん言いましたが、とうとう決心を変えることはできませんでした。

ふたたび車に乗り、ウィンボーンに向かう途中、わたしの父が向こうの父親に、バス代はあるのかとたずねました。

弟が切符を送ってくれたから、とその人は答えました。

父はポケットに手を入れ、次のお給料までのなけなしの二ドルを出すと、父親の手に無理やり握らせました。相手は返そうとしましたが、父は受け取りませんでした。「バーミングハムに着くのは夜になる。子供たちがお腹《なか》を空《す》かせてしまうだろう。いいから取っておいてくれ。わたしも前に一文無しになったことがあるんだ。だから家族を飢えさせてしまうのがどんなに辛《つら》いか、わかるんだよ」

一家はウィンボーンの停留所で車を降りました。わたしは遠ざかる車の窓から、真新しい人形を大事そうに抱いている女の子の姿を、いつまでも見送りました。

シルヴィア・シーモア・エイキン
テネシー州メンフィス

Title : I THOUGHT MY FATHER WAS GOD (vol.1)
Edited and Introduced by Paul Auster

ナショナル・ストーリー・プロジェクト I

新潮文庫　オ－9－11

Published 2009 in Japan
by Shinchosha Company

平成二十一年一月一日　発行
令和六年八月二十日　七刷

訳者　柴《しば》田《た》元《もと》幸《ゆき》 他
発行者　佐藤隆信
発行所　株式会社 新潮社
郵便番号　一六二―八七一一
東京都新宿区矢来町七一
電話　編集部(〇三)三二六六―五四四〇
読者係(〇三)三二六六―五一一一
https://www.shinchosha.co.jp

価格はカバーに表示してあります。

乱丁・落丁本は、ご面倒ですが小社読者係宛ご送付ください。送料小社負担にてお取替えいたします。

印刷・株式会社光邦　製本・株式会社大進堂

ISBN978-4-10-245111-3 C0198